Cinquante
portraits bibliques

Du même auteur

Création et séparation
Étude exégétique du chapitre premier de la Genèse
Cerf, « Lectio divina », 1969, 2005

L'Un et l'Autre Testament
I. Essai de lecture
Seuil, «Parole de Dieu», 1977

Psaumes nuit et jour
Seuil, 1980

Le Récit, la Lettre et le Corps
*Cerf, «Cogitatio fidei», 1982 ;
Nouvelle éd. augmentée, 1992*

Parler d'Écritures saintes
Seuil, 1987

L'Un et l'Autre Testament
II. Accomplir les Écritures
Seuil, «Parole de Dieu», 1990

La Loi de Dieu
D'une montagne à l'autre
Seuil, 1999

Testament biblique
Recueil d'articles parus dans *Études*
(Préface de Paul Ricœur)
Bayard, 2001

Conférences
Une exégèse biblique
Éd. des Facultés jésuites de Paris, 2005

Pages exégétiques
Cerf, « Lectio divina », 2005

Paul Beauchamp

Cinquante
portraits bibliques

Dessins de Pierre Grassignoux

Éditions du Seuil

ISBN 978-2-7578-3562-3
(ISBN 978-2-02-039552-6, 1re publication)

© Éditions du Seuil, 2000,
pour l'édition française du texte et des illustrations

Avant-propos

Comment se rappeler l'histoire de l'Israël biblique, celle qui précède la venue du Christ ? Proposer une série de cinquante « portraits » m'a paru être la manière la plus vivante d'abréger, sans laisser de trop grandes lacunes.

Il y a nécessairement, d'un portrait à l'autre, une discontinuité. Écoutons un jésuite du XVIIIe siècle :

« L'action divine [...] a fait des Abel, des Noé, des Abraham sur différentes idées. Isaac sera un original, Jacob ne sera pas sa copie ni Joseph la sienne ; Moïse n'a pas eu son semblable parmi ses pères ; David, les prophètes sont tous d'une autre figure que les patriarches ; saint Jean les passe [1] tous. [...] Jésus Christ ne s'est point imité lui-même, il n'a point suivi à la lettre toutes ses maximes [2]. »

L'imprévisible est présent dans tout récit. À plus forte raison quand il s'agit des actions de Dieu. Dieu se cache, est-il écrit. On peut dire aussi : « Dieu se déguise. » L'enjeu de l'histoire biblique – Dieu tiendra-t-il sa promesse, et quelle est finalement cette promesse ? –, cet enjeu se risque chaque fois d'une manière qui déjoue l'attente.

En même temps, les figures bibliques ne sont pas seulement alignées l'une après l'autre. Elles sont solidaires d'un siècle à l'autre. Toute l'histoire recommence avec chacun, s'enroule autour de l'« heure » unique donnée à chacun. Nombreux, très nombreux sont les événements qui surviennent plusieurs fois : cela apparaît davantage dans une vue d'ensemble relativement brève. Il faut faire attention à ces retours parce que la nouveauté y trouve sa meilleure cachette.

Notre série n'abrège pas seulement l'histoire du peuple, en ne retenant qu'un nombre limité de noms propres. Elle abrège aussi, elle abrège beaucoup, le portrait de chaque personnage. Mais le respect du lecteur nous interdisait de trop simplifier. Il sera occasionnellement question de plusieurs « écoles », d'une « tradition » juxtaposée à une autre sur la même page, de « divergences », de versions peu compatibles qui s'entremêlent. Démêler ces écheveaux n'entrait pas dans notre projet, qui n'est jamais qu'une toute première lecture des textes. Mais notre espoir est de conduire ou de reconduire vers les Écritures elles-mêmes. En sorte que le lecteur y trouve beaucoup de surprises, des surprises sans fin, plus de complexités que dans nos pages, mais qu'elles ne le déconcertent pas autant qu'avant.

Comprendre n'est pas tout. Il faut sentir. À la fois pour permettre ce « sentir » et pour ménager la pause nécessaire d'un chapitre à l'autre, des images viennent s'intercaler entre nos chapitres. On aura compris que les dessins de Pierre Grassignoux, qui accompagnent le texte, ne sont pas là pour le décorer. Ils y sont placés en vue d'un repos après la lecture. Ils donnent à voir, entendre, goûter, sentir, toucher. Toucher, parce que les œuvres d'art qui ont inspiré le dessinateur sont en majorité des sculptures : l'on sent la main de l'artiste d'aujourd'hui s'accorder à la résistance de la pierre ou du bois, interpréter.

Sont ainsi évoquées par l'image des époques qui, aujourd'hui, paraissent à beaucoup presque aussi distantes que les temps bibliques eux-mêmes ! Elles ne nous sont pas, pour autant, étrangères. Elles cherchent un élan dans ces temps de la chrétienté qui sont comme notre Ancien Testament. Chapiteaux, stalles, tapisseries et vitraux des églises d'Europe font saisir jusqu'à quel point le peuple chrétien s'est vu greffé, à travers Jésus, sur le peuple du premier Testament. Ce peuple chrétien s'est véritablement identifié aux grands personnages bibliques, qu'il n'a cessé de représenter autour de lui, dans les églises où il célébrait sa foi. D'où la saveur, accompagnée de malice, de l'interprétation. L'intérêt porté à leurs anciens par nos anciens venait du cœur, le cœur se les voulait à portée des yeux. Ces représentations semblent nous dire, à propos des anciens d'Israël : « Ils étaient comme nous, et Dieu les aimait. » On les croit sans peine. Les scènes violentes de l'histoire biblique sont sculptées l'une après l'autre, comme on pourra le voir, sur les chapiteaux de Vézelay ou d'ailleurs. Images violentes parce que ces époques de notre propre histoire étaient violentes. L'épée frappe donc de tous les côtés. Mais les artistes œuvraient comme les écrivains bibliques écrivaient. Comme pour dire, sans plaider ni condamner : « Il en est ainsi, il en fut ainsi. » C'est la manière dont les images comme les textes tournent déjà la violence vers son contraire, du seul fait de dire vrai*.

* Une trentaine de chapitres de ce livre ont été publiés dans la revue *Croire aujourd'hui* dans une première version.

Je remercie chaleureusement Mlle Marie-Béatrice Mesnet, qui a relu les épreuves.

Vue d'ensemble

Les personnages dont le lecteur trouvera un portrait dans nos pages se suivent, à peu de chose près, dans l'ordre des livres de la Bible. Le temps qui va d'Abraham à David occupe la moitié de notre liste. L'histoire de l'Israël des temps bibliques peut se découper comme suit :

Les patriarches

Le temps des patriarches, qui commence à Abraham (XIXe siècle av. J.-C.), s'étend d'Abraham à Jacob (appelé aussi Israël) et à Joseph, son fils. Joseph marque une rupture en s'installant en Égypte où il est proche du pharaon. Ses descendants ainsi que ses neveux et nièces le rejoindront dans ce pays, avant d'être bientôt asservis par le pharaon qui succède au protecteur de Joseph. Ils y perdent le goût de la liberté.

De la sortie d'Égypte (vers 1250) à Canaan, Terre promise (fin du XIIIe siècle)

Les « Hébreux » seront libérés, souvent malgré eux, par Moïse dont le nom, même si une ascendance lévitique lui est trouvée, est comme disjoint de la lignée des patriarches. Commence, sous sa conduite, la marche de la liberté (« Exode »). Elle est inaugurée par la nuit pascale, célébrée en Égypte dans chaque maison des fils d'Israël. Le prodige du passage de la mer Rouge authentifie la mission de Moïse. Dieu, au mont Sinaï, contracte alliance avec le peuple en lui donnant, par Moïse, sa Loi. La traversée du désert conduit le peuple jusqu'au Jourdain, frontière que Moïse ne franchit pas. Il meurt en deçà de la Terre promise, terre de Canaan. Josué le relève dans la conduite du peuple, qu'il emmène à travers Canaan vers Sichem. Les tribus s'installeront de la Judée jusqu'aux sources du Jourdain.

L'INSTALLATION DES TRIBUS, PÉRIODE DES «JUGES» (1200-1030)

La schématisation du récit biblique laisse deviner deux choses. Premièrement, dès le départ d'Égypte, le cortège qui suit Moïse ne contient pas que des fils d'Abraham. Deuxièmement, la formation de douze tribus, toutes issues de Jacob, n'est qu'une schématisation commode. Le peuple construit lentement son identité, à partir de populations ralliées à des époques variées, y compris sur le territoire de Canaan. La période dite des « Juges » (tels que Samson ou, en finale, Samuel) voit le pouvoir circuler d'une tribu à l'autre, sans jamais les rassembler toutes. L'ennemi principal est maintenant un autre envahisseur de la terre cananéenne, le Philistin. Sans la nécessité de s'unir contre lui, nous ne savons pas quand Israël aurait connu la monarchie.

LES ROIS, LE TEMPLE, LES PROPHÈTES (1030 -587) JUSQU'À L'EXIL

Malgré les inconvénients de la monarchie dénoncés par Samuel, l'heure de David s'est révélée être le passage décisif de l'instabilité à l'enracinement. Le trône, la terre enfin conquise, le Temple (avec Salomon) ont symbolisé la promesse, ont offert aux yeux l'image d'un Dieu présent parmi les hommes. Israël vit les conditions communes de l'échange entre les peuples dans une « sagesse » dont Salomon est l'emblème. Israël dépasse Israël et réfléchit sur l'humain universel à travers la figure d'Adam. Qohéleth appuiera (beaucoup plus tard) sur les revers de la gloire de Salomon. Dès la fin de ce règne, Israël est vite partagé en deux royautés. Au nord, séparé du trône de Jérusalem par Jéroboam, les dynasties durent peu. Élie, qui vit dans le Nord au IXe siècle, voit chavirer la fidélité de son pays au Dieu de Moïse. Les prodiges dont est riche la geste d'Élie sont les signes d'une proximité de ce qui ne peut pas être atteint par l'homme. Élie a tourné les cœurs vers l'invisible et jusqu'aux limites de l'avenir. La liste des prophètes continue jusqu'au VIe siècle, s'achève avec les deux prophètes qui ont subi dans leur chair le malheur d'Israël : Jérémie, Ézéchiel. Ce malheur est l'exil, autre Exode, qui va d'une image de gloire à la gloire sans image, de l'enracinement au déracinement. Le temps de la royauté aura été le temps des prophètes : ils furent les conducteurs de ce nouvel Exode en y risquant, comme jadis Moïse, leur vie. Dans le creuset du malheur, ils furent les témoins qui ont relayé l'espérance jadis donnée à Abraham pour son peuple et tous les peuples.

Retour d'exil, deuxième Temple, construction du Livre

L'exil s'achève grâce au Perse Cyrus (« édit de Cyrus », en 538). Néhémie et Esdras renouent avec l'espérance. C'est alors le temps du Livre, qui se construit ou se reconstruit en même temps que se reconstitue la mémoire du peuple. Les livres des prophètes continuent de s'accroître, pour la plupart d'entre eux, après leur mort. Le Temple sera au centre de l'espace terrestre pour ceux qui n'ont pu revenir d'exil, mais le Livre les rassemblera tous, au fur et à mesure du processus qui fera de tous les livres, très anciens et nouveaux, un seul livre, la Bible d'Israël. Grâce à la monarchie et aussi grâce à l'exil, la Bible, bien loin de se confondre avec l'histoire d'Israël, dit plutôt, quasiment de page en page, l'histoire de la relation qui se construit entre Israël et les peuples, entre les fils d'Abraham et les fils d'Adam. Travail tout intérieur et travail risqué. Job d'abord, mais aussi Jonas, Tobie, Esther, Judith sont des figures de frontière. Daniel (écrit autour de 164) témoigne en langage cryptique de l'expérience du martyre et de l'espérance de la résurrection.

LUC 16,22. « Le pauvre Lazare mourut et fut emporté dans le sein d'Abraham. » L'artiste de Moissac a représenté Abraham tenant dans son sein le seul Lazare, d'autres y font tenir un groupe.

ABRAHAM L'ÉLU

D'APRÈS LA GENÈSE, le peuple d'Israël commence à l'appel d'un seul, d'un individu. Ce terme, « individu », marque un point d'arrêt : y aurait-il un milliard de milliards d'hommes que ce serait toujours autant de fois un individu, une unité. La terre entière peut s'émouvoir pour un grand sportif, une actrice, et, souvent aussi, pour un condamné à mort. Le constater, en être touché, ce n'est pas le signe d'une préférence accordée à la dimension individuelle. Ce fait même montre l'importance du nombre. L'individu n'est rien sans la communauté, mais la communauté ne peut le sacrifier à son propre avantage. Tout se joue sur la ligne de différence qui passe entre l'individu et la communauté. C'est elle qui permet de les articuler incessamment l'un sur l'autre.

Abraham n'est pas seul. En quelques versets, tout se peuple aussitôt autour de lui, et même s'organise. Abraham avait un père, appelé Térah. Avant lui, ce père avait déjà quitté Our des Chaldéens. Il y a donc un prélude à l'histoire d'Abraham. Pourquoi l'oublier si souvent quand on raconte l'histoire biblique ? Il est utile de voir la migration religieuse d'Abraham se greffer sur une migration précédente, la prolonger. Migration entreprise sans appel de Dieu, en tout cas sans que la Bible en fasse état. Térah servait « d'autres dieux. Je pris Abraham », dit le Seigneur (Jos 24, 2-3). Térah est donc le « grand-père des croyants » sans avoir cru. C'est la préhistoire d'Abraham.

Qu'en sera-t-il de la suite, qu'en sera-t-il de la descendance de l'élu ? Ce grand secours du migrant, la famille, les fils, est pour Abraham un sujet d'angoisse : sa femme est stérile (Gn 11,30). Abraham individu est Abraham fils... Abraham époux... Abraham oncle... mais il n'est pas encore Abraham père. Or Abraham sera, pour toujours et par excellence, le père. Quand une voix l'appelle, on s'attendrait donc à la promesse d'une postérité, mais la voix lui dit : « Je ferai de toi une grande *nation.* » Nous attendrons le chapitre 15 pour que Dieu lui promette un fils. En réalité, la promesse va plus loin que famille et nation : « En toi seront bénies toutes les *familles de la terre.* » « Familles de la terre » veut dire, ici, toutes les nations, appelées « familles » parce que le personnage d'Adam met en valeur symboliquement, avec une force extrême, la certitude que l'humanité est une « comme un seul homme ». On peut dire qu'avoir conçu la figure d'Adam en un lieu et un temps où les différences de race et de religion étaient quotidiennement sensibles constitue une grande victoire de l'esprit humain. Or c'est face à la figure d'Adam, symbole d'universalité, que Dieu instaure Abraham, figure de *différence.*

L'élu, c'est l'unique par excellence, le béni, mais le béni pour tous. Autour de cet individu, de ce séparé, va se jouer le destin de toutes les familles de la terre, donc de l'humanité. « Je bénirai ceux qui te béniront ; je réprouverai ceux qui te maudiront » (Gn 12,3). *Question :* Les hommes devront-ils reconnaître l'autorité d'Abraham, l'honorer, en tout cas adopter sa croyance ? – *Réponse :* Ils devront seulement le bénir. L'unique alternative étant « bénir ou maudire », on en conclura que « maudire » est une vraie possibilité. Les hommes seront tentés de le maudire, et Dieu à travers lui. En effet, pourquoi en avoir béni un seul, « pourquoi pas moi » ou – reproche plus indirect (plus « correct ») – pourquoi pas tous ? C'est le scandale de l'élection d'Israël, le scandale de toute élection divine. *Réponse :* Tous sont bénis – tous, s'ils en bénissent un seul. C'est une condition. *Question :* À la promesse qui lui est faite, à lui, Abraham, aucune condition n'est mise ! Est-ce juste ? – *Réponse :* Là vient s'accrocher la jalousie qui empêche de bénir. C'est alors de Dieu et de sa vie que l'on est jaloux. La vie qui commence en Dieu et qui se donne n'a pas de cause, sauf elle-même. L'amour divin n'a pas de cause. Il aime les familles de la terre et il veut qu'elles le sachent par Abraham.

Arrêtons-nous à ce procédé, à cette méthode de Dieu, dont les raisons ne nous sont peut-être pas tout à fait inaccessibles. « En lui, il n'est pas de ténèbres » (1 Jn 1,5). L'élection (puisqu'il s'agit de cela) n'est ni absurde ni obscure. Inventons un instant un autre texte : « Dieu dit à tous les hommes : "J'aime tous les hommes." » Nous serions dans l'imaginaire et l'insignifiant : personne n'entend, ou personne ne bouge. Posons alors ceci : « Dieu dit à *quelqu'un* : "J'aime tous les hommes, dis-le-leur." » Ce n'est pas assez. Nous resterions victimes d'une abstraction : il suffirait aux hommes d'*apprendre* qu'ils sont aimés, et sur quoi l'envoyé s'appuierait-il pour donner cette information ? En réalité, avec Abraham, Dieu dit à un individu : « Je t'aime en sorte que je te prends en charge et je veux que tous les hommes le sachent et que, le sachant, ils te bénissent ! »

Reconnaissons-le, Dieu demande l'impossible ; l'histoire de Caïn tuant Abel parce que Dieu préférait ses offrandes en avait déjà fait la démonstration. Mais c'est irréductiblement à travers le segment qui va d'une seule naissance à une seule mort, et à travers le même étroit support d'un corps et de son histoire, que passent tout message et toute vérité. Les conditions de crédibilité de toute expérience ne peuvent échapper à cette vérification limite : « en toi » (Gn 12,3). « En toi se béniront toutes les familles de la terre. » À sa manière tellement laconique – à travers si peu de mots ! –, la Bible nous laisse conclure nous-mêmes qu'un homme tellement aimé par Dieu saura en témoigner et se faire aimer des hommes…

Épreuve pour Abraham à qui il échoit de savoir que Dieu l'aime, mais de le savoir seulement dans la traversée d'une longue histoire qui mettra en route la jalousie des Nations ! L'amour divin se joue dans ce qui arrive entre les hommes, à l'endroit de leur différence. Épreuve à prévoir pour Abraham, mais épreuve aussi pour les Nations tentées, arrachées à leur solitude et à leur orgueil pour accueillir un message qui ne vient que d'*un autre* en traversant une frontière! La suite promet d'être mouvementée.

YHWH DIT À ABRAM: «PARS... JE BÉNIRAI CEUX QUI TE BÉNIRONT, JE RÉPROUVERAI CEUX QUI TE MAUDIRONT, EN TOI SERONT BÉNIES TOUTES LES FAMILLES DE LA TERRE.»

GN 12,1-3

ABRAHAM :
AU COMMENCEMENT
ÉTAIT LE PLURIEL

LE RADIEUX APPEL D'ABRAHAM ouvre sur des dangers. Dieu a demandé aux Nations de le bénir (cf. Gn 12, 1-3). Faut-il déjà s'inquiéter d'Abraham et voir d'avance une ombre sur l'avenir des Nations, que Dieu met à rude épreuve en leur demandant de bénir son élu ? Être béni n'est pas pénible, et il ne devrait pas être pénible de bénir… Mais que de pièges s'annoncent !

Sans doute, l'inertie et de vieilles habitudes de pensée collective nous empêchent de prêter attention à cette complexité de la Bible, d'honorer ces replis du texte, ses sinuosités et anfractuosités, même ses trous d'ombre. C'est pourquoi il nous paraît suffisant de nous émerveiller, comme tant de prédications nous y ont irréprochablement habitués, à suivre du regard Abraham partant de son pays à l'appel de Dieu. Mais le trou d'ombre ne tarde pas à obscurcir cette image. À l'approfondir aussi.

L'ombre est même une redoutable ambiguïté. « Je ferai de toi une grande nation », avait dit Dieu. Glorification inoubliable de l'individu en ce moment décisif de l'histoire humaine. Et voici que le même texte vient se mettre en travers de lui-même, en nous rappelant qu'un peuple ne sort jamais d'un individu. Dans l'épisode qui suit immédiatement l'appel (Gn 12,10-20), Sara (encore appelée Saraï), qui est l'épouse, est le personnage principal. Ce peuple sort non d'un, mais de *deux* individus.

D'un couple. Et si la nation part d'un couple, c'est qu'avant ce couple il n'y avait pas cette nation, donc que les deux premiers conjoints proviennent de deux nations différentes. S'ils proviennent de deux nations différentes, alors la mixité ethnique est au principe, à l'origine, est inscrite pour toujours dans la texture génétique de cette nation, comme de toute autre.

Il existe un moyen d'échapper à cette conclusion. C'est que le premier couple, les premiers époux soient en même temps frère et sœur. Mais cela équivaut à placer un inceste à l'origine de la nation.

Il est remarquable que la Genèse s'acharne autour de ce dilemme, avec trois épisodes [3] où le rapport époux-épouse et le rapport frère-sœur se rapprochent dangereusement. L'une de ces zones d'ombre que nous évoquions se présente devant nous. Abraham était-il l'époux de Sara ou était-il son frère ? S'il était son frère, Térah (Gn 11,31) serait le vrai père d'Israël. Tel n'est pourtant pas le parti choisi par la promesse de Dieu. Il n'a choisi ni Térah, dont nous ne connaissons pas l'épouse, ni Abraham séparé de son épouse, mais leur couple (Gn 17,15).

Ce que nous appelions tache d'ombre est en réalité un faisceau lumineux sur les origines d'un peuple. Le peuple de la Bible déclare *lui-même* l'ambiguïté de toute nation. Ce qui n'empêche pas la nation d'être nécessaire, d'une nécessité à laquelle nous pouvons dire que le plan de Dieu se soumet. Dès le départ, en posant un homme, une nation, le récit biblique pose, de la manière la plus crue, la nécessité inéluctable de la différence et, à partir de la différence, de la relation. Un homme, une femme. Une nation, les autres nations. L'œuvre de Dieu, la semence de vie ne s'inscrira jamais ailleurs que dans le sillon qui passera entre les uns et les autres.

Nous lisons que cela n'ira pas sans mal : la vérité ne se fait pas d'un coup. Abraham n'arrivera pas d'un coup à la vérité : il commence par mentir au pharaon… En effet, si Sara est sœur d'Abraham, le pharaon peut la prendre parmi ses femmes. Si Sara est épouse d'Abraham, l'Égyptien ne va-t-il pas tuer Abraham pour la lui prendre ? « Quand les Égyptiens te verront et diront

GENÈSE 15.5. Abraham sera père de myriades et de myriades :
« Lève les yeux au ciel et regarde les étoiles si tu peux les compter
[…]. Telle sera ta postérité » (Vérone, portail de Saint-Zénon).

"C'est sa femme", ils me tueront et te laisseront en vie. Dis, je te prie, que tu es ma sœur pour qu'on me traite bien à cause de toi et que je reste en vie à cause de toi » (Gn 12,12-13). Une situation vraiment impossible. Abraham ne pourrait en sortir qu'en risquant sa vie. Au lieu de cela, il laisse au pharaon sa femme en lui faisant dire qu'elle est sa sœur, et finit par être expulsé quand le mensonge est découvert. Mais nous découvrons en Gn 20,12 quelle issue mitoyenne est adoptée : Sara est… la demi-sœur de son mari ! Abraham n'avait donc pas tout à fait menti.

Ce n'est pas encore cette fois qu'Abraham va être béni chez les Nations. Il ne sera pas maudit non plus. Dieu a compassion d'Abraham, c'est évidemment le point de vue du narrateur, et il nous donne à comprendre que Dieu n'aurait pas compassion de nous-mêmes, lecteurs, si nous n'entrions pas dans ce sentiment. Dieu a compassion d'Abraham qui va reprendre sa route, pour d'autres aventures, à travers d'autres nations : « Pharaon ordonna à ses gens de le renvoyer, lui, sa femme et tout ce qu'il possédait » (Gn 12,20).

Béni, il va l'être, par un habitant de Canaan, par un roi appelé Melkisédeq (Gn 14,17). Le récit nous fait connaître ce « prêtre du Dieu Très-Haut », en même temps roi de Salem, sortant de l'ombre et du fond des âges pour dire : « Béni soit Abram par le Dieu Très-Haut qui a créé ciel et terre ! » (Gn 14,19). On ne peut souligner davantage que la connaissance de Dieu n'est pas le privilège des élus. Melkisédeq connaissait Dieu avant de connaître Abraham. Mais Dieu veut aussi qu'il connaisse son élu. Les historiens identifient généralement « Salem » à Jérusalem. Cela impliquerait qu'une tradition d'Israël honore dans la ville sainte une sainteté plus ancienne qu'Israël. Et c'est un grand honneur pour Israël d'avoir été capable de cette reconnaissance : Abraham ne verse-t-il pas la « dîme » à Melkisédeq (Gn 14,20) ? Cette bénédiction de l'un, cette dîme de l'autre, en contrepoint à l'épisode de Pharaon, anticipent le salut pour toute l'humanité. L'humanité restera traversée par la différence : la franchir, ce n'est pas l'effacer.

ABRAHAM RÉPONDIT AU ROI : « JE M'ÉTAIS
DIT : "IL N'Y A PAS LA MOINDRE CRAINTE DE
DIEU DANS CE LIEU, ILS ME TUERONT
À CAUSE DE MA FEMME. D'AILLEURS ELLE EST
VRAIMENT MA SŒUR, FILLE DE MON PÈRE
SANS ÊTRE FILLE DE MA MÈRE, ET ELLE EST
DEVENUE MA FEMME". »

GN 20,11

GENÈSE 18, 1-2. Hospitalité d'Abraham, qui accueille
les trois messagers divins (les trois « anges »). En bas, à gauche,
le « chêne de Mambré ». À droite, Gn 18,6, Abraham prie Sara
de vite préparer le repas (Vérone, portail de Saint-Zénon).

ABRAHAM :
LA VIE, LA MORT

ABRAHAM DANS LA LUMIÈRE : il entend la promesse. Abraham dans l'ombre : Pharaon lui prend Sara. Puis, nouvelle étape, aux « chênes de Mambré » : « Il est assis à l'entrée de la tente dans la pleine chaleur du jour. » Il a plus de cent ans, sa femme est stérile. Mais c'est le plein midi et la promesse d'un fils va se réaliser. Surprise : la tradition des Églises d'Orient désigne la scène par le terme grec de « philoxénie » (inspiré par He 13,2), qui veut dire « amour de l'étranger ». Nous saisissons vite que « philoxénie » est le contraire de « xénophobie ». « Il leva les yeux et aperçut trois hommes devant lui. » Il ne les a pas vus venir, il ne les connaît pas. Des étrangers. Il vaut la peine de faire le compte des détails de l'hospitalité d'Abraham (comment il annonce du « pain » et fait tuer un veau, etc.).

Indiscutablement pourtant, cette philoxénie est la première Annonciation de toute la Bible. Et le fils annoncé est la promesse d'une « grande nation ». La nation sera bénie par des étrangers, or il est annoncé par des étrangers. On commente sur la « proverbiale hospitalité des nomades », avec raison. Que cela ne détourne pas notre attention de cette association fulgurante entre « ouvrir sa porte à des étrangers » et « recevoir un fils ». Le fils, la fille : étrangers pour le père, la mère. Étranger, c'est-à-dire autre, nouveau. Nouveauté devant laquelle tout père, toute mère, se surprend en défense.

Abraham n'est pas seul. Sa vie se jouera sur son rapport avec les Nations (Gn 12,2-3). Ses visiteurs n'ont pas de nationalité. Leur statut est caché : quand ils parlent, on entend tantôt leur voix (Gn 18,9), tantôt la voix du Seigneur (Gn 18, 10 et 13). Trois dimensions s'étagent : 1. recevoir des étrangers ; 2. recevoir un fils ; 3. recevoir cet étranger : Dieu. Un étranger qui partage nos repas : « Ils mangèrent et lui dirent : "Où est Sara, ta femme ?" ». L'annonce d'un fils fait rire Sara, rire devant l'impossible. Pas impossible pour le Seigneur, lui est-il répondu. Saint Luc, intentionnellement, nous fera ressouvenir de cette scène. Gabriel adressera la même parole à Marie : « Rien n'est impossible à Dieu » (Lc 1,37). Mais il y a des degrés dans l'impossible.

Mambré et Sodome : la première Annonciation de la Bible est inséparable de la scène qui la suit (Gn 18,16 à 19,29), et qui est inaugurée par un mot : « Sodome » (Gn 18,16 ; cf. plus loin : Sodome et Gomorrhe). C'est un choc ! L'effet de contraste s'inscrit dans la composition soignée des chapitres 18 et 19, sous le signe de la « visite », visite accueillie par Abraham, visite refusée par les gens de Sodome qui se jettent sur les nouveaux venus comme sur leur proie. Cette lecture est corroborée par le Nouveau Testament. Par deux fois, Jésus compare à Sodome et Gomorrhe les villes qui refusent la « visite » de Dieu, en le refusant, lui ou ses envoyés (Mt 10,15 ; 11,23-24). « Ange », en hébreu, se dit « messager », « envoyé ». Les prophètes sont allés jusqu'à appliquer cette même comparaison à Jérusalem (Is 1,10 ; Éz 16).

Aujourd'hui, toutefois, ces apostrophes nous évoquent aussitôt les pratiques et comportements sexuels associés à Sodome et Gomorrhe. Or la tradition de la Bible est constante : ces deux cités symbolisent *d'abord* autre chose. Elles évoquent la fermeture sur soi, qui se relie à la satiété des biens et engendre la violence. Le pays de Sodome est caractérisé par l'opulence (Gn 13,10). Pour Jérémie, Moab (lié à Sodome : cf. Gn 19,30-37) « reposait sur sa lie, n'ayant jamais été transvasé » (Jr 48,11). Éz 16,49 trace l'image complète de « ta sœur Sodome : orgueilleuse, repue, tranquillement insouciante [...], mais la main du malheureux et du pauvre, elle ne la raffermissait pas. Elles sont devenues prétentieuses et ont commis ce qui m'est abominable ». La lettre aux Romains explicitera ce que l'apôtre Paul désigne comme « abominable » dans l'ordre sexuel (Rm 1,26-27), mais ce sera pour y voir la phase ultime d'une série de fermetures, un symptôme corporel d'une résistance plus profonde, cachée. On a souvent remarqué la douloureuse contradiction de cet élan à la fois corporel et contraire à l'humilité du corps, puisque c'est l'« ange » (l'image idéale de l'autre) qu'il veut atteindre : telle est la vraie dimension du problème. Ce symptôme est l'émergence d'un système. Or les textes cités ne l'imputent pas à des individus mais aux choix adoptés par une civilisation. En cela, saint Paul est fidèle à l'attitude des prophètes et de Jésus qui compare entre elles des villes, non des personnes. Cela dit, l'épisode des chênes de Mambré dit où est la vie, l'épisode des villes détruites dit où est la mort. Le diptyque est celui du Jugement.

Même envers Sodome et Gomorrhe, Abraham reste l'élu pour tous, le béni pour ceux qui bénissent. Jamais il n'a été si proche des Nations qu'à ce moment où, raccompagnant les visiteurs étrangers jusqu'à ce haut lieu d'où leur apparaissent les deux cités, commence le dialogue au cours duquel Abraham intercède si astucieusement pour Sodome et Gomorrhe auprès du Seigneur. Combien de justes faudrait-il pour qu'elles soient sauvées : cinquante, quarante-cinq, quarante, trente, vingt, dix ? On s'est demandé pourquoi Abraham n'allait pas jusqu'au chiffre « un ». Peut-être parce qu'il faut une alliance entre plusieurs justes pour sauver la cité : « Il n'est pas bon que l'homme soit seul », a dit le Créateur (Gn 2,18).

> REGARDE LE CIEL, COMPTE LES ÉTOILES SI TU PEUX LES COMPTER [...], TELLE SERA TA DESCENDANCE.
>
> ⚜ GN 15,5 ⚜

GENÈSE 11,13. L'ange de Dieu arrête le bras d'Abraham et amène
le bélier qui va remplacer Isaac pour le sacrifice.
L'enfant s'appuie déjà sur Abraham en toute confiance (Souillac).

ABRAHAM :
LIGATURE ET DÉNOUEMENT

DIEU « ÉPROUVA » ABRAHAM (Bible de Jérusalem) ou, plus clairement, « le mit à l'épreuve » (Bible œcuménique). Après ce test, Dieu dit : « Maintenant je sais… » (Gn 22,12). Les images se déroulent dans notre esprit. Dieu demande à Abraham d'immoler son fils Isaac (« l'offrir en holocauste »). Mais il arrête sa main au dernier moment. Un bélier remplace Isaac.

Les commentateurs nous en disent un peu plus. La pratique de sacrifier les premiers-nés a eu cours en Israël. Cela se faisait, puisqu'on l'a interdit. Il s'agissait d'offrandes au dieu Molek (« le Moloch »). La loi dit que ceux qui « auront fermé les yeux » devant cet acte seront retranchés du peuple (Lv 20,4). Précieuse indication sur la complaisance, peut-être l'admiration ainsi obtenue. Dans le livre des Juges, qui est la meilleure exposition des mœurs de l'Israël le plus archaïque (avant l'an « moins mille »), nous lisons que le guerrier Jephté avait fait le vœu d'« offrir en holocauste », s'il revenait vainqueur, le premier qui sortirait « de sa maison »… Il avait pris un risque effrayant ! Sa fille unique sortit la première et il la sacrifia (Jg 11,29-40). Chez les Grecs, Agamemnon sacrifie sa fille Iphigénie, pour être exaucé des dieux. Dans l'histoire de Jg 11, une tradition de ce genre a été sans doute édulcorée (et rendue peu vraisemblable) dans le but d'attribuer au destin aveugle le choix de la victime. Dans cette version du même scénario, le père n'avait pas prévu quelle serait la victime, ce qui rend la scène plus acceptable à une civilisation moins insensible. Jephté, le juge d'Israël, est-il offert à notre admiration ? Le récit est comme l'eau d'un lac sans ride. Imperturbable, il raconte un événement, nous ne saurons pas ce qu'il en pense.

Savons-nous accepter, prendre en compte, ce silence des textes ? Une espèce de sonde descend dans les couches profondes de l'histoire humaine, à travers les siècles. Or c'est en nous qu'elle descend. Toutes les strates de l'histoire humaine sont encore présentes en chaque homme. Jephté n'est pas notre modèle. Mais l'éclairage sur le passé des hommes m'éclaire sur moi-même.

Revenons à Abraham qui est, lui, « notre père » (Rm 4,16). Prenons une des manières dont est lu Gn 22. Jadis, les anciens offraient à Dieu leur premier-né. Ils offrent maintenant un animal, comme ce bélier de Gn 22,13, « à la place » du fils. On conclura que la coutume est moins dure. L'histoire avance. Mais le récit peut se retourner : « Vous sacrifiez aujourd'hui des animaux, mais n'offriez-vous pas jadis davantage ? » On conclura que cette victime animale cache quelque chose. Le premier geste n'est pas tout à fait effacé. Il est au contraire *rappelé* chaque fois qu'est versé pour Dieu le sang d'un animal, au Temple ou pour la Pâque. Ce bélier empêtré dans un buisson nous empêche de nous débarrasser du texte par une platitude, du genre : « Il y a eu des progrès depuis le sacrifice humain. »

Puisque ce commencement n'est pas vraiment caché, mais plutôt colmaté par cette histoire de bélier, qu'en dire ? On disait alors que tout premier-né, « parmi les hommes comme parmi le bétail », appartenait à Dieu (Ex 13,2 ; 13,11-16 : récit de la Pâque). L'individu compte peu : il y aura encore beaucoup de naissances, dans la famille comme dans le troupeau. La question reste : pourquoi ce sang versé ? Versement d'un impôt pour avoir le droit de donner la vie, pour s'y sentir autorisé une seconde fois ? Ce fils n'est pas mon prolongement. Ce n'est pas moi qui donne la vie. Signifier par le sang que l'engendrement n'est pas une continuité, le signifier dans une sorte de terreur venant de l'ignorance où l'on est de ce qu'est la vie, dont on éprouve seulement qu'elle vient de plus loin que l'homme. Ce sang que le rite de la circoncision demandera encore. En souvenir ?

Le narrateur qui nous a laissé Gn 22 est très loin de cette époque enfouie. Avant tout, il s'agit dans son récit d'un fils unique. Aux antipodes de la famille-troupeau. Nous lisons : « […] ton fils, ton unique, celui que tu aimes, Isaac. » Ensuite, Abraham ne renonce pas seulement à un fils. Il renonce à la promesse ! Vingt-cinq ans ont passé après qu'il a reçu cette promesse de devenir une « grande nation ». Puis est venu le jour de l'« hospitalité » (philoxénie), la première Annonciation. Abraham avait atteint l'âge de cent ans sans que sa femme lui donne un fils. Ce qui lui avait été donné par miracle lui est aujourd'hui redemandé ! Un auteur du Nouveau Testament donne son interprétation. Non, enseigne-t-il, Abraham n'a pas renoncé à la promesse. Il s'est dit : le don promis, qui vient de plus loin que l'homme, va plus loin aussi et ne peut être retiré. « Même un mort, se disait-il, Dieu est capable de le ressusciter. Aussi, dans une sorte de préfiguration, il retrouva son fils » (Hb 11, 19). N'imaginons pas que, selon cet interprète, Abraham ait vu à l'avance le dénouement de son drame : « Par la foi, Abraham, mis à l'épreuve, a offert Isaac » (He 11,17). Or la foi, c'est la nuit. La montagne nommée par le récit s'appelle « Dieu verra » (Gn 22,14 ; cf. aussi le verset 8). Dieu voit – Abraham ne voit pas.

Le père « retrouva son fils ». Mais il est devenu un autre père. Quant au fils, le titre donné au récit par la tradition juive met l'accent sur son drame à lui : l'épisode s'appelle non pas « sacrifice », mais « ligature » d'Isaac. Si Abraham n'a pas cru que Dieu veuille la mort, Isaac n'a pas cru que son père veuille le tuer… Tout n'est pas dit avec cela. Le dénouement de cette ligature libère dans le lecteur ce sentiment d'une dette de sang, esclavage ancien et quotidien. L'audace du récit est d'attribuer à Dieu lui-même l'ancienne imposition. Comme si Dieu disait : c'est toi qui m'as fait cette image cruelle, mais je suis venu l'habiter parce que je ne pouvais pas t'en délivrer autrement.

DIEU MIT ABRAHAM À L'ÉPREUVE ET LUI
DIT: «ABRAHAM»; IL RÉPONDIT: «ME
VOICI» [...]. ISAAC DIT À SON PÈRE ABRA-
HAM: «MON PÈRE» ET ABRAHAM RÉPON-
DIT: «ME VOICI, MON FILS.»

✥ GN 22,1 ET 7 ✥

Isaac
S'APPELLE « RIRE »

Il est heureux qu'un personnage de la Bible s'appelle « Rire ».

Isaac, fils d'Abraham, est celui qui s'appelle « Rire » ! Le récit nous laisse dans l'incertitude quant aux raisons qu'il y a de « rire » à son propos. Il en donne en effet plusieurs, attachées à l'ambiguïté du mot et à celle du rire lui-même.

Le mot se répète au long du récit. Un vieillard, Abraham, apprend qu'il sera père lors de sa centième année : il « rit » (Gn 17,17). Sa femme Sara, qui écoutait la nouvelle à l'abri de sa tente (la tente de la philoxénie), « rit » sous cape (Gn 18,12). Découverte, elle prétend qu'elle n'a pas « ri » (Gn 18,15). À la naissance du bébé, elle imagine les « rires » du voisinage (Gn 21,6). « Rire », en hébreu, le même mot veut dire aussi « jouer ». Jeux d'enfants du petit Isaac avec son demi-frère Ismaël (Gn 21,9) ; jeux d'amour d'Isaac avec sa femme Rébecca (Gn 26,8).

La parole est le propre de l'homme. Le rire l'est plus sûrement encore, alors que la gravité des animaux (oiseaux, poissons, jusqu'aux mammifères évolués) est un de leurs traits distinctifs. Rire et parole sont en réalité indissociables. Le rire naît au cœur de la toute première expérience du bébé. Il naît de l'angoisse et du plaisir qui accompagnent le fonctionnement de la signification. Angoisse et plaisir qui consistent essentiellement à surmonter le danger de se tromper et d'être trompé. Il y a danger parce que tout signe a plusieurs sens et que, par conséquent, comprendre, c'est, au minimum, choisir entre deux sens. C'est donc risquer : ainsi passe-t-on de la contraction du risque à la dilatation du succès. Se tromper est la forme d'échec la plus réparable et, de fait, quotidiennement réparée : elle est même nécessaire. Au contraire, l'échec du petit d'homme qui ne surmonte pas la peur d'être trompé le met radicalement en danger. Il est d'autant plus radical et mystérieux, cet échec, qu'il n'est pas automatiquement imputable à l'expérience d'avoir été trompé. Comprendre, c'est se risquer à croire que l'on n'est pas trompé, que l'émetteur du signe n'est pas conduit par le mensonge mais par une vérité qui ne peut être séparée de la bienveillance. L'émetteur reçoit alors une réponse, qui est le sourire du nouveau-né. « Je commençai ensuite à sourire », écrit saint Augustin dans les *Confessions* (I, 8), non qu'il se souvienne, précise-t-il, de son premier sourire, mais à partir de ce qu'il a pu constater chez d'autres.

Isaac reste toujours, en quelque sorte, celui qui naît.

Je veux dire par là que l'on voit en lui surtout des traits qui le rattachent à ses père et mère. L'historien critique d'aujourd'hui trouve une cause à cette indigence des souvenirs à propos d'Isaac. Il en déduit que les traditions le concernant ne sont ni fermes ni abondantes : une figure si peu inscrite dans la mémoire du peuple se justifierait par son utilité, qui serait d'assurer une transition entre Abraham et Jacob, l'un et l'autre mieux pourvus de contours et de couleurs. Des noces d'Isaac ne nous sont décrits que les préparatifs, entièrement mis en place en l'absence du principal intéressé par l'intendant d'Abraham, son père. La scène est, à vrai dire, un enchantement (Gn 24). Mais ce chef-d'œuvre d'écriture a surtout pour but d'évoquer par des moyens littéraires, et sans base documentaire, un long moment radieux qui, quelques chapitres plus loin, fera ressortir toute l'amertume des noces contrariées de Jacob (Gn 29 et 30). Rien ne fait obstacle au bonheur d'Isaac : pas de plus avenante jeune fille, ni de plus consentante à ce mariage, que Rébecca. Sa famille s'en félicite. Et Dieu le confirme par un signe.

Ce qui singularise Isaac se concentre sur deux scènes

Une scène d'accouchement dans la vie des patriarches d'Israël
(Paris, panneaux en bois de l'église Sainte-Élisabeth).

seulement. Nous connaissons la première : Isaac est conduit par son père sur la montagne du sacrifice. Nous reviendrons sur la seconde, celle où le fils d'Isaac, Jacob, ment pour détourner la bénédiction qui revenait à Ésaü.

Première scène : « Prends ton fils, ton unique, Isaac, celui que tu aimes. Pars pour le pays de Moriiya et là, tu l'offriras en holocauste… » (Gn 22,2). Acceptons qu'Abraham soit toujours célébré comme le héros de cet épisode. Mais si jamais un fils a surmonté la crainte d'être trompé par la parole du père, c'est bien Isaac. Leur premier échange de parole est saisissant : « Isaac parla à son père Abraham : "Mon père", dit-il, et Abraham répondit : "Me voici, mon fils" » (Gn 22,7). Tout ce qui fait vivre ces deux personnages se dit avec ces mots : « père » pour l'un, « fils » pour l'autre. Le père, Abraham, ne peut croire que Dieu ait voulu annuler sa promesse en demandant la vie d'Isaac. Il ne peut croire que le Dieu de la vie promise soit devenu un Dieu à qui plaise la mort. Il croit plutôt que son Dieu défie la mort par l'entremise de son élu. Le fils, Isaac, lui, ne peut croire que son père lui veuille du mal et, dans ces dispositions, il se laisse lier et placer jusque sur l'autel au-dessus du bois, sans que sa confiance fléchisse. L'un et l'autre surmontent la peur d'être trompés, le premier par son Dieu et le second par son père. Ils se livrent ainsi en plénitude au fonctionnement de la signification : ce n'est pas le *mot* « sacrifice » ou « holocauste » qui est à refuser. Tout signe a plusieurs sens, et comprendre, c'est choisir, au minimum, entre deux sens. Le « sacrifice » qu'offre Abraham, c'est son obéissance. Et son fils Isaac offre le même sacrifice que lui à la même heure. Cette conjonction des deux fait qu'ils ne seront plus père et fils dans le sens où ils l'étaient auparavant. L'obéissance du fils l'élève à la hauteur de son père. L'image que nous projetons dans les mots, dès lors, s'efface. Une tradition représente Isaac les yeux bandés sur l'autel où l'a placé son père, dans la nuit que la foi traverse. Si grande est leur union que disparaissent les images de « père » et de « fils ».

Dans la seconde scène décisive de sa vie, Isaac est un vieillard devenu aveugle. Il s'établit une correspondance souterraine entre les deux scènes. Isaac n'a pas un instant pu se croire trompé par son père, et le voici trompé par son fils, par Jacob ! Ce n'est pas le rire qui salue cet épisode, mais un frisson : un « tremblement extrêmement violent » (Gn 27,33). Or cette convulsion n'est pas sans rapport avec le rire, elle en révèle plutôt la face cachée. On rit d'avoir frôlé l'abîme. Il faut nous habituer à percevoir cette convulsion, cette alternance spasmodique d'effroi et de joie dans de nombreux récits bibliques, tant il est vrai que Dieu prend l'homme à revers, soit que ses pensées soient évidemment plus élevées que les nôtres, soit, au contraire, qu'elles nous paraissent plus basses, venant se commettre avec ce qu'il y a de moins élevé dans nos vies d'hommes. L'histoire de l'élu, Jacob, va commencer dans la violence et la traîtrise.

ABRAHAM AVAIT CENT ANS QUAND LUI NAQUIT SON FILS ISAAC. SARA DIT : « DIEU A FAIT POUR MOI DE QUOI RIRE. QUICONQUE L'APPRENDRA RIRA DE MOI. »

Gn 21,6

GENÈSE 27,1-45. Isaac n'y voit rien et va accorder sa bénédiction à Jacob l'usurpateur, qui fait craintivement ce qu'on lui a dit de faire, tandis que Rébecca, sa mère, se dit : « Pourvu qu'Isaac ne s'aperçoive de rien ! » (Vézelay, chapiteau).

Jacob
LE TROMPEUR

Rébecca, épouse d'Isaac, devint enceinte de jumeaux. Ils se heurtaient déjà dans le ventre de leur mère. Ésaü fut le premier à sortir, mais Jacob serrait dans sa main le talon d'Ésaü. Bien que jumeaux, il n'avaient l'un avec l'autre aucune ressemblance : Ésaü était velu et Jacob tout lisse. Isaac préférait Ésaü, Rébecca aimait mieux Jacob. Celui-ci ayant fait cuire des lentilles et profitant de ce qu'Ésaü raffolait de ce plat et de ce que, ayant très faim, il le voulait tout de suite, Jacob les lui laissa à condition qu'il lui abandonnât son « droit d'aînesse ». Il arrive que les très jeunes ne voient pas d'injustice à des marchandages de ce genre. Ésaü est à blâmer d'avoir agi comme un goulu hébété, mais Jacob, lui, se montre ici calculateur, même aux dépens d'autrui. Longtemps après, vint un jour où Isaac, ayant perdu la vue et sentant sa mort prochaine, pensa qu'il était temps de donner à Ésaü sa bénédiction [4].

Isaac, donc, a deux fils et, le jour venu, se propose de n'en bénir qu'un seul. Quelques mots d'explication sont ici nécessaires. « Genèse » veut dire « généalogies ». Mais les filiations dont il s'agit dans ce livre ont deux dimensions : l'une procède selon la chair et l'autre selon la parole. Cette parole est la bénédiction du Père. D'après Gn 1,27-28, Dieu, en qualité de Père, bénit le premier couple humain aussitôt après qu'il l'a créé. Cette bénédiction sera transmise de père en fils, en sorte que l'on pourrait aussi appeler le livre de la Genèse « livre des bénédictions ». Alors que la semence humaine transmet la vie corporelle, la parole qui bénit est comme une semence de vie divine, assurance de bienveillance, promesse de fécondité et d'expansion. D'âge en âge, de père en fils, les bénédictions qui se succèdent transmettent la première bénédiction paternelle de Dieu.

Mais pourquoi Isaac veut-il bénir *un seul* de ses fils ? La question se posait déjà avec Abraham, l'élu, l'unique au milieu des Nations : si le don ne va pas à « tous » et « partout », n'y a-t-il pas injustice ? Et pourtant, là où il n'y a pas de différence, n'y a-t-il pas indifférence ? L'expérience de l'amour est toujours fondée sur la rencontre de quelqu'un de particulier. Si Isaac ne prévoit pas (comme il nous paraîtrait naturel) de donner sa bénédiction à ses deux fils, c'est aussi parce que Dieu veut nous éclairer sur ce qu'il est lui-même. Il est unique : « Tu n'auras pas d'autres dieux que moi » (Ex 20,3). Unique, c'est-à-dire imprévisible, libre. Dieu est l'unique et, en même temps, nous le savons, l'amour pour un seul est le chemin qu'il prend pour qu'apparaisse son amour pour tous. Isaac bénira Jacob comme Dieu avait béni Abraham : « Bénis qui te bénira » (Gn 27,29). Il y a là certainement un mystère, mais aussi quelques lumières. Et des zones d'ombre. Cet aspect lacunaire et inachevé, discontinu, fait justement de la Bible ce livre aéré, qui nous tient en haleine.

Isaac, disions-nous, voulait bénir Ésaü. Mais Jacob se fit passer pour Ésaü et, lui ayant pris sa place, fut béni. Jacob était malin, mais l'idée venait de sa mère, Rébecca. Suivant les instructions maternelles, Jacob s'enveloppera les mains de la peau d'un chevreau pour avoir l'air aussi velu que son frère. Il fera comme s'il revenait de la chasse, où son frère est parti. Il apportera pour Isaac un plat de gibier : « Je suis Ésaü », dira-t-il. Isaac humera l'odeur, puis il palpera les poils du chevreau – mais un aveugle ne se trompe pas sur la voix. Méfiant, il veut la réentendre : « C'est bien toi mon fils Ésaü ? » Nous retenons notre souffle en même temps que Jacob et que Rébecca le leur. L'hésitation, puis l'insistance d'Isaac obligent Jacob à mentir plus effrontément, répétant que oui, il est Ésaü. C'est tout juste si ce ralentissement de l'action n'a pas permis à Ésaü d'arriver à temps pour tout faire échouer : découvert, Jacob serait maudit et non béni. Le chasseur arrive, mais trop tard : Jacob vient d'être béni. À Jacob donc l'assurance de bienveillance, la promesse de fécondité et de suprématie.

Cris et pleurs d'Ésaü : « Père, n'as-tu pas une autre bénédiction ? » Émouvant. Mais le centre caché de ce récit étrange est ailleurs, il nous est indiqué par le frisson, le « grand tremblement d'Isaac » (Gn 27,33). L'ébranlement d'une identité a produit cet effet. Peut-on être soi-même et un autre, peut-on être deux à la fois comme voudrait le faire croire cette apparition d'un être composite, de ce Jacob-Ésaü, dans la nuit d'un aveugle ? Antique effroi causé par les jumeaux. Comme dans mainte scène de carnaval, le burlesque et le tragique se mélangent. Avec la bénédiction, le sacré est en jeu. Mais l'histoire a son point de départ dans une farce : ces poils d'un chevreau qui peuvent passer pour ceux d'Ésaü, le risque d'être découvert, la défaite de l'homme fort et obtus, ses trépignements. Plusieurs versions de ce récit ont dû circuler avant que la nôtre laisse pressentir qu'il s'agissait de l'histoire de Dieu avec les hommes.

La bénédiction du père apporte celle de Dieu, elle *est* celle de Dieu. Mais, sans la mère, qui a tout voulu et tout tramé, rien ne serait arrivé. Le père représente une souveraine instance d'autorité. En déclarant qu'il n'y aura pas deux bénédictions, il dit la loi et la dit contre lui-même. Car, bien qu'il préfère Ésaü, il ne se croit pas autorisé à annuler la bénédiction de Jacob pour cause de dol. Mais, sur un autre plan, le bon choix est celui de la mère : Ésaü n'était vraiment pas fait pour prendre le relais d'Abraham. Tout récit se conclut sur un bilan : ici, une formule complexe se met en place. Le bon choix réussit, mais Jacob a contracté une dette. Tout finit bien pour lui, à ceci près que son jumeau dépossédé se prépare à l'assassiner. C'est leur mère qui envoie Jacob au loin, avec ces mots : « Pourquoi serais-je privée de mes deux fils en un seul jour ? » (Gn 27,45). Le récit se conclut sur cette remarquable réflexion.

Remarquable en effet. Non seulement Rébecca contrecarre le choix du père, mais elle ne se satisfait pas complètement de la règle qui veut qu'un seul soit béni. Que ces deux fils conçus « le même jour » et portés ensemble par elle ne soient pas séparés d'elle à jamais « le même jour », si l'un venait à assassiner l'autre ! L'arbitre paternel pense en termes d'unicité. La maternité conciliatrice, qui veut avantager l'un sans se séparer de l'autre, pense avant tout en termes de totalité. Dieu, en ce sens, est père et mère. L'élection, si définitive soit-elle, cache un autre projet, le cache surtout à qui n'en aurait jamais entendu parler. Mais à qui est familier du Nouveau Testament, une phrase de l'apôtre Paul peut venir à l'esprit en lisant Gn 27 : « C'est lui [le Christ] qui, en effet, est notre paix : de ce qui était deux, il a fait un, défaisant le mur de séparation, l'inimitié : [...] afin de créer en lui les deux en un unique homme nouveau, ayant fait la paix » (Ep 2,14). Les « deux » qui seront « créés en un » représentent, d'une part, l'unicité d'Israël et, de l'autre, la totalité des Nations. Non que l'auteur du récit ait voulu annoncer cela, mais quelque chose de cela voulait se dire en lui, sous l'effet de ce que la doctrine appelle « inspiration ». Il s'agissait de ce mystère : la réconciliation de l'élu et de ses frères. C'était là et il ne le savait pas, mais son désir l'y portait.

JACOB S'APPROCHA DE SON PÈRE ISAAC, QUI LE PALPA ET DIT : « LA VOIX EST CELLE DE JACOB, MAIS LES MAINS SONT CELLES D'ÉSAÜ. » IL NE LE RECONNUT PAS, CAR SES MAINS ÉTAIENT VELUES COMME CELLES D'ÉSAÜ SON FRÈRE ; IL LE BÉNIT.

Gn 27,22-23

JACOB
(SUITE)

JACOB EST EN ROUTE VERS L'EXIL, pour fuir son frère. À sa première étape, il s'endort sur une pierre et voit en songe une échelle qui relie son chevet et le ciel. Des anges y montent et en descendent. « La terre où tu dors sera ton domaine. Je t'y ramènerai. En toi et en ta descendance seront bénies toutes les familles de la terre » (Gn 28,13-15). Ces dernières paroles, Abraham les avait jadis entendues. Que signifie l'échelle du songe ? Les mots sont comme les barreaux, et l'échelle qui relie le ciel et la terre est comme la parole. Ni les barreaux ne changent ni l'échelle ne bouge. Ce ne sont pas d'autres mots, ce n'est pas dans un autre langage que tantôt les anges portent à l'homme la parole de Dieu et tantôt portent à Dieu la parole de l'homme. Comme les barreaux de l'échelle tiennent bon, ainsi du langage, maison de l'homme et maison de Dieu, maison que Dieu habite avec l'homme. Son fondement est plus sûr encore que la terre créée pour être ferme, et que la pierre où, confiante, repose la tête de Jacob. La fiabilité du langage est le principe sacré de toute alliance. Celui qui s'engage mensongèrement sait que, par son abus, sont ébranlés les fondements de sa qualité d'homme. Par le chemin des anges qui montent, Jacob répond qu'à son retour la pierre de son chevet sera première pierre d'un sanctuaire, et il donne au lieu le nom de Béthel, qui veut dire « maison de Dieu ». Il commente : « Dieu est ici et je ne le savais pas. »

Après Béthel, Jacob ne connaîtra que peu d'étapes heureuses. Quand il sera très vieux, il présentera ainsi sa propre histoire : « Courts et mauvais ont été les jours de ma vie » (Gn 47,9). Ses noces nous sont racontées comme pour les mettre en contraste avec celles d'Isaac, son père.

Rébecca, pour sauver la vie de son fils Jacob, lui avait dit : « Fuis vers mon frère. » C'est là-bas que Jacob se mariera. Il nous faut revenir en arrière pour comparer le mariage d'Isaac et celui de Jacob.

Le frère de Rébecca, ce Laban vers qui Jacob se dirige, habitait le pays qu'Abraham avait quitté pour obéir à Dieu. Mais le patriarche avait insisté pour que son fils Isaac n'y retournât pas. Qu'il n'aille pas, pour trouver une fiancée, faire la route de son père en sens inverse, à rebours de l'appel de Dieu ! C'est pour cela qu'il avait chargé le fidèle Éliézer d'inviter la jeune fille élue, Rébecca, à « partir », elle aussi, de son pays vers le jeune homme. Au terme de son voyage, Éliézer avait rencontré Rébecca près du puits : elle avait gracieusement fait boire le messager [5] sans oublier ses dix chameaux. Il avait reconnu à ce geste un signe de Dieu. Nous voyons à la génération suivante Jacob arriver au même puits, mais sans escorte. Seul le puits n'a pas changé, tout s'inverse. C'est Jacob qui fait les gestes d'un serviteur. Apprenant que Rachel, la fille de Laban, est celle qui approche, il n'attend pas et soulève à lui seul l'énorme pierre qui couvre le puits, et c'est lui qui va faire boire les moutons de sa cousine (Rébecca avait abreuvé les chameaux de son hôte !). Puis il fond en larmes. Il restera pendant vingt ans dans ce rôle de serviteur.

Rachel était « belle à voir et à regarder ». Léa, sa sœur aînée, ne l'était pas. Jacob aime Rachel au point de proposer lui-même ce marché onéreux : travailler sept ans pour son oncle et futur beau-père avant que Rachel lui soit donnée en mariage. Vient enfin le jour des noces et voici qu'au lendemain matin Jacob trouve près de lui non Rachel mais Léa. Ainsi Jacob le trompeur est, cette fois, le trompé. Il avait trompé son père, son beau-père le trompe. Il avait profité de la nuit d'un aveugle, et Laban profite de la nuit des

GENÈSE 29,1-10. Jacob roule une lourde pierre, premier signe
de sa condition désavantagée, pour faire boire le bétail
qu'amène Rachel, fille de son oncle Laban (Gérone).

noces. Il s'était fait passer pour Ésaü, il a pris Léa pour Rachel. La nécessité de maintenir un schéma l'emporte ici sur la vraisemblance.

Le narrateur n'éprouve nul besoin de souligner dans cette défaite de Jacob un châtiment de sa tromperie. Ce retournement de situation est plutôt un rééquilibrage des destins. Ou même un retour du déséquilibre entre qui est aimé et qui ne l'est pas, comme le montrera la rivalité des deux sœurs. Le beau-père prend le ton de la concession : « Passe avec Léa les sept jours que dure la fête et aussitôt Rachel te sera donnée contre promesse de me servir encore sept ans. » Voici Jacob doté de deux épouses, mais Rachel qu'il préfère, la plus jeune, est stérile, et Dieu donne d'être féconde à Léa, que Jacob aime moins. Notons ici qu'être moins aimée (ou moins aimé) est naturellement vécu comme ne l'être pas du tout.

Jacob deviendra père de douze fils et d'une fille. Léa lui donne Ruben, Siméon, Lévi, Juda, Issachar, Zabulon, Dina et – par servante interposée – Gad et Asher. Rachel – par le même moyen – lui donne Dan et Nephtali. Enfin féconde, elle enfante Joseph. Longtemps après, elle mourra en donnant le jour au dernier de tous, Benjamin. Les douze frères seront les ancêtres des douze tribus d'Israël. Chaque naissance est un épisode de la compétition entre les deux sœurs : Léa y reprend l'avantage par le nombre de ses enfants. Certains commentateurs ont pu penser que, si le narrateur ne réprouve pas la polygamie, il n'est pas certain qu'il l'encourage.

Entre Jacob et son beau-père, les bons et les mauvais tours s'accumulent au point que Jacob, finalement enrichi, décide de s'enfuir avec ses deux épouses, non sans que ces dernières s'autorisent quelque larcin aux dépens de leur père. La faute est atténuée par le mauvais souvenir qu'elles gardent de lui : « Il nous a vendues. » Mais elle est aggravée parce qu'elles ont dérobé les petites idoles de la famille paternelle, en s'asseyant dessus, les ayant cachées sous la selle de leurs chameaux. Ce trait comique laisse entendre que ce que l'on adore mériterait une place plus honorable, mais que les idoles y sont insensibles parce qu'elles ne sont rien de vivant. Plus ou moins visibles, ces idoles vont accompagner Israël pendant longtemps.

Si nous cherchons l'honnêteté dans ces pages de la Bible, nous ne la trouvons pure et entière que de deux côtés. Vers Dieu, dans sa promesse. Vers les hommes, dans le narrateur, qui ne dissimule pas les roueries de ses ancêtres, ce qui nous touche d'autant plus qu'il ne les regarde pas de haut. Il ne pense pas que les hommes d'autrefois étaient meilleurs, ni que nous-mêmes soyons meilleurs qu'eux : il voit surtout combien leurs batailles étaient rudes et leurs succès précaires.

GENÈSE 28,11-12. Allongé, Jacob dort. À gauche,
ce qu'il voit en rêve : les anges qui montent et descendent.
GN 33,25-33. Arc-bouté contre un personnage ailé,
Jacob lutte toute la nuit (Gérone).

Jacob
LE LUTTEUR

L'ÉCHELLE DU SONGE DE JACOB traversait toute la distance qui sépare le ciel et la terre, en même temps qu'elle les faisait communiquer. Puis l'échelle a été retirée, et tout désormais s'est passé au niveau du sol. Un émigrant, Jacob [6], pour fuir son frère qui veut le tuer, retourne dans la maison d'un oncle resté au pays. Il y épouse les deux filles de cet oncle. Il est exploité par lui pendant vingt ans, mais c'est finalement lui qui s'enrichit le plus et il repart sans préavis, avec tout ce qu'il a, vers le pays qu'il avait été forcé de quitter et que Dieu lui a promis.

Après vingt ans, son frère Ésaü veut-il encore se venger, se tient-il en embuscade pour le tuer ? Jacob n'a aucun moyen d'éviter la rencontre. Il conduit vers sa destination une imposante caravane, femmes, enfants, serviteurs, servantes, troupeaux. Ésaü, à brève distance, conduit une troupe de quatre cents hommes. Les deux groupes se rapprochent.

Tout au long du livre de la Genèse, chaque événement est raconté sous plusieurs angles à partir de traditions différentes, qui ne proviennent pas seulement de plusieurs écoles, mais d'époques successives. Les plus anciennes versions étaient jugées trop précieuses par les derniers venus pour être simplement effacées. Les derniers rédacteurs complétaient donc, interprétaient, voire corrigeaient les anciennes traditions, attachés à ne rien laisser perdre plutôt qu'à tout concilier. Des unités narratives originairement disjointes ont été ainsi rassemblées sans trop d'effort d'harmonisation. C'est plutôt par le fond qu'elles communiquent, comme si une force magnétique les avait attirées les unes vers les autres. Il y a là plus que l'habileté d'un scribe.

Ce moment dangereux de la vie de Jacob nous est raconté sous forme de deux crises, chacune ayant dû être racontée quelque temps sans l'autre, avant qu'un rédacteur en confectionne [7] un seul récit. Dans l'une, Jacob rencontre Dieu, dans l'autre Jacob rencontre Ésaü.

Jacob, donc, rencontre Dieu. Pas de récit sans désir et pas de désir sans qu'il y soit mis obstacle. Entre Jacob et le pays promis, coule un torrent appelé le Yabboq. Obstacle qui est seulement naturel mais, à ce titre, il symbolise toutes les forces qui dépassent l'homme, au-dessous de lui comme au-dessus. Le gué du Yabboq : passage à la fois ouvert et aléatoire. À ce gué, Jacob resta seul. Un homme, pour l'arrêter, « se roula avec lui dans la poussière jusqu'au lever de l'aurore » (Gn 32,25). Jacob, avec le torrent, traverse une autre de ses nuits, qui couvre une autre inconnue : l'identité de cet adversaire… Si sa force était sans limites, il ne demanderait pas à Jacob : « Laisse-moi, car l'aurore est levée. » Et Jacob ne veut pas. L'homme cède alors et le bénit. Jacob insatiable (comme s'il n'avait pas encore été assez béni à ce jour) veut aussi savoir le nom de l'homme, qui refuse à son tour. En revanche, il donne à Jacob le nom d'« Israël », l'élu par excellence, car, lui dit-il, « Tu as lutté avec Dieu et avec les hommes et tu l'as emporté » (Gn 32,29).

Qui était l'adversaire, homme ou Dieu ? On peut inférer de sa réponse que tout ce qui s'était joué jusqu'ici avec les hommes, audace ou ruse, se jouait avec Dieu. L'aurore s'est levée, Jacob y voit clair, il dit quand l'homme est parti : « J'ai vu Dieu face à face… » Mais, cette fois non plus, il ne le savait pas.

Un mythe très archaïque est au fond de ce récit. Pas de frontière qu'un destin d'homme doive traverser sans qu'une puissance supérieure, génie des eaux ou de la nuit, réclame son dû, réclame au voyageur sa vie. Mais le motif (universel) est aligné à cause du contexte sur la série des bénédictions forcées qui ponctuent l'histoire de Jacob-Israël. Si Jacob-Israël est élu, c'est que plus que quiconque il a voulu, par toutes ses fibres, être élu. Il le voulait dès le ventre de sa mère. Il s'y est acharné. Si Ésaü avait eu un désir plus fort, il serait revenu plus tôt de la chasse ! La séparation du ciel et de la terre disparaît dans la poussière où les deux, en luttant, se roulent et s'amalgament le temps d'une nuit.

Être élu, c'est vouloir l'être. Cette conception ne remplace pas le mystère par une plate équivalence. Elle y fait descendre plus bas : plus nous pénétrons le désir de l'homme, plus la priorité de Dieu nous est rendue, *comme il convient,* invisible. Alors que la hauteur du ciel nous en donnait une image, la profondeur du torrent cache le lieu où Dieu donne lui-même à l'homme ce désir qu'il veut combler. Car d'où venait à Jacob ce désir ?

Jacob rencontre Ésaü. Deuxième épisode, humaniste, moral. Seul Ésaü, le frère ennemi qui s'approche, mobile avec ses quatre cents hommes, est un guerrier. Jacob ne peut l'être, avec sa longue suite de femmes, d'enfants et de troupeaux. Il ne peut rien faire, si ce n'est laisser l'homme armé s'approcher des siens, qu'avant de passer le gué il a pris soin de répartir en plusieurs détachements, pour qu'ils ne périssent pas tous ensemble, car ils arriveront avant Jacob en face d'Ésaü. Oser ce risque, c'est croire Ésaü capable de s'adoucir à la vue d'un cortège désarmé, inoffensif. La surprise vient de l'émotion du guerrier, de l'ennemi. Il est le premier à courir se jeter au cou de son frère, à pardonner, sans que rien l'ait poussé à le faire. Les deux récits, les deux rencontres se rassemblent alors autour des mots de Jacob : « J'ai vu ta face comme on voit la face de Dieu et tu m'as agréé » (Gn 33,10). Ils sont inspirés au rédacteur par l'épisode précédent, en sorte que la réconciliation avec le frère se lise en surimpression sur la rencontre avec Dieu. Ces deux passages en sont un seul, sans lequel la Terre promise ne s'ouvrirait pas. Mais il faudra qu'après leur brève étreinte Jacob et Ésaü reprennent, non pas les hostilités, mais les distances.

> ON NE T'APPELLERA PLUS JACOB MAIS ISRAËL
> PARCE QUE TU AS LUTTÉ AVEC DIEU ET AVEC
> LES HOMMES ET TU L'AS EMPORTÉ.
>
> ❦ GN 32,29 ❦

GENÈSE 37,31. En bas, les bergers, fils de Jacob,
égorgent un mouton pour y tremper la tunique de
leur frère Joseph qu'ils avaient jeté dans un puits.
GN 37,32. En haut, ils font voir à leur père la tunique. Celui-ci
le croit mort. Le petit Benjamin assiste à la scène (ivoire de Ravenne).

JOSEPH

DEUX SONGES DU PETIT JOSEPH, fils de Jacob et de Rachel, lui annonçaient en images que son père et ses frères se prosterneraient un jour devant lui. Pour que le songe devienne réalité, il faudra d'abord que Pharaon donne à Joseph tout pouvoir sur l'Égypte (Gn 41,41). Il en usera pour sauver ses frères de la famine, alors qu'ils l'avaient jadis vendu. Il les installera en Égypte, où ils commencèrent de se multiplier (Ex 1,7). L'histoire de Joseph conclut le livre de la Genèse et nous achemine vers celui de l'Exode. Voici les plus grands moments de cette histoire.

Tardivement, Jacob avait eu de Rachel un fils, Joseph donc, beau comme sa mère (Gn 39,6). Jacob le préfère aux dix fils nés de Léa ou des servantes. La figure de « l'élu » prend avec Joseph une forme toute nouvelle. Jamais Dieu n'intervient directement dans le cours de sa vie : ce sont les personnages du récit qui déclarent y reconnaître sa main et voient dans l'interprétation des songes un don que ce Dieu accorde à Joseph. Élu, Joseph l'est certainement, mais n'est que l'élu de son père (qui lui fait faire une si belle tunique) et il l'est pour son malheur. Ses frères, en effet, le prennent en haine, parce qu'il a la candeur de leur raconter ses deux rêves, où il les domine. Dès lors, le destin de Joseph est une tragédie pour lui-même, mais surtout pour son père. Après l'avoir jeté dans un puits, ses frères, ne s'étant pas mis d'accord sur le projet de le tuer, le vendent à des caravaniers.

Pour expliquer au père sa disparition, ils lui font voir sa belle tunique qu'ils ont trempée dans le sang d'un bouc et lui racontent qu'il a été dévoré par un fauve.

Jacob gardera au cœur cette image pendant les longues années que Joseph passera en Égypte où les caravaniers ont fini par le vendre à Putiphar, sommelier du pharaon. Après quelque temps, sur une fausse accusation portée par l'épouse de son maître, il est mis en prison. Or c'est de là que sa réputation d'interprète des songes va monter jusqu'à l'oreille du pharaon, qui lui soumet alors ses propres rêves.

La méthode de Joseph, interprète des songes, mérite notre attention par les deux principes dont il s'explique au pharaon. Premier : « Tes deux songes n'en font qu'un », lui dit-il et, second : « Si le songe s'est répété deux fois, c'est qu'il s'accomplira » (Gn 41,25-32).

Il y a des raisons d'appliquer ces deux règles aux récits mêmes de la Genèse. Non qu'ils soient des songes mais, comme les songes, ils transposent un passé disparu et cachent un désir qui ne peut se connaître lui-même mais qui est seul à ne pas tromper : ils sont écrits sous le pressentiment d'un avenir. En application du premier principe, les noms et les costumes que les personnages empruntent changent de l'un à l'autre, mais les fonctions ne changent pas, comme un valet est toujours un valet, qu'il soit de cœur ou de pique, et reste dans le même rapport de base aux autres cartes. Quant au second principe : la répétition est à la fois une immobilité et une insistance. L'insistance, quand elle n'obtient pas l'accomplissement (c'est-à-dire ce qui est désiré), fait au moins sentir qu'il se rapproche. Il en va ainsi de l'insistance du schéma « perte du fils ». Abraham, puis Jacob, perdent leur fils, puis le retrouveront. La première image, qui vient de beaucoup plus loin, s'imprime plus profondément. La seconde est plus proche de ce que nous pouvons avoir vu et qui nous paraît sans mystère. Les deux récits appartiennent à deux moments successifs de la même culture et traduisent des expériences différentes. Mais la surimpression des deux récits, leur mise en série crée le relief. Si nous ne comprenons pas encore vraiment leur vérité cachée, au moins avons-nous le sentiment d'entrer et de nous avancer en elle. Alors qu'Abraham est tout à fait loin et assez unique, nous avons pu connaître des Jacob. Cet effet optique de rapprochement à travers deux plans est un signal que donne l'accomplissement. La même chose peut se vérifier du motif de la réconciliation : celle de Jacob avec Ésaü se répercute et se transforme en celle de Joseph avec ses frères. Les deux volets sont pourtant irremplaçables. La cruauté du premier récit (bénédiction volée) exerce un effet de nettoyage sur les idéaux du lecteur. La sensibilité du second apporte une vue du réel moins sélective. La cruauté n'y est pas absolument absente : elle garde son apparence et ne perd que sa réalité. L'histoire du moment où s'accomplissent les deux songes de Joseph nous dira comment.

Il n'avait été parlé du petit frère de Joseph que pour annoncer sa naissance (Gn 35,16-20) et, le même jour, la mort de sa mère. Benjamin (c'est son nom) n'a jamais jalousé son grand frère. Son rôle d'enfant innocent est tenu en réserve pour le dernier acte, lorsque s'accomplissent enfin les premiers rêves de Joseph. Joseph est devenu Premier ministre du pharaon. Dans sa grande sagesse, il a su entreposer du grain pour les sept ans de la disette dont il avait lu l'annonce dans les rêves du pharaon. Quand la famine vient à sévir « sur toute la terre » (Gn 41,57), elle pousse les frères de Joseph jusqu'en Égypte, jusqu'à ses pieds. Prosternés, mais sans le reconnaître, ils l'implorent pour en obtenir de quoi subsister. C'est alors que Joseph se cache sous le masque de la cruauté d'un puissant de ce monde : il prend l'un d'eux, Siméon, en otage, qui ne sera pas libéré avant qu'ils ne soient allés lui ramener Benjamin que le père n'a pas voulu laisser partir de peur de le perdre, lui aussi. Ils auront à l'arracher à leur père. Pis, Joseph s'arrange pour que Benjamin, une fois amené en sa présence, soit trouvé coupable d'un vol dont il est innocent : c'est Joseph lui-même qui a fait mettre sa propre coupe d'argent dans le sac du jeune garçon. Il va donc être pris comme esclave, retiré pour toujours à ses frères et à son père.

Mais le lecteur de cette histoire apprend, tandis qu'elle se déroule, ce que les frères de Joseph ne voient pas. Entre les diverses péripéties de ses machinations, Joseph se cache pour pleurer, jusqu'à ce qu'il n'y tienne plus. Le masque tombe, Joseph éclate en sanglots [8]. Le lecteur découvre alors la clé du drame : il s'agissait encore une fois d'un pardon mais, après la réconciliation de Jacob et d'Ésaü, joué sur un autre mode.

Jacob trompeur, puis trompé. Les frères de Joseph amenés par lui à repasser par leur crime pour en guérir. Il en est ainsi dans plusieurs contes : le diable entré dans un logis ne peut en ressortir que par la même ouverture. Pas de sortie non plus pour les frères de Joseph sans retour en arrière. Ceux qui avaient arraché à Jacob son fils le plus cher sont amenés à lui réclamer celui qui est dans son cœur un nouveau Joseph : leur passé, pour la première fois, se change en vérité. Ce n'est pas que le pardon soit à acheter par des peines, mais à quoi bon un pardonneur qui ne ferait qu'écraser l'offensé sous son image de juste ? Joseph n'accuse pas. Ses frères se présentent devant Jacob pour lui demander Benjamin se voient enfin tels qu'ils ont été quand ils lui annonçaient la mort de Joseph. Le médecin Joseph, qui a le courage d'infliger cette souffrance, pleure en secret du mal qu'il fait. À la fin, le juge enlève son masque pour laisser voir qu'il aime. Il donne lui-même la clé de tout : « Ne craignez pas. Suis-je à la place de Dieu ? Vous avez voulu me faire du mal, Dieu a voulu en faire du bien : conserver la vie à un peuple nombreux » (Gn 50,19-20). On ne peut s'empêcher de penser que Joseph est, quoi qu'il en dise ou plus qu'il ne le sait, à la place de Dieu. Joseph le juge et Benjamin l'innocent condamné sont pour Jacob un seul fils. Le ciel et la terre se rapprochent de plus en plus. Dieu enlève son masque impitoyable quand Joseph enlève le sien pour éclater en sanglots. Les événements dont il s'agit, un homme les a menés, un homme en a caché le sens et, à la fin, le révèle.

VOUS AVEZ TRAMÉ DE ME FAIRE DU MAL ;
DIEU A TRAMÉ D'EN FAIRE DU BIEN.

❧ GN 50,20 ❧

Moïse

ENTRE DEUX PEUPLES

Moïse naît sur une ligne de rupture dans l'histoire d'Israël. Le pharaon régnant « n'avait pas connu Joseph » (Ex 1,8), qui était l'arrière-petit-fils d'Abraham et de Sara. Il y a longtemps, l'Égypte avait sauvé ces nomades de la famine (Gn 12,10), puis ces nomades lui avaient donné Joseph, économiste génial (Gn 41,33-36) grâce auquel les années de « vaches maigres » n'avaient pas été une catastrophe pour le grand pays ni pour ses voisins (Gn 41,57 à 42,2). Sauvetage pour sauvetage. Mais le nouveau pharaon ne sait plus trop quelle est l'histoire des étrangers qui habitent son pays. Et Israël, sait-il encore d'où il vient ? La Bible enregistre beaucoup de césures de ce genre.

Moïse, nous dit-on (Ex 2,1), descend de Lévi, que l'on dit descendre d'Abraham. Mais Moïse n'est pas l'homme des généalogies. « Moïse », d'après l'étymologie biblique – étymologie populaire –, ce nom veut dire : « Je l'ai tiré des eaux » (Ex 2,10), ce qui confère une signification nouvelle à sa naissance. Les images parlent souvent, dans ce livre, plus fort que tout le reste : Moïse est né du fleuve. Autrement dit : avec lui, le livre des généalogies repart de zéro. La Genèse est finie et l'Exode s'ouvre. Un « engramme » se dessine avec ce bébé, en ce sens que ses premiers jours inscrivent déjà dans sa chair le grand moment que tout le peuple va vivre quand le bébé sera grand : Israël sera lui aussi « tiré des eaux ». Il y descendra, il en sortira : ce sera un baptême. L'Exode recommence où commençait la Genèse : sur les eaux primordiales.

Moïse, né des eaux. Mais celle qui dit : « Je l'ai tiré des eaux », c'est la fille du pharaon. Elle l'a trouvé dans une corbeille qui flottait au milieu des roseaux sur la rive du fleuve. À l'époque, les moqueurs ont peut-être souri de ce récit. En tout cas, la fille du pharaon se voit en charge d'un bébé et lui trouve une nourrice (Ex 2,8-9), qu'on appellera sa mère. Mais y a-t-il des naissances qui soient simples ? Laissons là les moqueurs, après qu'ils ont réveillé notre attention. C'est chose claire : Moïse a deux mères. La première est, comme son époux, de la tribu de Lévi. C'est elle qui a déposé l'enfant âgé de trois mois (Ex 2,2) – sans qu'il ait reçu un nom – au milieu des roseaux dans une boîte de papyrus imperméabilisée avec du bitume et de la poix (Ex 2,3). Le même enduit, notons-le, avait protégé l'arche de Noé (Gn 6,14). La fille du pharaon ouvre la boîte (Ex 2,6). Les deux femmes vont se partager l'enfant. La première à titre de nourrice rétribuée par l'Égyptienne (Ex 2,9), peu d'années sans doute. Quant à l'Égyptienne, le texte dit son rapport avec l'enfant par une préposition qui signifie à peu près « *à titre de* fils », plus, en tout cas, que « *comme* un fils » [9]. Et c'est elle, l'Égyptienne, qui le nomme. La Bible prend l'adoption au sérieux. Moïse a bien deux mères.

Présages et merveilles accompagnent maints récits de naissance. Le roi mésopotamien Sargon Ier, aussitôt né, mis dans une corbeille enduite de goudron, fut déposé par sa mère dans le fleuve, un demi-millénaire avant Moïse. Mais chaque motif légendaire est repris dans une histoire singulière, une série qui le transforme. Le motif des deux mères, surtout, est original. Dans l'ordre du langage et de la culture où l'inscrit son nom, Moïse est un Égyptien. Aux yeux d'un historien, s'il est une donnée qui échappe aux preuves, c'est plutôt la naissance de Moïse dans une des tribus d'Israël. Mais nous nous laissons enseigner par le thème de la double appartenance. L'appartenance égyptienne pèse lourd. L'épisode qui suit la fin de l'enfance le suggère, en deux journées : c'est le moment où Moïse « s'en va vers *ses frères* ». Ses frères sont les Hébreux. Moïse tue un Égyptien qui battait un Hébreu, puis il

EXODE 2,4-6. À gauche, la sœur de Moïse surveille la corbeille où pleure le bébé Moïse ; à droite, la fille du pharaon le découvre et le recueille (cathédrale d'Amiens, stalles).

l'enterre en croyant n'être pas vu. Le lecteur peut sentir une déchirure : Moïse sauvé par l'Égypte tue un Égyptien, qu'il croit pouvoir enterrer secrètement (Ex 2,12). Chacun est supposé savoir qu'il est difficile de cacher un cadavre. Où et quand ressortira la violence que l'histoire humaine ne cesse d'enterrer ?

Découvert, Moïse fuit à l'étranger. On le désigne là-bas comme un « Égyptien » (Ex 2,19). Il y épousera une Sipporah (Ex 2,21), une femme qui n'est pas juive. Il y a plus important. Ce Moïse au nom étranger recevra mission de faire servir et adorer Dieu par Israël sous un *nom* jusqu'alors totalement inconnu des fils d'Israël. Il devra les convaincre qu'il s'agit du même Dieu. La sagacité des historiens décèle que ce nom était connu avant Moïse et n'a pas été prononcé pour la première fois devant lui ni par lui. On devine en effet que la parole qui va dire le nom divin ne tombe pas directement du ciel. Elle a comme des racines dans le sol où elle surgit : « N'approche pas d'ici, retire tes sandales de tes pieds, car le lieu où tu te tiens est une terre sainte » (Ex 3,5). La parole se lève sur une enceinte, pour en désigner le tracé qui avait évidemment été institué par la population locale. Les moutons du beau-père de Moïse (« *prêtre* madianite », Ex 2,16 ; 3,1) ont conduit ses pas à proximité d'un sanctuaire qu'un peuple qui n'était pas Israël avait construit. Ce peuple-là connaissait Dieu sous ce nom de YHWH, inconnu de Moïse et de ses frères. Il faudra recoudre la généalogie : ce Dieu est *le même* que celui que l'on adorait jadis, sous d'autres noms (Ex 3,15), jusqu'au temps de ce Joseph que le nouveau pharaon n'avait pas connu. Grande discrétion, pour souligner cette césure, à la fois coupure et jointure dans l'histoire religieuse – grande fermeté aussi.

LA FILLE DU PHARAON APERÇUT LA CAISSE PARMI LES ROSEAUX ET ENVOYA SA SERVANTE LA PRENDRE, ELLE L'OUVRIT ET VIT L'ENFANT : C'ÉTAIT UN GARÇON QUI PLEURAIT. TOUCHÉE DE COMPASSION POUR LUI, ELLE DIT : « C'EST UN PETIT DES HÉBREUX. »

⚜ EX 2,5-6 ⚜

Moïse

LE VOYANT

Moïse est le législateur par excellence. « La loi fut donnée par Moïse » (Jn 1,17). Selon l'Évangile, même le décalogue passe par sa bouche : « Moïse a dit : Honore ton père et ta mère » (Mc 7,10). Il n'y a donc pas que la loi, il y a celui qui la promulgue. Sa présence importe tellement qu'à peine croit-il Moïse disparu, le peuple adore une idole (Ex 32,1). Il faut un vivant pour dire la loi. Mais les hommes meurent. En réalité, Moïse n'était pas mort : il « tardait à descendre de la montagne ». Le peuple avait besoin de voir Moïse, mais Moïse avait besoin de voir Dieu, Celui qui ne meurt pas.

Voir Dieu… Le récit biblique de la vie de Moïse tourne autour de ces deux mots. Moïse et soixante-treize hommes qui l'accompagnaient « virent le Dieu d'Israël » (Ex 24,10). Mais quand Moïse dit à Dieu : « Fais-moi voir ta gloire », le Seigneur répond : « Tu ne peux pas voir ma face… Tu me verras de dos, mais ma face, on ne peut la voir » (Ex 33,20-23). Oui ou non, Moïse a-t-il vu Dieu ? Or il est remarquable que l'on trouve, quand il s'agit de savoir ce que *le peuple* a vu au Sinaï, une hésitation parallèle. Sur la montagne, selon Dt 5,4, Dieu a parlé au peuple « face à face ». Dt 5,24 dit même : « Le Seigneur notre Dieu nous a fait voir sa gloire », mais, lit-on ailleurs, « vous ne voyiez aucune forme, rien que la voix » (Dt 4,12).

On entend là l'écho de vifs débats entre les sages d'Israël, rédacteurs du récit. Le rédacteur inspiré d'Ex 34,29-35 trace un parallèle impressionnant, génial, entre « avoir vu ou non la face de Dieu » et « avoir vu ou non la face de Moïse » ! De même que le peuple avait reçu de Dieu le décalogue, avec ou sans vision, mais « face à face », et avait supplié pour que Moïse s'interpose (Dt 5,23-27 ; Ex 20,19), pareillement le peuple « voit Moïse » descendu de la montagne et il a peur de sa face rayonnante. Voir, puis demander à ne plus voir… Moïse alors voilera sa face. Ainsi le peuple a peur *de la face qui a vu la face* de Dieu. Double voile, sur la face de Dieu, sur la face de l'envoyé de Dieu.

Pas plus que tu ne pénètres dans le secret de Dieu, tu ne pénètres dans le secret de l'envoyé de Dieu. Mais ce double obstacle a pour effet de nous faire pressentir combien semblables sont les deux secrets : secret de l'envoyé, secret de Dieu. Quand Jésus viendra, sa face n'apparaîtra dans son éclat que sur la montagne, seulement à Pierre, Jacques et Jean.

Le Deutéronome assure qu'il n'est pas (pas encore) venu un prophète comme lui (Dt 34,10) parce que le Seigneur « le connaissait face à face ». D'après Nb 12,6-8, Dieu parle aux prophètes par des visions et des songes. Mais, dit-il, « il n'en est pas ainsi de mon serviteur Moïse. Je lui parle bouche à bouche, en me faisant voir – et non en énigme. Il voit la forme du Seigneur ». Moïse habite son secret. D'une part, il est celui qui se dit dans la loi. D'autre part, il est aussi celui qui est caché par elle. Il est le législateur. La loi est son voile. Le principe de la loi est derrière le voile.

Moïse remonte au principe de la loi. Ce principe lui avait été révélé dès l'origine de sa mission (Ex 3). D'abord, par la vision du buisson qui brûle *sans se détruire*. Symbole de la vie, mais de la vie à sa source. Notre vie à nous, et il en va ainsi pour tout législateur et pour Moïse, brûle *en se détruisant*. Non la vie qui vient de Dieu ! Moïse voit la vraie vie. Ensuite, du milieu du buisson, Dieu va dire comment il s'appelle. Or le nom de Dieu est alors révélé sous deux formes ; « *Il est* » : c'est une troisième personne d'un verbe ; on l'écrit YHWH. Mais ce n'est pas ainsi que Dieu le révèle d'abord à Moïse (Ex 3,14). Il dit d'abord :

EXODE 3,5-6. Moïse a lâché son bâton de berger
et se déchausse devant le buisson ardent
(Paris, panneaux de bois de l'église Sainte-Élisabeth).

« *Je suis qui je suis* » (ou « serai »). Dieu anticipe ainsi sur la première parole du décalogue : « *Je suis* YHWH qui t'ai fait sortir du pays d'Égypte. » Dieu « décline » son nom, en déclinant le verbe être. Car la révélation ne consiste pas seulement dans ce verbe être, mais premièrement dans le sujet. Dieu est sujet ; Dieu dit « Je ». Quand « Je » fait défaut, « être » s'efface. Dire « Je », c'est parler. Dieu se révèle comme celui en qui être et parler ne font qu'un. Dans le Dieu vivant, vit l'unité de l'être et du parler. C'est pourquoi Jean dira un jour que « la Parole était avec Dieu et la Parole était Dieu ». Et la Parole est Vérité. Et la Parole est Vie, qui brûle sans se consumer. De même source, Moïse a vu la Vie dans le buisson ardent et entendu la Parole.

Ainsi se prépare de loin le prologue de Jean, à notre intention. Aucun évangile, d'ailleurs, ne nomme Moïse autant de fois que celui de Jean.

Le Nom de Dieu ouvre la loi, il en est le principe. Avant toute loi, quelqu'un (le Seigneur) parle à quelqu'un (Moïse), dans un dialogue contemplatif, un dialogue qui est aussi une vision, comme se voir et se parler vont ensemble. Dire « Je », c'est parler. C'est aussi appeler, faire dialogue. Ce dialogue qui vient d'avant la loi conduit plus loin que la loi, vers l'accomplissement qui la dépasse. C'est pourquoi Jésus déclare, toujours selon l'évangile de Jean : « Si vous croyiez Moïse, vous me croiriez aussi, car c'est de moi qu'il a écrit » (Jn 5,46). Il est donné à Moïse non seulement de voir Dieu, mais aussi de voir l'avenir. À travers la loi, il voit le péché, à travers le péché il voit le pardon (Dt 4 ; 30 ; 32). Le péché, c'est de regarder la loi, de croire observer la loi, en oubliant la présence, la source qui parle.

MOÏSE DIT À DIEU : « JE VAIS TROUVER LES
FILS D'ISRAËL ET JE LEUR DIS : "LE DIEU DE
VOS PÈRES M'A ENVOYÉ VERS VOUS." MAIS
S'ILS ME DISENT : "QUEL EST SON NOM",
QUE DIRAI-JE ? »

Ex 3,13

Moïse
À LA PLACE DE DIEU

Pour découvrir tout ce que Dieu peut attendre d'un être humain, c'est l'histoire biblique de Moïse qu'il faut lire. Pour découvrir comment Dieu peut se cacher derrière un être humain, c'est à ces mêmes pages des livres de l'Exode, des Nombres, du Deutéronome, qu'il faudra faire attention.

On met souvent le nom de Moïse à la place du titre de ces livres, par exemple, quand on parle de « Moïse » et ensuite des « Prophètes » (Lc 16,29 et 31 ; 24,27 et 44 ; Jn 1,45 ; Ac 28,23). Il est bien certain que l'imaginaire chrétien préfère s'attarder sur Abraham. Figure plus modelée, irradiée par l'aurore des commencements et pénétrée de leur chaleur, Abraham est assez bien situé par les mots de Moïse lui-même, quand il dit à Dieu : « Pourquoi veux-tu du mal à ton serviteur ?... Est-ce moi qui ai conçu tout ce peuple, moi qui l'ai mis au monde, pour que tu me dises "Porte-le sur ton cœur comme une nourrice porte un petit enfant" ? » (Nb 11,11-12). Autant dire : « Ce que tu pouvais demander à Abraham, ne me le demande pas ! » Ou plutôt, une mise au point de l'image encore meilleure nous fait apparaître Sara, la mère d'Israël. « Je ne suis pas une mère », dit Moïse à Dieu. Ce n'est pas assez. Si notre attention va encore plus loin, nous découvrirons ici l'un des passages de la Bible qui nous parlent le mieux d'un Dieu qui est mère, poste dont Moïse décline l'offre avec vigueur, parce qu'il n'en peut plus de le remplir. Que Dieu s'en charge lui-même !

Quelle fonction Dieu demande-t-il encore à Moïse de remplir ? Il est pratiquement la parole de Dieu. Tout au long des copieux paragraphes législatifs de la Torah, nous pourrions relever cette formule : « Le Seigneur adressa la parole à Moïse : "Parle à toute la communauté des fils d'Israël ; tu leur diras" [...]. » – ou d'autres semblables. Les paroles de Moïse sont les paroles de Dieu et inversement. Le livre du Deutéronome a pour titre hébreu les deux premiers mots de la première page : « Ce sont les paroles. » Il s'agit de celles « que Moïse dit [...] selon tout ce que le Seigneur lui commanda pour eux ». La mise en scène du Sinaï imprime dans notre imagination la distance et la proximité : elle nous montre un Moïse qui gravit la montagne pour chercher les mots de Dieu, puis en redescend pour les dire avant de remonter à nouveau. L'idée nous traverse, toute simple : la Torah parole de Dieu, c'est la parole de Moïse, d'un homme. Nous descendons alors la montagne. Ou aussi : la parole de Moïse, c'est celle de Dieu. Nous la remontons cette fois.

Il en va de même pour les actions. Il se trouve que les mots quasi sacramentels que Dieu prononce : « Je suis YHWH, qui vous a fait sortir du pays d'Égypte », peuvent aussi se dire de Moïse. Dieu lui prête sa charge, se dessaisit : « Je t'envoie vers Pharaon : fais sortir d'Égypte mon peuple, les fils d'Israël » (Ex 3,10). Le peuple ne blasphème pas quand il dit : « Ce Moïse, l'homme qui nous a fait sortir du pays d'Égypte... » (Ex 32,1). Après qu'Israël a traversé la mer par un prodige, il est donc tout à fait normal que le récit conclue ainsi : « Le peuple [...] crut en le Seigneur et en Moïse » (Ex 14,31 ; Ex 19,9). Voici qu'un humain est traité comme un sanctuaire dans lequel le nom de Dieu et le sien se rejoignent. Ce sanctuaire, un homme, est fait pour accueillir ce que l'on croirait n'être destiné qu'à Dieu, la foi.

L'honneur que Dieu rend à l'homme en Moïse paraît insurpassable : « Je t'établis comme dieu pour Pharaon ; et ton frère Aaron sera ton prophète » (Ex 7,1). Moïse est plus qu'un prêtre, parce qu'il est plus qu'Aaron. Il est plus qu'un prophète : Dieu parle aux prophètes « en vision », ou « en songe », mais ce n'est pas « en énigme » qu'il parle à Moïse (Nb 12,8). Cette position

EXODE 3,4. « Dieu l'appela du milieu du buisson : Moïse ! Moïse ! »
(Alonso Berruguete).

est jalousée, notamment par le frère et la sœur de l'élu : « YHWH ne parlerait-il donc qu'à Moïse ? » (Nb 12,2).

Le lecteur d'aujourd'hui serait donc un peu naïf s'il allait s'enorgueillir d'avoir découvert, en sachant regarder d'un œil critique un livre religieux, que c'est en réalité l'homme qui fait l'histoire. Le récit biblique nous autorise à dire : Dieu fait sortir Israël d'Égypte, ou Moïse le fait. Dieu parle, ou Moïse parle. Dieu agit et parle, l'homme agit et parle. « Qui est celui-là, pour que le vent et la mer lui obéissent ? », dira-t-on de Jésus (Mc 4,41). La réponse suggérée n'est pas seulement que Dieu nous fait signe par lui : on se demandait d'abord, en voyant Jésus agir, si Moïse n'était pas revenu, lui qui, de sa main étendue, fit souffler le vent et fendit la mer (Ex 14,21 et 26-27).

Derrière Jésus, le Nouveau Testament voit partout Moïse : aucun nom propre de l'Ancien Testament n'y figure plus souvent. À travers le visage de Moïse, on pourrait voir la gloire de Dieu dont Moïse voit la face, s'il ne se voilait. Ainsi Jésus ne dévoile sa face qu'une fois, sur la montagne, avant que, de nouveau, on le voie « seul » (Mc 9,8). Harassé par la foule qui a faim, Moïse dit à Dieu : « Si l'on ramassait pour eux tous les poissons de la mer, en auraient-ils assez ? » (Nb 11,22). C'est à Jésus qu'en une situation toute semblable les apôtres adresseront une demande, semblable elle aussi (Jn 6,7-9). Le IVe évangile soulèvera la question : Qui a donné la manne, Moïse ou Dieu ? (Jn 6,31). Quand un homme, Jésus, multipliera le pain, on se plaindra que le signe ne vienne pas du ciel, parce qu'il avait trouvé ici-bas ce pain qu'il a multiplié (cf. Mc 8,11). À quoi il répondra que c'est bien du ciel que lui-même, Jésus, vient. Mais on voudrait l'avoir vu en descendre, au lieu qu'il vienne de Nazareth (Jn 6,41-42) où sa famille est connue. Ses œuvres, dit-il, sont celles que le Père lui donne (Jn 5,36) et ses paroles sont celles que le Père lui dit (Jn 12,49-50).

Nous avons lu ce que Jésus dit aux Juifs : « Si vous croyiez en Moïse, vous croiriez en moi » (Jn 5,46). Sans doute serons-nous aidés à croire en Jésus, si Moïse nous a montré combien Dieu peut croire en l'homme.

LE PÈRE QUI M'A ENVOYÉ M'A PRESCRIT
CE QUE J'AI À DIRE ET À DÉCLARER
(JN 12,49). LES PAROLES QUE JE VOUS DIS,
JE NE VOUS LES DIS PAS DE MOI-MÊME.

≈ JN 14,10 ≈

POURQUOI, SEIGNEUR, TA COLÈRE VEUT-
ELLE S'ENFLAMMER CONTRE TON PEUPLE
QUE TU AS FAIT SORTIR DU PAYS D'ÉGYPTE ?

≈ EX 32,11 ≈

EXODE 12, 29. Pendant la nuit où les Hébreux
célèbrent la pâque, l'Exterminateur frappe le premier-né du pharaon
(Vézelay, chapiteau).

Moïse

ET LE PHARAON

La Pâque, c'est la nuit pascale (Ex 12 et 13). Et la nuit pascale est au cœur de la Bible.

Pendant la nuit pascale, les premiers-nés d'Égypte sont mis à mort. Le fléau épargne Israël, que Dieu appelle « mon premier-né » (Ex 4,22). Ainsi frappé pour avoir refusé de libérer Israël, le pharaon cède et le laisse partir.

La Pâque est donc aussi la dixième plaie d'Égypte. L'heure de la dixième plaie d'Égypte est l'heure du salut d'Israël. La « plaie » dont il s'agit, c'est la mort. Non la mort pour Israël, mais la mort pour les Égyptiens. Non la mort du pharaon, mais la mort de son fils aîné, et de tous les premiers-nés de son peuple. La plaie tombe ainsi sur un lieu bien précis, sur la vie en tant qu'elle se donne, sur la transmission de la vie. Au commencement du récit (Ex 1), le pharaon s'ingéniait à priver Israël de ce pouvoir, à frapper les Israélites en tant que pères et en tant que mères. Son projet retombe sur lui, et sur son peuple.

Le récit reconnaît dans ce malheur la main de Dieu. Parmi les lecteurs de ce dénouement, deux attitudes. Les premiers s'insurgent, les autres laissent tout passer les yeux fermés. Aux premiers, disons de donner au récit le temps de se dérouler : qu'ils lui fassent plus de crédit. Ils verront que le récit ne cache pas tout à fait son embarras. C'est que la mémoire d'Israël ne s'est jamais sentie quitte de cet événement et mérite notre admiration pour n'avoir jamais fait disparaître ce qu'il avait de plus problématique. Je ne parle pas ici du problème posé à la science de l'historien mais, ce qui importe plus, de celui qui est posé à la conscience humaine.

Le pharaon voit donc son crime retomber sur lui ou plutôt sur son fils et sur les fils de son peuple. Le chiffre « dix » (dixième plaie) exprime que ce dénouement est la dernière possibilité, celle qu'il fallait éviter à tout prix, mais qu'une longue confrontation entre Moïse et le pharaon n'a pu que retarder. Moïse dispose de deux armes. L'une est un bâton qui lui sert à opérer des prodiges (les « plaies ») pour avertir l'Égypte. L'autre arme est la parole. Pour qu'on voie bien qu'en réalité elle n'est pas une arme, il faut que Moïse parle avec difficulté et qu'il ait peur de parler : sa parole est de faiblesse (Aaron joue plusieurs fois le rôle de suppléant plus loquace). C'est seulement après la première entrevue (qui s'est déroulée sans menace mais s'est conclue sans résultat !) que commence la série des dix plaies. Le schéma se répète avec quelques variantes tout au long des dix épisodes :

1. Moïse dit : « Laisse-nous partir ou tu seras frappé. »
2. Le pharaon refuse.
3. Moïse agit par son bâton (ou sa main, ou le bâton d'Aaron).
4. Le pharaon promet la libération.
5. Moïse parle à Dieu en faveur du pharaon.
6. La plaie s'arrête.
7. Le pharaon retire sa promesse.
8. Dieu alors frappe.

Ainsi Moïse est efficace de deux côtés : d'un côté, il annonce et déclenche chacune des plaies, de l'autre, il y met fin par sa prière d'intercesseur. Les premiers coups (eau insalubre, invasion de grenouilles, vermine) sont bénins, quoique impressionnants. Le récit se déploie en dévoilant inexorablement mais patiemment où est le mal du pharaon, où se cache son péché.

Chaque fois que se retire la main qui le frappait, il ne voit dans ce signe de patience qu'un signe de faiblesse. Il faudra dix épisodes pour que l'échec de la parole soit rendu évident et devienne définitif. Aveugle et sourd à toute clémence, le pharaon ne peut être atteint par aucune clémence. Ne comprendre que la force, c'est se livrer à elle.

Ainsi parle la justice. Et pourtant le texte hésite. On le voit à plus d'un indice. Le récit ne maintient pas fermement que les premiers-nés d'Égypte, Dieu *lui-même* les ait exterminés. Est-ce lui, ou est-ce l'être obscur appelé « Destructeur » (Ex 12,23) ? Dieu ne le « laisse pas entrer dans les maisons d'Israël » (Ex 12,23), il ne fait donc que le « laisser » entrer chez les Égyptiens. Et le récit ne fait pas d'Israël et de l'Égypte deux peuples ennemis. Le statut de Moïse – un fils de l'Égypte ! – n'est pas complètement effacé (Ex 11,3). Les femmes d'Égypte – les mères ! – sont bien disposées envers celles d'Israël (Ex 3,21-22). Et nous observons que, dans l'exécution de la dixième plaie, Moïse ne joue plus aucun rôle, ni pour la déclencher ni pour l'interrompre.

Mais il est un signe plus parlant, qui nous alerte sur l'absence d'une justice vraiment digne de Dieu dans cette première nuit pascale. Le vrai signe de la Pâque est le sang de l'agneau. Sang : signe visible et voyant qu'il n'y a *pas* eu justice. De quoi Israël reste à jamais le témoin véridique. L'agneau n'est pour rien dans la dureté du pharaon. Son innocence représente celle des premiers-nés d'Égypte. L'agneau, s'il ne fait pas la justice, ne lui est pas étranger non plus puisqu'il *signale* et *rappelle* l'injustice de génération en génération. Il est la vérité cachée du récit, ou, mieux, il témoigne que la vérité se rend irrépressiblement visible. L'agneau est la dette d'Israël.

Après la Pâque, Israël libéré reste en dette envers l'Égypte. De manière apparemment plus anecdotique, les femmes d'Israël sont sorties parées des bijoux que leur avaient *prêtés* leurs sœurs les femmes – les mères ! – d'Égypte (Ex 12,35-36) : quand leur seront-ils réclamés ? On se rappelle aussi qu'à la sortie de la mer Rouge les cadavres égyptiens jonchent la grève. Moïse déjà avait en vain caché dans le sable son premier mort égyptien (Ex 2,12).

L'Égypte frappée, Israël épargné, une dette reste. Moïse sauvé des eaux par l'Égyptienne, ce Moïse reviendra quand sera chanté ce que l'Apocalypse (15,3) appelle « le Cantique de Moïse et le

Cantique de l'Agneau ». Il se reconnaîtra en celui qui, prenant la place *et* de Moïse *et* de l'Agneau fera de l'Égypte et d'Israël un seul peuple saint, par son propre sang.

ET LE SEIGNEUR ACCORDA AU PEUPLE LA FAVEUR DES ÉGYPTIENS. DE PLUS MOÏSE LUI-MÊME ÉTAIT TRÈS GRAND DANS LE PAYS D'ÉGYPTE, AUX YEUX DES SERVITEURS DE PHARAON ET AUX YEUX DU PEUPLE.

Ex 11,3

LE SEIGNEUR TRAVERSERA L'ÉGYPTE POUR LA FRAPPER ET IL VERRA LE SANG [...], ALORS LE SEIGNEUR PASSERA DEVANT LA PORTE ET NE LAISSERA PAS LE DESTRUCTEUR ENTRER DANS VOS MAISONS POUR FRAPPER.

Ex 12,23

Moïse

DANS LE PÉCHÉ DES SIENS

Moïse n'a pas reçu la promesse. Son peuple l'a reçue quand il a pu vivre dans l'« heureux pays », ayant traversé le Jourdain et pris la terre de Canaan, qui est la Terre promise. Mais l'histoire de Moïse et l'histoire du peuple dans ce que l'on appelle Terre promise restent deux segments séparés par une barre fermement tracée. Moïse n'aura rien connu que le désert et les abords hostiles de Canaan, pays où il ne goûtera ni la paix ni « le lait et le miel ». Regarder de loin, depuis le mont Pisga, c'est tout ce qui lui sera accordé. En trois mots : monte, regarde, meurs (Dt 32,48-52).

Il meurt à cent vingt ans, mais, lisons-nous, avec encore sa vigueur et la vue bonne (Dt 34,7). Ce n'est pas la mort d'un homme « rassasié de jours », tel que Job (Jb 42,17) ou David (1 Ch 23,1). En pleine force, il mourra avant d'avoir atteint la promesse. Son sort lui arrache une plainte : « J'ai imploré la faveur du Seigneur […]. Permets que je passe. » À quoi Dieu répond : « Assez ! Cesse de m'en parler » (Dt 3,25-26). Or il s'agit non seulement d'une privation et d'un malheur, mais d'un châtiment (« Parce que, en ne croyant pas en moi, vous n'avez pas manifesté ma sainteté devant les fils d'Israël […], parce que vous avez été rebelles à ma voix, aux eaux de Mériba », Nb 20,12 et 24 : le « vous » désigne Moïse et son frère).

Cette accusation, qui paraît claire, perd de sa clarté à la lecture d'autres passages. D'abord Dt 4,21, où Moïse dit à Israël : « Le Seigneur s'est mis en colère contre moi *à cause de vous.* » Ensuite, le récit de l'action qui provoque cette colère (Nb 20, 1-13) n'en fait pas bien apparaître le motif. Voici l'histoire : une fois de plus, le peuple souffrant de soif a douté et a voulu vérifier le pouvoir de YHWH, qui invite alors Moïse à frapper le rocher pour que l'eau coule. Moïse frappe et l'eau coule. Mais il frappe deux fois. Au lecteur de comprendre, s'il peut : Moïse a-t-il pensé qu'une percussion supplémentaire donnerait une meilleure chance d'efficacité au pauvre moyen choisi par Dieu ? La notation est sommaire, et nous ne voyons ailleurs aucun autre faux pas de Moïse... Telle est pourtant sans doute la meilleure lecture de l'événement : Moïse a été contaminé par la tenace incrédulité du peuple.

Cela vaut en première approximation. Mais ce qui attire l'attention et relance la curiosité, c'est la manière dérobée et obscure dont cela nous est rapporté. Nous voyons une fois encore se poser une tache d'ombre sur un moment critique. Dt 4 se tait sur les motivations de la colère de Dieu. Un texte tardif, le psaume 106, se montre embarrassé : le peuple a « causé le malheur de Moïse », qui « parla sans réfléchir » (v. 32-33) ! Quant à l'épisode de Nb 20, il est pour le moins lacunaire.

Depuis la plus ancienne tradition rabbinique, l'usage des commentateurs est de prêter attention à plusieurs manières de comprendre. En voici une.

La loi elle-même n'est-elle pas un lieu entouré de tempête et de tourmente ? Le retrait imposé à Moïse ne signifie-t-il pas une certaine distance entre la loi elle-même et la promesse ? Le Sinaï « [...] n'était que fumée parce que le Seigneur y était descendu dans le feu ; sa fumée monta comme la fumée d'une fournaise et toute la montagne tremblait violemment » (Ex 19,18). L'homme qui transmet le message si redoutable du Sinaï n'est pas en tout semblable à Dieu. Et cet homme ne peut pas être différent en tout des destinataires, ni complètement désimpliqué de leur péché. Si peu qu'il soit pécheur lui-même, n'est-ce pas sur lui, le moins pécheur, qu'apparaîtra le mieux la distance entre nous

NOMBRES 14,1-10. La gloire du Seigneur protège Moïse,
Josué et Caleb des pierres que leur lance le peuple
(Rome, basilique Sainte-Marie-Majeure, mosaïque).

tous et la loi, la distance entre la loi et la promesse ? « À cause de vous… » : pour que vous sachiez que vous ne méritez pas ce qui vous est promis. Notons bien que, si le texte est tellement réticent, tellement secret, c'est pour que nous mesurions l'impossibilité de dire en termes adéquats, de formuler dans une théorie, le lien qui unit le juste châtié, que Dieu ne laisse pas entrer, et les coupables épargnés, auxquels la porte est ouverte. Mais combien il est précieux de percevoir, dans une lumière mesurée mais sûre, qu'il y a vraiment ce lien ! Le juste et les pécheurs sont appelés à échanger leurs places.

C'est un lien d'amour. La route est longue. Moïse le libérateur est agressé par le peuple presque à chaque étape, c'est-à-dire après chaque merveille qu'il a obtenue pour le peuple. « Tu nous as conduits à la mort » (Ex 14,11 ; 17,3 ; Nb 16,13 ; 20,4…). Son frère, sa sœur le combattent (Nb 12,1-2). Le peuple veut se donner un autre chef, le lapider (Nb 14,4 et 10). Il crie vers Dieu : « Tue-moi plutôt » (Nb 11,15). Il prédit les pires heures d'Israël : « Il brisera mon alliance […]. Je le sais, après ma mort, vous allez vous corrompre totalement » (Dt 31,16 et 29). Vient un moment où, de Dieu et de Moïse, c'est Moïse qui persévère le plus à espérer. « Je vais les supprimer et faire de toi une grande nation », dit Dieu (Ex 32,10 ; cf. Nb 14,12). « Pardonne-leur », dit Moïse ou alors « Efface-moi du livre », du livre de vie (Ex 32,32).

La Bible nous laisse plusieurs images de Moïse. Traces transmises par plusieurs traditions, à des heures différentes. Il est celui qui fait massacrer par les fils de Lévi ceux qui ont adoré le « veau d'or » (Ex 32,25-29). Il est celui qui offre de se perdre lui-même pour que le peuple soit pardonné. Ainsi fera plus tard saint Paul : « Oui, je souhaiterais être anathème, être moi-même séparé du Christ pour ceux de ma race selon la chair » (Rm 9,3). L'histoire de Moïse nous fait deviner combien il est humainement impossible que rien de l'agresseur ne déteigne sur l'agressé, que la dureté de la loi ne se change en dureté du juge. L'épaisse fumée du Sinaï *cache* le secret de l'amour, mais c'est en nous *révélant* qu'il y a en elle un secret.

LE SERPENT ÉLEVÉ

LE « SERPENT D'AIRAIN » APPARAÎT BRIÈVEMENT dans le récit de la traversée du désert au temps de l'Exode, encore plus brièvement dans l'histoire du roi Ézéchias (cinq siècles plus tard), puis dans une réflexion de la « Sagesse de Salomon » (juste avant l'ère chrétienne) et enfin dans l'évangile de Jean. Il s'agit là d'un « type » au sens étymologique d'une marque, enfoncée assez fort pour que son empreinte traverse les époques successives. Un type [10] se répète, il insiste. Sans manifester tout ce qu'il « veut » dire, il manifeste ce qui « veut se dire » par lui et nous contraint à le chercher.

Voici l'histoire, selon Nb 21, 4-9. Arrivé au sud de la Terre promise, le peuple, qui trouvait le chemin trop long et finissait par être écœuré d'avoir de la manne à chaque repas, se tourna contre Moïse. Dieu, pour le punir, envoya des « serpents brûlants ». Beaucoup moururent de leurs morsures. Les survivants ayant crié grâce et confessé leur faute, Dieu dit à Moïse : « Façonne-toi un serpent d'airain et hisse-le sur un mât : ceux qui ont été mordus et le regarderont vivront. » L'archéologue retient de cet épisode qu'il y a effectivement des mines de cuivre au sud de la Terre promise, du côté du golfe d'Aqaba et même plus haut, sites déjà exploités au temps de Moïse. Il y a aussi des serpents. L'existence de « serpents d'airain [11] » ne serait donc pas pour surprendre. Précisément, des objets de bronze en forme de serpent ont été découverts dans la région, et quelques-uns sont datables du temps de l'Exode. Le besoin que les anciens récits soient supportés par des objets réels se trouve ainsi satisfait. Il nous manque seulement le mât, ou la hampe, qui n'est pas superflu s'il s'agit bien, pour être guéri, de « regarder » le serpent.

Dans son œuvre de redressement du culte, le zélé roi Ézéchias (contemporain d'Isaïe, au VIIIe siècle) « coupa le poteau sacré et mit en pièces le serpent d'airain que Moïse avait fait, car les fils d'Israël avaient brûlé de l'encens devant lui jusqu'à cette époque » (2 R 18,4). Qu'il y ait ou non un lien entre ce poteau et le serpent, il est clair qu'un culte rendu à un serpent de bronze suppose qu'on ne l'ait pas laissé à plat sur le sol.

La surprise, pour l'historien et pour nous-mêmes, est le fait que le roi soit loué d'avoir défait ce que Moïse avait fait. Or là-dessus le contexte est sans équivoque. Le rédacteur laisse-t-il entendre que Moïse n'avait pas fait cet objet pour que l'on brûle de l'encens devant lui ? Sa réticence avait sans doute un motif plus profond. Fondre et mouler du cuivre pour en tirer la semblance d'un animal, cela évoquait de trop près le bovin, le veau d'or sorti de l'atelier d'Aaron. Dans les deux cas, l'acte tombe sous le coup de l'interdit du décalogue. L'abus (brûler de l'encens) est invoqué comme prétexte pour supprimer l'objet lui-même, étant sauf le respect dû à Moïse. Se fait jour ici une tendance radicale propre à un auteur particulier, celui qui a raconté l'histoire des Rois, en se réglant sur les principes du Deutéronome pour évaluer les différents règnes. Inspiré par les prophètes, cet auteur (le « deutéronomiste ») est un partisan déterminé de la simplification du culte, voire de sa réduction. Il s'intéresse plus au fondement de la loi qu'à ses détails et même, s'il n'avait tenu qu'à lui, nous pouvons croire que la part faite aux prodiges dans l'histoire d'Israël, part qui déjà, à tout prendre, est modérée, l'eût été encore davantage. Comme il arrive souvent, la Bible nous apporte une tradition et l'accompagne, dans une autre page, d'un complément qui la remet à sa place. Le serpent d'airain le plus accessible à l'historien n'est pas

NOMBRES 21,4-9. Ceux qu'un serpent a mordus sont guéris
par le serpent d'airain que Dieu a prescrit à Moïse de faire
(Vérone, portail de Saint-Zénon).

celui du désert, c'est l'objet qui demeura longtemps vénéré dans Jérusalem : sa présence était expliquée et légitimée aux oreilles des pèlerins attentifs par un récit semblable à celui de Nb 21. C'est ce récit qui attirait dans le Temple à l'emplacement du mât, colonne ou poteau, ceux qu'un serpent avait mordus ou qui, peut-être, souffraient d'autres maux : on leur assurait que le remède qu'ils trouveraient en ce lieu remontait à Moïse lui-même. Le lieu devint suspect lors d'une époque d'épuration quelque peu rationalisante.

Mais le fait est qu'un complexe de symboles aux racines si profondes ne se laisse pas anéantir. S'entrecroisent ici deux thèmes. Premier thème : le serpent, cause du mal, guérit le mal. C'est que le serpent porte un poison, *pharmakon,* dont le nom veut dire aussi remède : aujourd'hui encore, l'image d'un serpent enroulé sur une baguette signale un médecin. Second thème : guérir par la vue. Si voir a puissance de guérison, c'est que ne pas voir a puissance de mort. Le serpent se cache et il est commandé de l'exhiber. La vue, faculté de lumière et donc de vie, est plus forte que ténèbres et mort. Y aurait-il un rapport entre la maladie et le mensonge ?

La troisième apparition du serpent dans la Bible prend le même ton réformateur que le texte deutéronomiste. La Sagesse de Salomon profite de l'histoire du serpent d'airain pour enseigner que rien n'a pouvoir de guérir, si ce n'est la parole de Dieu. Racontant l'épisode, il paraît se désintéresser du contenu de l'ordre divin (le serpent) pour retenir seulement la parole et le fait qu'on lui obéit.

L'évangile de Jean reprend le thème à son commencement. Disons qu'il fait plein droit à Moïse. C'est le destin, peut-on dire, des archétypes : longtemps recouverts, ils réapparaissent *in extremis.* Venir se faire soigner et guérir près d'une image de mort en s'appuyant sur un morceau de la mémoire de l'Exode, cela avait un sens, et un sens fort, que l'évangile de Jean n'annule pas, au contraire. Il nous fait entendre, de la bouche de Jésus, cette parole : « Comme Moïse a élevé le serpent dans le désert, ainsi faut-il que soit élevé le Fils de l'homme, afin que quiconque croit ait en lui la vie éternelle » (Jn 3,14-15). Il veut dire que Jésus « élevé » en croix prend la place du serpent qui donne la mort et que, par ce moyen, il donne la vie. C'est là un thème où saint Jean n'est pas isolé. L'apôtre Paul, qui s'exprime peu par des images, nous dit la même chose à sa manière : « Celui qui n'avait pas connu le péché, il l'a, pour nous, identifié au péché, afin que, par lui, nous devenions justice de Dieu » (2 Co 5,21). Il dit encore que le Christ est « devenu malédiction pour nous, puisqu'il est écrit : maudit soit quiconque est pendu au bois » (Ga 3,13). Celui qui est sans péché attire sur lui notre péché pour que ce péché sorte enfin de nous. Pour qu'il en soit ainsi, il aura fallu que sorte de nous notre mensonge par lequel nous nous cachions à nous-mêmes notre péché, chaque fois que nous le faisions porter par un autre pécheur. Jésus, dans sa justice parfaite, est le seul qui puisse rendre ce mécanisme parfaitement inefficace, le désamorcer. Nous faisions du juste un pécheur et le juste donne à nous pécheurs sa justice. Nous laisser la place du juge, prendre celle du criminel. Absorber pour la détruire l'énergie infatigable de nos accusations. Encore y faut-il notre regard : « Ils regarderont celui qu'ils ont transpercé », écrit encore saint Jean (19,37). Mais par quel miracle notre regard saura-t-il traverser l'apparence d'un condamné pour y voir l'innocence de l'agneau qui ne nous accuse pas ? C'est que la gloire de l'innocence sortie de Dieu a choisi ce spectacle d'un condamné exhibé pour y montrer sa force, innocence qui guérit le coupable.

NOMBRES 13,23. Les deux éclaireurs de Moïse en Canaan
« coupèrent un sarment et une grappe de raisin qu'ils emportèrent
à deux, sur une perche » (Zagreb).

Josué conquiert la Terre promise

Le livre de Josué ne laisse à son lecteur aucune image du héros dont il porte le nom. Qui est Josué ? Le récit d'Ex 17,8-16 répond éloquemment : Moïse prie les bras tendus, pendant que Josué manie l'épée contre les Amalécites. Josué le chef de guerre n'est que l'instrument par lequel Dieu tient la promesse faite à Moïse : donner une terre à son peuple.

Le nom de Josué est, en hébreu, le même que celui de Jésus. L'antique tradition chrétienne s'en est émerveillée : leur nom à tous deux est lié à la promesse accomplie. D'une tout autre manière que Jésus, Josué, par le prodige de Gabaon (Jos 10,10-15), a marqué l'histoire. Nous lisons qu'il s'adressa au soleil (« Arrête-toi ! ») et en fut obéi « pendant presque une journée ».

C'était « le jour le plus long ». Le prodige évoque pour nos contemporains le procès de Galilée condamné à se rétracter (1633) après avoir professé que ce n'est pas le soleil qui tourne autour de la terre, mais l'inverse. Il obligeait ainsi à nier que ce récit fût matériellement vrai. D'où beaucoup d'obscurités et de souffrances infligées au nom de Dieu, jusqu'à ce que les autorités de l'Église renoncent à prendre ce texte au pied de la lettre.

En réalité, le prodige est aussi le dernier d'une série, une sorte d'adieu. Les prodiges des premiers livres de la Bible se raréfient ensuite. La main de Dieu se fait beaucoup moins visible. On observe quelques transitions.

Alors que la mer Rouge s'était ouverte à la sortie d'Égypte, c'est le tout petit fleuve Jourdain qui arrête son cours afin de laisser le peuple entrer en Canaan. La vraie différence consiste surtout en ce que les porteurs de l'arche doivent avoir posé les pieds sur le fleuve pour qu'il s'immobilise. Ce signe minuscule attire l'attention sur la place laissée à l'homme dans l'œuvre de Dieu. Les hommes ont dû s'engager les premiers. Autre mutation : « Ils mangèrent des produits du pays le lendemain de la Pâque [...] et la manne cessa le lendemain quand ils eurent mangé des produits du pays » (Jos 5,11-12). La leçon va dans le même sens. Est à souligner ici la continuité du sens dans l'effacement du signe. Dieu se rendait visible dans cette manne qui tombait du ciel dans le désert. Il est invisible dans ce pain qui sort désormais de la terre. Pourtant, c'est la continuité qui importe : le pain de la terre et le pain du ciel ont *même origine*. L'homme n'est pour rien dans le pain du ciel. L'homme est présent dans le pain de la terre. Il lui est présent de deux manières. D'abord par son travail : il le fait pousser. Ensuite, par sa parole : il le nomme don de Dieu, car ce pain sort de la terre que Dieu lui avait donnée comme il l'avait promis (Dt 26). À l'homme de faire l'histoire de ce pain qui, quoique invisiblement, n'est pas moins merveilleux que la manne. La manne le nourrissait hier comme on nourrit un enfant. Il se nourrit aujourd'hui de pain comme un adulte qui assure sa propre subsistance mais perdrait son identité s'il ne reconnaissait pas ses père et mère. La manne, il ne pouvait l'offrir à Dieu, puisqu'il en était absent : rien, en elle, ne venait de l'homme, elle était seulement de Dieu, non de l'homme. Le pain, il peut l'offrir à Dieu parce que c'est *son* pain. Ce passage d'une ressource – la manne – à une autre – le pain – s'est fait sans discontinuité : la soudure, comme on dit, a été assurée ! Il se trouve que le jour où se transforme ainsi le régime alimentaire d'Israël est le jour de la première Pâque en Terre promise (Jos 5,10).

Jésus, dans une perspective pascale, dira un jour, selon Jn 6, qu'il est lui-même ce pain qui vient du ciel, quoiqu'il en vienne invisiblement. « Nous connaissons son père et sa mère », disait-on. Et, pour faire comprendre ce qu'est Jésus lui-même, les pains qu'il distribuait à la foule ne venaient pas seulement du ciel, puisqu'il avait fallu que les apôtres se donnent d'abord la peine d'en trouver cinq.

À un autre niveau, ce qui est de Dieu et ce qui est de l'homme se rencontrent dans l'histoire de la conquête, mais de manière plus troublante.

Ce même livre qui a perturbé les hommes de la Renaissance à cause du miracle de Josué est aussi celui qui nous apporte aujourd'hui une autre pierre d'achoppement. Israël avec Josué a déjà franchi le Jourdain, célébré sa Pâque. Mais Dieu n'a pas trouvé, pour l'offrir à son peuple, une terre où il n'y ait personne qui habite déjà. Israël s'en empare donc exactement comme se font les conquêtes sur la planète depuis le début des temps, par la guerre. À travers l'histoire, le sort des vaincus a varié selon les conditions culturelles et économiques : les grands empires peuvent s'en tenir à déplacer les populations ou à les assujettir. Si un vainqueur est pauvre et sans bases, il sera plus sauvage : hommes, femmes, et aussi enfants (autrement, qui les aurait nourris ?) seront tués. Le comportement d'Israël conduit par Josué se rapproche beaucoup de ce qu'a pu être celui des autres peuplades sur toute la face de la terre, et de ce qui recommence jusqu'à nos jours.

Pourquoi faut-il que non seulement la conquête mais aussi l'extermination, appelée « anathème », se fasse sur ordre de Dieu ? La première nuit pascale avait soulevé la même question, et donné l'occasion au narrateur d'une réponse ambiguë : « Dieu ? ou cet autre appelé l'Exterminateur ? » Cette fois, à l'entrée de la conquête, Josué ne voit pas lui apparaître Dieu lui-même, mais un homme mystérieux qui se donne comme « chef de l'armée de YHWH » (Jos 5,14). Avant de nous expliquer prochainement sur les violences de la conquête, disons qu'il nous est permis de voir, dans cet être intermédiaire qui n'est ni Dieu ni homme, le lieu où se mélangent encore, dans un provisoire qui durera longtemps, les vues de l'homme et celles de Dieu.

Parler pour arrêter le soleil, conquérir la promesse en tuant sur l'ordre de Dieu : ainsi est proposée aux générations une longue traversée, à travers les obstacles que sont des mots qui ne s'effaceront pas.

LA MANNE CESSA DÈS LORS DE TOMBER, DU MOMENT QU'ILS MANGEAIENT DU PRODUIT DU PAYS.

🐟 Jos 5,12 🐟

Rahab
ET LA MURAILLE
DE JÉRICHO

RAHAB ÉTAIT UNE PROSTITUÉE qui logeait dans le rempart de la ville de Jéricho (Jos 2,15). Cet emplacement relativement écarté convenait à son activité. On peut conjecturer qu'il lui permettait de recevoir, en plus de ses concitoyens, des étrangers de passage. C'est ainsi que des éclaireurs envoyés par Josué depuis le camp d'Israël, en prélude à la conquête de Canaan, furent reçus par elle. Sans doute pouvaient-ils espérer ne pas attirer l'attention au milieu d'une clientèle variée. Mais il semble que, concernant l'identité des visiteurs d'une prostituée installée dans un poste aussi sensible, peu de choses échappaient à la police du roi. Ces éclaireurs israélites, lisons-nous (Jos 2,2), lui sont immédiatement signalés, sur quoi le roi informé fait savoir à Rahab qu'elle donne asile à des espions. À vrai dire, on ne voit pas pourquoi cet avertissement, si ce n'est que le narrateur veut donner à Rahab le mérite et le temps de les soustraire à la police (Jos 2,4-7). Celle-ci ne tarde pas à se présenter et Rahab sauve les éclaireurs par une feinte. Elle engage la police à courir hors des murs à la poursuite des espions, mais elle les a cachés sur la terrasse, sous des tiges de lin qui sèchent.

Revenons sur Jéricho. Vaste oasis, une des portes de Canaan, cette ville a plus de cinq mille ans d'existence quand Josué s'y présente avec l'armée d'Israël. Il en subsiste plusieurs murs d'enceinte, quoiqu'ils soient tous antérieurs à Josué. La mission des éclaireurs (ou des espions) n'est pas précisée. On s'attend à les voir enquêter sur les défenses de la ville. Du temps de Moïse, un commando envoyé en reconnaissance était revenu semer l'effroi : « Les Cananéens sont des géants, devant qui nous paraissons des sauterelles » (Nb 13,30-33). Israël en est paralysé. Or, chez Rahab, la situation se retourne. Elle renseigne ses hôtes non pas sur les murs ni sur l'armée, mais sur le moral des habitants. Le cœur leur manque, panique à Jéricho ! « Nous avons appris… » la catastrophe qui a frappé l'Égypte et d'autres après elle (Jos 2,10). Les murs de Jéricho ont des oreilles et c'est par là qu'est déjà entrée la défaite. Paralysée, Jéricho ne se défendra pas.

Message pour le lecteur : la force de la parole, de l'annonce qui clame : « Dieu agit pour son peuple. » La parole gagnera cette guerre. Israël n'aura pas matière à se vanter beaucoup de la conquête. L'histoire savoureuse de Rahab est relayée par un épisode d'une autre couleur, de rédaction plus tardive : six jours de suite, l'arche du Seigneur, au son des trompes, fait le tour des murs de Jéricho, jusqu'à ce qu'au septième jour, au seul son de la fanfare et du cri de guerre, les murailles s'effondrent (Jos 6,1-16). Une fois encore, les murs ont des oreilles, et leur tympan est brisé. Après l'histoire de Rahab, cette version liturgique illustre le point faible des murailles, que la parole traverse.

Suite du récit : Rahab, qui habite la muraille, traverse la muraille, celle qui sépare les peuples. Elle demande à entrer en alliance avec Israël et elle l'obtient. Elle fera souche au milieu du peuple de Dieu (Jos 6,25). Nouveau message pour le lecteur : un peuple se construit par des alliances. S'il avait fallu, pour assurer l'entière pureté du sang d'Israël, qu'Abraham et Sara fussent complètement frère et sœur, c'eût été payer cette intégrité par un inceste au lieu d'une alliance. Ici, le cas de Rahab est ce qu'on appelle un « type », c'est-à-dire un schéma appelé à se répéter et à s'amplifier. L'événement de Rahab est considérable. Il l'est pour le narrateur, qui l'inscrit dès le chapitre 2 du livre. Il l'est pour l'historien, qui y voit beaucoup plus qu'un fait divers rompant la monotonie. Rahab est le symbole d'une masse que sa marginalité a portée à s'agréger à Israël sans combat, et dont l'astuce a pu la préserver de l'anathème.

JOSUÉ 2,18. Pendant que tombent les murailles de Jéricho,
Rahab montre aux assaillants le signe convenu avec eux
pour qu'ils l'épargnent (Rome, basilique Sainte-Marie-Majeure).

Certes les livres de Josué et des Juges enregistrent beaucoup d'anathèmes, consignes d'extermination du Cananéen (Jos 6,17 et 21 ; 8,2 et 25-29 ; 10,26...). Ils contrastent avec les remarquables cas d'alliance. Ainsi un groupe d'autochtones se présente avec du pain dur et des sandales rapiécées pour faire croire qu'ils ne sont pas cananéens puisqu'ils arrivent d'un long voyage. En réalité seulement peu de kilomètres, mais Israël s'aperçoit trop tard de la ruse : l'alliance a été accordée, elle est irrévocable (Jos 9). Quand on pense que Jérusalem est restée une ville non conquise jusqu'au temps de David, enclave parmi d'autres dans une vaste marqueterie (Jos 15,63 ; 16,10 ; 17,12-13 et 18 ; 23,4...), on mesure le degré de non-accomplissement de la promesse. Il ne fallait pas qu'Israël se croie vraiment arrivé, délivré de la pression de l'autre.

La conclusion du livre (Jos 24) se déroule à Sichem, loin de Jéricho. Josué rappelle au peuple toute son histoire. Or deux anomalies attirent l'attention. L'histoire remonte au père d'Abraham, Térah. Est par là signifiée la proximité des cousins germains, nations distinctes d'Israël. Surtout, l'auditoire est traité comme s'il n'avait jamais conclu d'alliance avec le Seigneur avant ce jour : le Sinaï n'est pas mentionné et tous sont supposés rendre un culte à d'autres dieux, dont certains étaient adorés dès la Mésopotamie (Jos 24,14). Par rapport à l'absolutisme religieux qui impose une guerre d'extermination et que documentent certains textes, l'image est inversée. Elle est plus fidèle à la réalité. Jos 24 implique un auditoire ethniquement et religieusement composite. Cette mixité est le vrai prix de l'implantation en Canaan.

Concluons l'histoire de Rahab : elle devra marquer sa fenêtre d'un cordon rouge (Jos 2,18), pour se signaler à l'envahisseur. Les éclaireurs reviendront. L'histoire biblique, en effet, reviendra. Matthieu inscrira Rahab dans la généalogie de Jésus et les Pères verront en elle une figure des païens introduits dans l'élection.

Nous avons entendu dire que le Seigneur a séché devant vous les eaux de la mer des joncs [...], nous l'avons entendu et notre courage a fondu.

≈ Jos 2,10-11 ≈

Josué dit à tout le peuple : « C'est de l'autre côté du fleuve qu'ont habité autrefois vos pères, Térah père d'Abraham et père de Nahor, et ils servaient d'autres dieux. Je pris votre père Abraham [...]. »

≈ Jos 24,2-3 ≈

Écartez les dieux qu'ont servis vos pères de l'autre côté du fleuve. [...] Moi et ma maison, nous servirons le Seigneur.

≈ Jos 24,14-15 ≈

JUGES 16,19. La force de Samson réside dans ses cheveux. Dalila profite de son sommeil pour le tondre (abbaye de Montbenoît, stalles).

SAMSON

OU LE DÉBORDEMENT

« GÉANT AMORAL TRAVERSÉ DE FUREURS ET CONVOITISES », cette appréciation de Samson, qui figure dans un dictionnaire de la Bible, n'est pas sans quelque fondement. Rappelons toutefois qu'un personnage n'apparaît pas sous son jour le plus vrai dans une image ainsi objectivée, qui fait penser à une photo prise dans un commissariat de police. L'auteur de l'histoire biblique de Samson a vu autrement son héros. Il nous en a relaté les hauts faits sur un rythme accéléré.

Quand les Philistins dominaient Israël, un enfant est annoncé par un ange à une femme stérile et à son mari, Israélites de la tribu de Dan. Il sera un « nazir de Dieu », c'est-à-dire un homme consacré, qui portera les cheveux longs. Le régime du nazir (sans alcool ni aliment impur) sera observé par sa mère dès sa grossesse, parce qu'il est choisi en vue de sauver son peuple des Philistins.

Sa première action est de mécontenter ses parents en choisissant pour femme une fille de ce peuple ennemi et impur. Il déchire la mâchoire d'un lion menaçant, puis épouse celle qu'il aime. Semaine de noces chez les Philistins. Des abeilles ont fait leur miel dans la carcasse du lion qu'il avait tué. Samson ne dit rien de la chose, mais en tourne une énigme : « Du mangeur sort le mangé et du redoutable le doux » (Jg 14,14). Si les Philistins trouvent la solution, ils auront trente pièces de tissu et trente vêtements ; ils paieront la même chose à Samson s'ils ne trouvent pas. Les Philistins disent à l'épouse : « Nous te brûlerons si tu ne te fais pas donner la réponse par ton mari. » Elle pleure sept jours et l'obtient. Samson a perdu. Pour payer sa dette de trente vêtements, Samson tue trente Philistins dans une autre ville et retourne chez les siens.

Les parents de sa femme la donnent alors à un garçon d'honneur. Samson la réclame. Refus. Il attache des renards deux par deux à une torche allumée et les lance dans les moissons. La femme de Samson est tuée en représailles. Samson bat les Philistins et part dans une grotte. Ils l'y rejoignent et le réclament à sa tribu. Samson se laisse livrer, lié. Quand l'ennemi est arrivé à sa portée, la force de Dieu fait craquer ses liens et sa main tombe sur une mâchoire d'âne avec laquelle il fait un massacre de mille hommes. Pris après cet effort d'une soif intense, il crie vers Dieu : « Faut-il que je meure de soif juste maintenant, quand tu viens de si bien me prêter main-forte ? » L'eau jaillit.

Samson part pour Gaza ; la population philistine le guette à la porte de la prostituée qu'il est allé voir. Non seulement il échappe, mais il met sur son dos la porte de la ville (située au bord de la mer) et la déménage jusqu'à Hébron (située sur la montagne, à plus de mille mètres d'altitude). C'est alors qu'il s'éprend de Dalila, ce qui veut dire « la menue ». Les Philistins promettent à Dalila de l'argent si elle arrache à Samson le secret de sa force. Trois fois, il lui dit un mensonge (il faut sept cordes ; il faut qu'elles soient neuves ; il faut tisser ses cheveux avec la toile de la tente). Trois fois, elle lui donne l'alerte comme si elle le protégeait. Elle lui fait après cela de tels reproches de ses fausses réponses que, à bout de résistance, il dit toute la vérité : Je suis un nazir de Dieu, il suffit de me couper les cheveux. On le fait. Il est pris et on l'emmène à Gaza après lui avoir crevé les yeux. Un jour d'affluence, l'aveugle, jouet du peuple, écarte les deux colonnes de l'édifice principal de Gaza pour le faire crouler, en sorte qu'« il a fait périr plus d'hommes en mourant que pendant sa vie ». Sa mort fit de lui un vainqueur. Il fut enseveli dans la tombe de son père.

L'encadrement de l'histoire (promesse du naziréat) lui donne, certainement après coup, une portée religieuse. Ajoutons que les soudaines poussées de force physique du héros sont chaque fois introduites par : « Alors l'Esprit de YHWH fondit sur Samson. » Mais tout le reste est d'une autre nature. Les peuples ont des géants dans le fond de leurs souvenirs, tels Gargantua chez nous, le cyclope Polyphème des Grecs ou le Gilgamesh assyrien que l'on voit au Louvre, coinçant un lion sous son coude. Le nom de Samson (*Shimshôn*) évoque le soleil (*shèmèsh*) : mais ce soleil est devenu aveugle. La force accompagne la sagesse : Samson tourne des énigmes, joue avec les mots. Notons que l'énigme est chose grave : quand le Sphinx en propose, il meurt si vous trouvez, ou c'est l'inverse.

C'est par pure convention que Samson est rangé dans une série de « juges », c'est-à-dire de chefs : il n'a jamais combattu que tout seul et ne délivrera pas vraiment son peuple. Outre la sagesse et la force, il y a dans cette histoire – il y a surtout – folie et faiblesse. Soleil aveugle, transgresseur sauveur, géant vulnérable, sage berné, colosse conduit par la « menue » à sa perte. Éclats de rire aussi, à le voir déménager la porte de ville, aux gonds de bronze. Et que pour qui doit vaincre les Philistins, leurs femmes soient irrésistibles, cela achève de mettre Samson à sa place. Ce géant fou et sage, fort et faible, c'est à la fois n'importe quel peuple et c'est l'humanité qui, bonne et mauvaise en même temps, déborde sans cesse de ses rives.

Inusable est la charge de vie que ce récit véhicule. Aveugle, lié, moqué, ayant tout perdu, c'est alors justement que le personnage repart, sur un grand coup de respiration. Vainqueur quand tout est perdu. Les évangélistes n'ont pas trouvé incongru qu'en prélude à l'annonce faite à Marie, l'annonce faite aux parents de Jean-Baptiste (Lc 1,15) ressemble par quelques traits à l'annonce faite à la mère de Samson. Annonciations qui se relaient sur le chemin des hommes. Sur l'étrange chemin des hommes.

Il y avait un homme qui se nommait Manoah. Sa femme était stérile et n'avait pas d'enfant. L'ange du Seigneur apparut à cette femme et lui dit : « Je sais que tu es stérile et que tu n'as pas d'enfant. Mais tu vas concevoir et enfanter un fils. »

Jg 13, 2-5

Ruth: le pain, la chair, la parole

L'histoire de Ruth la Moabite et de Booz laisse facilement le souvenir d'une idylle. N'oublions pas cependant qu'elle est l'histoire de gens qui ont faim. En un sens, elle est cela d'abord. Car le livre de Ruth commence avec une famine, qui amène la veuve Noémi à quitter Bethléem pour s'expatrier au pays de Moab. Ses fils, dont l'un s'appelait « Langueur » *(Mahlôn)* et l'autre « Consomption » *(Kilyôn)* meurent dans cet exil ! La famine terminée, Noémi quitte Moab accompagnée de leurs deux veuves, qui sont des étrangères, des filles de là-bas. Elle les exhorte en chemin à revenir sur leurs pas pour se remarier au pays de leurs parents.

L'une d'elles refuse, c'est Ruth. À Bethléem, elle va nourrir Noémi en glanant derrière les moissonneurs. Deux pauvresses. Le récit est scandé par le rythme des récoltes : moisson des orges, moisson du blé. Il l'est aussi par le décompte des portions rapportées par les glaneuses. À travers ce souci un modèle déjà se fait sentir : c'est le livre de la Genèse – Abraham, à peine arrivé en Canaan, devait chercher en Égypte de quoi manger, Isaac se repliait chez les Philistins pour la même raison (Gn 26), et c'est la faim qui amènera les frères de Joseph chez le pharaon. Ce qu'on appelle « l'histoire » est, prise au ras du sol, l'histoire du pain. L'Histoire sainte aussi est de bout en bout l'histoire du pain.

Par ses premiers mots (« Au temps des Juges »), Ruth est contigu à Juges. Mais l'atmosphère y est toute différente. Ruth est le seul livre de la Bible où tout se déroule sans que personne ne pèche. Nous avons vu que Genèse, moins rude que Juges, donne encore une image assez crue des origines. Les souvenirs de Genèse se lisent à travers les lignes de Ruth. Après le drame du pain vient celui de la généalogie : comment assurer une lignée israélite en exil avec deux brus veuves ? Or le livre arrive à garder la trace des épisodes les plus scabreux des vieilles traditions, qu'il métamorphose jusqu'à une pureté idéale. Sa principale référence est le nom de Tamar, qui se joint à celui de Rachel et de Léa pour faire mémoire des grandes aïeules (Rt 4,12).

Qui est Tamar ? Le narrateur de Gn 38 nous rapporte sans émotion l'inceste qu'elle commet avec son beau-père, Juda, fils de Jacob. Elle était veuve et Juda tergiversait à lui donner en mariage le frère de son mari défunt : la loi pourtant (dite du « lévirat ») l'y obligeait. Ce que Tamar n'obtenait pas par la loi, elle se le procura par ruse. Elle attira son beau-père en se déguisant en prostituée. Mais nous lisons seulement dans Ruth, quand le livre fait allusion à cet épisode, que Tamar obtint le fils « pour » son beau-père (Rt 4,12) et non « de » lui. La différence est surtout dans la réserve et la délicatesse du narrateur de Ruth. Ornée et parfumée, la glaneuse va s'étendre auprès de Booz que la moisson a rendu gai (Rt 3,7) et qui sommeille : elle obtiendra ainsi d'être demandée en mariage après une longue nuit dont il est suggéré qu'elle fut chaste.

Une autre référence est la fille de Lot, neveu d'Abraham. Elle avait jadis donné naissance au peuple des Moabites (peuple de Ruth !) en s'étendant, faute de mari, près de son père ivre. Il y a un grand étagement dans ces reprises. D'un côté, une sublimation des thèmes, mais, de l'autre, le maintien du plus primitif dans la mémoire. Remplis d'une matière spiritualisée, les cadres n'ont pas changé. Tout cela arrive dans la même chair, car l'Histoire sainte est aussi histoire de la chair. La généalogie de Matthieu donne pour aïeules à Jésus quatre femmes, dont Tamar, Rahab et Ruth – cela du côté de Joseph. Avant cela, la

RUTH 4,13-17. Si Obed, fils de Booz et de Ruth, père de Jessé
et grand-père de David, aïeul de Jésus, tient un livre, c'est sûrement
qu'il contient sa généalogie (Saint-Bertrand de Comminges, stalles).

hardiesse de Ruth a fait d'elle l'arrière-grand-mère du roi David (Rt 4,17).

Ainsi l'arrière-grand-mère de David n'était pas une fille d'Israël par son origine. Aucun historien ne s'en étonnera, quand on sait ce qu'il en est dans tous les peuples. Ce qui compte est qu'un livre ait été composé *pour le dire*. Relevons les ressources littéraires déployées pour souligner le choix libre que fait Ruth de l'alliance d'Israël. « Rentrez chez vous vous remarier », disait Noémi à ses deux brus. Ainsi fait l'une, Ophra (Rt 1,14), ce qui donne relief au choix inverse que fait sa sœur, Ruth. Or celle-ci formule son désir d'une alliance éternelle avec Noémi avec une telle emphase (Rt 1,16-17) que toute l'histoire d'amour qu'est le livre de Ruth en est transformée. L'accent du livre ne porte pas sur l'amour de Ruth et de Booz, mais sur l'amour d'une païenne pour Israël, et cet amour passe entre une veuve et sa belle-mère. Booz est, au contraire, une figure pâle. Nous savons qu'il n'est plus un jeune homme (Rt 3,10), mais on ne prend pas la peine de nous dire pourquoi ce maître d'un domaine est célibataire ou même s'il l'est.

La finale apporte une surprise : « Un fils est né à *Noémi* » (Rt 4,17) : ainsi sera saluée la maternité de... Ruth ! Obed, le nouveau-né, est proclamé fils de sa grand-mère. Par ce détour juridique, celui qui sera le grand-père du roi David est complètement réintégré dans une généalogie strictement israélite. Le livre établit un parallèle avec le fils de Tamar, Pérèts, fils de son grand-père, bien que par des voies moins orthodoxes. Ce Pérèts est dit ancêtre de Booz (Rt 4,18-22). L'évangile de Matthieu, inspiré par le livre de Ruth, donne à Jésus pour ancêtres Pérèts et Obed. Relevons aussi qu'un moment décisif de l'Histoire sainte est conduit exclusivement par les femmes et, qui plus est, par l'alliance instituée solennellement entre Noémi et Ruth, c'est-à-dire entre une juive et une païenne. Il se confirme que l'Histoire sainte est histoire de parole, histoire d'alliance.

Que le Seigneur rende la femme qui va entrer dans ta maison semblable à Rachel et à Léa [...], que ta maison soit semblable à celle de Pérèts que Tamar enfanta pour Juda!

🙠 Rt 4,11-12 🙢

Il est né un fils à Noémi, dirent les voisines, et celle-ci lui donna le nom d'Obed. C'est le père de Jessé, père de David.

🙠 Rt 4,17 🙢

Samuel, hostile à l'idée de monarchie, donnera pourtant
l'onction à deux rois, Saül, 1 S 10,1 et David, 1 S 16,13
(cathédrale de Chartres).

Samuel :
une transition

Pourquoi le nom de Samuel, dans la Bible hébraïque, a-t-il été donné à deux livres dans lesquels son rôle s'efface assez tôt ? L'anomalie est explicable : ces deux livres nous font assister aux règnes de Saül et de David, or c'est de Samuel que l'un et l'autre ont reçu l'onction royale. Samuel est donc un personnage clé. Sa position est celle d'un carrefour dans l'histoire, quand approche le Ier millénaire avant notre ère.

La période qui s'achève est celle des Juges. Elle est sous le signe de la discontinuité. Israël est en Terre promise, mais sans y trouver le repos promis. Si le peuple se souvient de Dieu, c'est quand la crise est insupportable : pression moabite, cananéenne, philistine, invasion madianite. Dieu entend alors son cri et lui envoie un sauveur, le « Juge ». D'une fois à l'autre, Israël retourne à ses idoles et les tribus se disloquent à nouveau. L'idée d'un pouvoir central héréditaire ne s'est incarnée jusqu'ici que sous la forme repoussante d'Abimélek, lequel a tué soixante-dix de ses propres frères (Jg 9,5 et 9,56) afin de succéder à son père, son père Gédéon qui était le grand juge d'Israël ! Mais combien de temps Israël pourra-t-il soutenir cette attitude de longue apostasie coupée de fidélités si brèves ? Et le lien des tribus, que la menace extérieure rend indispensable, pourra-t-il durer dans cette précarité ? L'intermittence du secours divin fait penser à celle de la manne qui tombe du ciel, nourriture d'enfants. Israël occupe la terre, mais ne s'y implante pas vraiment. C'est à peine si les fruits du sol poussent librement : il faut se cacher pour battre le blé de peur d'attirer l'ennemi (Jg 6,11).

Samuel appartient à la série des libérateurs, mais si peu (1 S 7,2-13). Il exerce sur un territoire restreint (1 S 7,16-17) des fonctions de gouvernement (cf. 1 S 12,3-5). Ce « juge », à son corps défendant, légitimera la royauté. On signalera qu'il était appelé « voyant » à une époque où le mot « prophète » n'avait pas cours (1 S 9,9 et 11). Son enfance a pour cadre le sanctuaire de Silo (1 S 1 à 3), or c'est à lui que Dieu en annoncera l'écroule-ment : le vieux prêtre qui l'a élevé sera le dernier de sa dynastie. Les propres fils de Samuel sont inaptes à lui succéder (1 S 8,3 et 5). Il sera envoyé destituer (1 S 15,23-26) le premier roi, Saül, qu'il aura lui-même marqué de l'onction (1 S 10,1) et saura reconnaître David pour l'oindre à son tour (1 S 16,13). Sa der-nière apparition est proprement lugubre : Saül menacé ne résis-tera pas à évoquer le fantôme de Samuel pour s'entendre annon-cer par lui sa défaite, sa mort et celle de son fils (1 S 28).

Homme de transition, comme on dit, la seule présence de Samuel signale des malaises, empêche d'oublier des ruptures, empêche justement ainsi que les ruptures soient signes de mort. « Même après s'être endormi, il prophétisa encore » (Si 46,20). Il a laissé surtout le souvenir d'un intercesseur (1 S 12,23 ; Jr 15,1), au point d'être rapproché des prêtres avec Moïse et Aaron dans le psaume 99 (v. 6). Ce n'est pas seulement entre Dieu et le peuple qu'il s'interpose, mais entre les courants de l'histoire qui s'entre-choquent et se contredisent.

Le choc est rude. Non seulement Samuel fustige le principe monarchique et le même Samuel légitime le premier roi, puis le deuxième, mais par sa bouche Dieu se dit offensé par la royauté (« C'est moi qu'ils rejettent, ils ne veulent plus que je règne sur eux » : 1 S 8,7) et ce même Dieu donne un roi à son peuple. Une fissure s'ouvre. Il y a quelque chose de typiquement biblique dans ces irrégularités de terrain, qui nous conduisent à toujours cher-cher au-delà des surfaces, des images, et au-delà même des mots.

La diatribe de 1 S 8 contre la monarchie est d'une écrasante logique. Vos fils, vos filles, vos terres, vos employés, vos troupeaux vous seront pris pour l'usage du roi (armée, administration, finances), vous-mêmes enfin vous deviendrez ses esclaves (1 S 8,10-17). Mais l'insécurité a trop pesé sur le peuple pour qu'il se laisse convaincre. N'être défendu de l'ennemi que par Dieu, à condition que l'on revienne vers lui, voilà qui ne peut plus durer. Ici, le lecteur qui accepte de réfléchir conviendra que Dieu lui-même ne peut penser tout à fait autrement. Il n'est pas surprenant que, paraissant se contredire lui-même, il accède au désir du peuple. Comme un germe qui sort de terre, l'autonomie de l'homme ne cesse de sortir du sol biblique pour se rendre plus visible. En la personne du roi va se manifester la dignité redoutable de l'homme libre, capable de faire sans entraves et le bien et le mal. Dans le récit du choix divin de Saül qui suit cette diatribe menaçante, le nuage sombre paraît oublié : l'onction se déroule dans une douce atmosphère rurale en 1S 9,1 à 10,16. (En 1S 10,17-26, le même contraste se présente en raccourci.)

Désormais, Israël fait plus qu'habiter la terre, il y plongera ses racines : l'arbre de Jessé (fils d'Obed et père de David) sera l'un des meilleurs symboles de la royauté. Et la royauté elle-même sera la forme exemplaire de l'aventure vécue par l'homme quittant l'enfance, trouvant vis-à-vis de son créateur une distance où il court des risques inséparables de sa dignité. Samuel est le parrain involontaire de cette nouvelle naissance à l'âge adulte.

APPRENDS-LEUR COMMENT GOUVERNERA LE
ROI QUI RÉGNERA SUR EUX [...]. ÉCOUTE
LEUR VOIX ET DONNE-LEUR UN ROI.

≈ 1 S 8, 5-9 ET 22 ≈

IL PRENDRA VOS FILLES COMME PARFU-
MEUSES, CUISINIÈRES ET BOULANGÈRES. IL
PRENDRA VOS CHAMPS, VOS VIGNES ET VOS
OLIVIERS LES MEILLEURS. IL LES PRENDRA ET
LES DONNERA À SES SERVITEURS. IL LÈVERA
LA DÎME [...].

≈ 1 S 8,13-15 ≈

1 SAMUEL 15. Le personnage assis impute
au Ciel l'ordre d'exécuter un guerrier vaincu (Vézelay, chapiteau).

Samuel exécute
le roi des Amalécites

Un épisode impressionnant cause la destitution du roi Saül. L'ordre est donné de mettre à mort les nourrissons des Amalécites, ennemis d'Israël, et cet ordre vient de Dieu lui-même : « Écoute les paroles que prononce YHWH : ainsi parle YHWH : […] Va, frappe Amaleq. Vous le vouerez à l'anathème avec tout ce qu'il possède. Tu ne l'épargneras pas. Tu mettras à mort hommes et femmes, enfants et nourrissons, gros bétail et petit bétail, chameaux et ânes » (1 S 15,3).

À la différence des passages qui nous racontent des prodiges, ce n'est pas l'impossibilité de l'événement qui, ici, nous gêne. Dans l'épisode qui se déroule en 1 S 15, tout est clair et tout est vraisemblable. On comprend tout, hormis le fait qu'un tel ordre vienne de Dieu. Malgré cela, pendant de longues périodes, les faits prodigieux ont causé beaucoup plus de perplexité que ce scandale.

Le récit est non seulement clair mais, du moins pour l'essentiel, il est limpide. Les Amalécites sont un peuple qui, jadis, s'en est pris lâchement à Israël quand, affaibli par sa longue marche de quarante ans dans le désert, il était sur le point d'entrer en Terre promise. « Par-derrière, après ton passage, il attaqua les éclopés ; quand tu étais las et exténué, il n'eut pas crainte de Dieu […]. Tu effaceras le souvenir d'Amaleq de dessous les cieux. N'oublie pas » (Dt 25,19). C'est Moïse qui parle. Longtemps après le crime d'Amaleq, quand déjà plusieurs générations se sont succédé, Saül reçoit au nom de Dieu, cette fois par la bouche de Samuel, l'ordre que nous citions plus haut : l'heure est venue de « punir Amaleq ».

Une fois l'opération terminée, Saül dit au prophète : « J'ai exécuté la parole de YHWH »… Or Saül ment quand il prétend avoir obéi. Les richesses qu'il a détournées le trahissent d'elles-mêmes. « Si tu as exterminé le bétail d'Amaleq – lui dit Samuel – d'où viennent ces bêlements et ces meuglements que j'entends ? » Sur quoi, Saül allègue deux motifs : la volonté du peuple et une intention pieuse. Le peuple, dit-il, a préféré mettre les bêtes de côté pour les sacrifier à Dieu. C'est alors, après ce bref intermède comique, que retentit une parole de Samuel dont l'écho se répétera de siècle en siècle : « L'obéissance vaut mieux que le sacrifice » (1 S 15,22). Après quoi, le prophète, qui a mis en évidence le mensonge de Saül, le déclare déchu de la royauté.

Autre épisode parallèle : le lecteur a appris entre-temps que, si le peuple a épargné le bétail, Saül a épargné aussi son homologue Agag, roi des Amalécites vaincus[12]. Aussitôt informé, Samuel fait venir cet Agag, encore éberlué d'être sain et sauf, et c'est pour lui dire : « Comme ton épée a privé des femmes de leurs enfants, de même parmi les femmes, que ta mère soit privée de son enfant ! » Ayant dit, Samuel accomplit ce que Saül n'avait pas voulu faire : il tue Agag de sa propre main (1S 15,33). Saül désormais, ayant méprisé l'ordre de Dieu, n'est plus roi, et Samuel lui-même pleure sur la destitution de celui auquel il avait jadis donné l'onction…

Si, scandalisés, nous inculpons le texte, il nous faut aussi lui accorder un avocat. Celui-ci pourra mettre en relief les mesures humanitaires prises dans la même campagne en faveur d'un autre peuple étranger. Saül a d'abord fait sortir du milieu d'Amaleq une autre ethnie, les Qénites, pour qu'ils ne soient pas victimes du même traitement, qu'ils ne méritaient pas. En fait, loin d'être exemplaire, le cas des Amalécites est unique. Aucun autre peuple, Babyloniens, Égyptiens, n'est ainsi voué à être haï de siècle en siècle, pour toujours. Pourtant, même ici, ce roi n'est pas tué parce qu'il est amalécite : sa mort est donnée comme la sanction d'une faute, aucune raison d'incompatibilité ethnique ou religieuse n'est alléguée. L'avocat ajoutera que le meurtre des nourrissons n'impliquait pas alors la cruauté que nous lui attachons aujourd'hui : on imagine mal ceux-ci recueillis dans des orphelinats. Et ce sont les Ottomans, non les rois d'Israël, qui gardaient les bébés de l'ennemi après leurs conquêtes pour en faire des soldats quand ils auraient grandi. Par ailleurs, la cruauté est absente des guerres d'Israël. On n'y voit pas ce que l'on voit de nos jours : des coupables ou des ennemis torturés, des enfants que l'on a mutilés exprès, des femmes violées par vengeance. Si nous laissons de côté notre époque, l'Israël de Saül, jugé à l'aune de son propre siècle, était vraisemblablement et quoi qu'on en ait dit le moins cruel de tous les peuples. Enfin, surtout, il importe d'observer que le respect du texte n'oblige pas à comprendre que Dieu, littéralement, ait parlé. Moïse, Samuel *disent que* Dieu leur a parlé. Ils ne mentent pas en le disant, mais la parole de Dieu est réfractée à travers celle des hommes. Gauchie par l'humanité pécheresse. Or la même parole divine, acceptant d'habiter la parole de ceux qu'elle a choisis, finit au long des siècles par lui donner sa propre teinte parce que, des deux, c'est elle qui a plus de pouvoir.

L'avocat n'ira pas plus loin que calmer notre indignation et nous permettre de prendre quelque distance. De texte en texte, la question reste lancinante. Par fidélité à Dieu qui parle en l'homme, nous ne consentons pas à l'éclairer par ces lumières sèches que n'accompagne aucune chaleur.

C'est sur nous-mêmes d'abord qu'il faut réfléchir. Sur nous-mêmes, c'est-à-dire sur la situation d'absence que nous adoptons comme des arbitres qui n'appartiennent à aucune des deux parties en conflit. Mais de quel droit ? Nous réagissons comme si la violence qui se montre ici nous était étrangère. Or il s'agit de cette violence qui n'a jamais quitté le monde des hommes depuis l'assassinat d'Abel par son frère, ou même depuis que la parole créatrice a commandé au chaos. Quand Dieu a dit « Que soit la lumière » (Gn 1,3), il n'a pas commandé aux ténèbres de ne pas être, mais il en a fait la nuit. Dieu ne s'est pas absenté des ténèbres. Il ne s'est pas davantage absenté de la violence humaine. C'est justement cette situation d'absence qu'absents de nous-mêmes nous attribuons à Dieu.

Nous nous voyons neutres alors qu'il s'agit de l'abîme qui est dans l'homme. Abîme, c'est-à-dire volume insondable que peuvent occuper seulement soit la haine fratricide, soit l'amour. Contraste que toute neutralité ne fait qu'anesthésier.

. Pouvons-nous définir Dieu comme celui qui vide notre abîme de la haine fratricide qu'il contient pour le remplir par l'amour ? Nous le pouvons, à condition d'ajouter que, *ici*, Dieu ne fait pas de miracle et ne remplace pas d'un coup la haine par l'amour. Dans les miracles de la nature, qui sont soudains dans leur apparition comme dans leur disparition, il se montre sous forme positive, mais ce n'est pas tout à fait lui qu'il montre. Dans les scandales tels que l'ordre entendu et donné par Samuel, c'est sa vérité qu'il dissimule sous ce masque négatif ou même révoltant, sous le masque d'un ordre homicide. Et la disparition de ce masque, le dévoilement de sa vérité ne seront pas soudains. Cette vérité-là n'apparaîtra par le moyen d'aucun miracle.

Dieu emprunte donc un visage qui est le contraire du sien. – Pourquoi cette feinte ? – Répondons par une question aussi : L'homme étant ce qu'il est, lui est-il possible de voir de Dieu un autre visage ? Mais chaque fois que Dieu consent à ce déguisement, il s'engage du même coup à transformer le visage de l'homme, dans la prodigieuse intimité qui est celle de ces deux partenaires, qui se roulent ensemble dans la poussière comme dans le récit de Gn 32,23-30. C'est donc l'homme qui, peu à peu, changera de visage. C'est en Israël que sera choisi celui qui, au lieu de montrer Dieu sous l'apparence du juge qui condamne et châtie, le montrera aux Amalécites et à tous sous l'apparence du condamné et du châtié, et ce sera le visage de Dieu qui s'y laissera voir, voir en vérité aux yeux de l'Esprit.

Saül:
ROI ÉLU ET REJETÉ

Le Iᵉʳ MILLÉNAIRE AVANT NOTRE ÈRE va commencer, en même temps que l'âge du fer succède à l'âge du cuivre, puis du bronze. C'est aussi l'avènement de la monarchie. Saül (hébreu *Shaoul* : « Désiré ») est le premier roi d'Israël. L'organisation des livres bibliques donne aux prophètes la prépondérance sur les rois. L'un d'eux a, contre son gré, inauguré la monarchie, d'autres annonceront sa fin. On peut s'étonner que ni la naissance de Saül ni celle de David ne soient racontées comme une merveille. La place est prise par la naissance du juge et prophète Samuel (1 S 2, 1-21 ; cf. 9,11), accordée par Dieu à une femme stérile, Anne, si bouleversée de détresse que le prêtre qui la voit gémir dans le temple la croit ivre ! Exaucée, elle pousse un cri de victoire qui convient tout à fait à la naissance d'un chef de guerre (1 S 2,1-10).

Or Anne est la mère de Samuel et Samuel ne sera pas un chef de guerre. Il est permis de se demander si ce cantique belliqueux n'a pas primitivement appartenu au récit de la naissance de Saül. L'origine de la royauté aurait été considérée par les derniers rédacteurs comme un tel mélange de bien et de mal que l'on ne pouvait l'attribuer sous forme directe à un miracle de Dieu. D'où ce déplacement d'un antique poème aux accents de combat et de victoire, qui un jour inspirera le *Magnificat* (Lc 1,46-55).

L'origine de la royauté de Saül est racontée trois fois. En 1 S 9,1 à 10,16, Saül est pris d'une transe prophétique après l'onction. En 10, 17-26, le cadre est guerrier, le récit souligne en Saül sa taille de géant. Est-ce pour cela qu'il lui fallait se cacher derrière les bagages ? Il devient roi non par onction mais par acclamation. En 10, 27 à 11,15, Saül ayant coupé en morceaux une paire de bœufs, l'effroi et le respect qu'inspire ce geste rassemblent les tribus pour une victoire qui lui vaudra une nouvelle investiture. Un discours de Samuel prend le contre-pied des circonstances favorables à la monarchie : il en résulte qu'elle est comme un mal toléré par Dieu (1 S 12,1-25).

Ce dernier discours fait écho à une première diatribe du même prophète contre la royauté (1 S 8,10-22). Il annonçait, en prélude à toute l'histoire du régime, une étatisation qui ferait de tout sujet un esclave au service des richesses et des guerres du roi. Pourtant, cette prédiction ne se vérifiera vraiment qu'à partir de Salomon et surtout de son fils. Saül sera bien incapable de remplir et même de concevoir pareil programme. Ni l'air du temps ni surtout sa complexion personnelle ne le lui permettent.

Son image restera l'emblème d'un Israël encore mal différencié de Canaan. Le signal d'un changement d'époque sera donné par les progrès des Philistins, un peuple allogène qui a traversé la mer. L'écrivain les représente pourvus de « trois mille chars et six mille chevaux » (1 S 13,5), mais surtout du monopole sur le fer (1 S 13,19-22). Ils finiront par se montrer jusqu'à l'autre bout de la Galilée. Saül mourra là-bas en les combattant. En attendant, le trait dominant de son règne est l'indétermination de sa fonction, dont il sera victime. Ce statut confus coïncide exactement avec l'angoisse qui habite son esprit.

D'emblée, on le trouve en proie à une forme ambiguë et très primitive de prophétisme, un délire. Les témoins s'étonnent (1 S 10,11). Le récit de son activité est encadré par deux transgressions, qui lui valent d'être rejeté. Il a célébré un rite sacrificiel en usurpant la place de Samuel (1 S 13,7-15). Le butin qu'il aurait dû détruire au nom de l'« anathème », il aurait admis qu'on le réserve pour un sacrifice (1 S 15,15 et 21-23). Coupable ou non, c'est toujours d'un dépassement de ses limites qu'il s'agit. Le schéma est d'autant plus frappant qu'Israël, jusqu'à

1 SAMUEL 16,14-23. Saül, sceptre en main,
accueille le petit berger David, qui doit lui jouer de la cithare
pour calmer ses terreurs (cathédrale d'Amiens, stalles).

l'exil, préférera distinguer plus fermement les fonctions de roi, de prêtre, de prophète, alors qu'elles restent mêlées chez le premier roi, ce qui fait figure d'archaïsme. Telle action qui, au temps des Juges, était présentée comme une violence admise dans les mœurs, prend l'allure, dans la personne de Saül, d'une démesure inacceptable. Ainsi, Saül est prêt à tuer son fils pour observer un vœu (1 S 14,44) : pareil trait, raconté sans sourciller de Jephté (Jg 11,35-37), est réprouvé en Saül. Il ira plus loin : voulant faire massacrer à Nob les « quatre-vingt-cinq prêtres qui portaient le pagne de lin » (1 S 22,18), et ses hommes de main y répugnant, il en chargera un descendant d'Ésaü. Démesure, sacrilège, angoisse aussi, que seule pouvait calmer la cithare d'un beau jeune homme de Bethléem, appelé David.

David apparaît quand Saül décline. L'enfant David tue le géant philistin sans vouloir de l'armure que le roi lui offrait, les femmes l'acclament, Saül est jaloux. Il éprouvera envers David autant de haine que d'amour. Il en est comme le double, comme le double de ce soleil qui, du seul fait qu'il est soleil, le relègue dans la nuit. Peut-être le fruit le plus précieux de l'histoire de Saül est-il de savoir que cet homme fut aimé, de se souvenir des larmes que sa destitution fit jaillir chez Samuel qui en avait prononcé le verdict (1 S 15,26 et 35). On ne peut s'empêcher d'imaginer que Dieu reproche à Samuel de pleurer sur la chute de Saül (1 S 16,1) pour ne pas lui montrer qu'il pleure en même temps que lui.

On ne trouvait plus de forgeron dans tout le pays d'Israël, car les Philistins s'étaient dit : « Il ne faut pas que les Hébreux se fabriquent des épées et des lances. »

✦ 1 S 13,19 ✦

DAVID :
COURAGE ET HABILETÉ

DAVID EST COMME UN RÉSUMÉ D'HUMANITÉ, il attire. Le récit relève sa beauté (1 S 16,18 ; 17,42), la couleur de ses cheveux (1 S 17,42), son talent de cithariste. Plus remarquable encore est le fait que sa biographie nous conduise à un sommet dans le plaisir de la lecture. L'heure du narrateur est celle d'une civilisation à ses plus beaux moments, où la lucidité et la capacité d'admirer ne s'enlèvent rien l'une à l'autre. David est vu comme à travers le regard de son créateur, comme chaque homme voudrait être vu.

Il y a en effet correspondance entre l'esthétique de ce récit et l'affirmation que l'homme est « image de Dieu » – le thème de l'image rejoignant celui de la beauté, visible ou invisible. Cela ne veut pas dire qu'il s'agisse d'un portrait idéal. Impossible d'oublier comment David fit tuer par traîtrise son fidèle soldat pour dissimuler qu'il avait séduit sa femme Bethsabée et pour pouvoir la garder. Mais il se dessine au long de cette biographie un partage plus subtil entre l'idéal et la réalité.

Il vaut la peine d'examiner comment se superposent les interprétations d'un beau geste de David. On admire que, pourchassé par Saül comme on pourchasse la perdrix dans les montagnes (1S 23 ; 24,1-3), il trouve son ennemi sans défense et l'épargne. La scène se déroule dans une grotte au désert d'Engaddi, où Saül s'est abrité un instant pour « s'accroupir » (1 S 24,4). David, accompagné de trois mille hommes, le surprend dans cette

1 SAMUEL 17,48-51. Le premier exploit de David :
après avoir assommé Goliath avec une pierre de sa fronde,
il lui tranche la tête avec sa propre épée (Vézelay).

posture peu favorable, retient l'élan de ses guerriers prêts à bondir, parvient lui-même à couper un pan du manteau royal avant de se mettre hors de portée. Nous le suivons des yeux qui, peu après, sautant d'une muraille rocheuse à l'autre, fait voir l'étoffe au roi et plaide sa cause. La beauté de David n'est pas seulement dans son apparence, elle est dans son allure : « Le Seigneur me donne l'agilité du chamois, il me tient debout sur les hauteurs […]. C'est toi qui allonges ma foulée et mes chevilles n'ont pas fléchi » (Ps 18, 34-37). Prestesse, art de l'esquive : par deux fois jadis, Saül avait jeté sa lance pour clouer au mur David adolescent, et, par deux fois, David s'était mis hors d'atteinte. – Art de parler aussi : Tu vois bien, ô roi, que tu veux ma mort sans motif, « Tu cours après un chien crevé, une puce » (1 S 24,15). Aussi prompt à s'émouvoir que brutal, Saül « crie et pleure » (1 S 24,17). « Quand un homme rencontre-t-il son ennemi, dit-il bouleversé, et ensuite le laisse-t-il aller bonnement son chemin ? » (1 S 24,20).

Mais ni le narrateur ni les personnages ne perdent de vue la réalité politique de l'événement. « Je ne porterai pas la main sur l'oint du Seigneur », dit David. N'est-il pas préférable, pour succéder à un roi, de ne pas l'avoir tué, et même encore d'en avoir négligé volontairement l'occasion ? Saül non plus n'est pas sans comprendre ainsi la chose : « Maintenant je sais que tu régneras. » Il sait aussi qu'accédant au trône par ce chemin non sanglant, David ne sera pas forcé de voir dans le fils de Saül, Jonathan, ni dans ses frères, des rivaux à supprimer. Mais Saül juge raisonnable d'obtenir que David s'y engage par serment, ce qui est fait avant que chacun reprenne sa route (1 S 24,22). Ce n'est pas la réconciliation : David devra une autre fois dérober la lance et la gourde du roi pendant qu'il dort, et les faire voir à Abner, général et gardien de Saül.

Nous percevons ainsi que le geste de David est d'un homme avisé. Mais aussi d'un homme courageux, qui met sa propre vie en danger plutôt que de hâter l'heure où ce qu'il désire lui sera donné (« Alors le cœur lui battit »). Cette force, aux yeux du narrateur, lui vient de se savoir élu : Samuel le lui a signifié après avoir rejeté Saül. C'est de Dieu, non de sa main à lui, qu'il tiendra sa royauté. Mais il lui faut l'attendre. En dernière analyse, il s'appuie sur ce qu'il cite comme l'« ancien proverbe » : « Des méchants sort le mal » (1 S 24,14). Il faut comprendre : « le mal qui les dévore eux-mêmes », ce qui viendra sans que le juste ait à y mettre la main.

L'épisode de l'ennemi épargné se reproduit deux fois, signe qu'il peut servir de clé à la destinée de David. On peut bien l'affirmer : il n'est aucune des bonnes actions de David qui ne lui profite pas. La doctrine des livres de Sagesse (surtout des Proverbes) et celle du récit s'ajustent l'une à l'autre. Cette harmonie est ce qui incite à parler de beauté, mais au niveau le plus profond, au-delà de ce qui est seulement littéraire. Pareille harmonie sera sévèrement et même radicalement contestée plus tard, dans l'histoire d'Israël. À aucun moment de l'histoire biblique, l'idée que la vertu et l'utilité coïncident ne sera pourtant annulée. En revanche, il y aurait de la facilité à s'acharner sur ce qui semble rouerie à certains : ils s'attribuent un grand mérite d'avoir su la découvrir comme si on avait voulu la leur cacher.

J'AI VU UN FILS DE JESSÉ, DE BETHLÉEM, IL SAIT JOUER, ET C'EST UN VAILLANT, UN HOMME DE GUERRE, IL PARLE BIEN, IL EST BEAU ET LE SEIGNEUR EST AVEC LUI.

1 S 16,18

DAVID
LE BIEN-AIMÉ

L'AMOUR EST UN FIL CONDUCTEUR du récit de la vie de David. L'autre est la politique, et ces deux fils ne peuvent que s'entrelacer. L'amour, ou aussi les amours. Toute relation tient de l'amour ou de son contraire, à moins que ce ne soit des deux à la fois. La passion du roi Saül pour David est d'amour et de haine meurtrière. La passion de Jonathan, fils de Saül, pour David est sans mélange : « Il l'aimait de toute son âme » (1 S 20,17).

Bethsabée, femme d'Urie, est célèbre pour sa beauté, si grande que David en vint à faire assassiner Urie pour la prendre. Le réquisitoire du prophète Nathan voit plus loin. Un homme très riche (raconte-t-il au roi) convoite la brebis d'un pauvre – ainsi Dieu avait déjà donné beaucoup de femmes à David : pourquoi est-il attiré justement par celle qui avait été donnée à un autre ? Derrière l'emportement des sens est dénoncé ici l'orgueil fou de la toute-puissance imaginaire, et l'on comprend que meure le premier enfant conçu dans ce vide. Après cette sanction, le texte donne à Bethsabée le titre de femme de David (2 S 12,24) et elle conçoit de nouveau. Salomon va naître. La vie trouve place malgré tout.

Oui, David avait eu beaucoup de femmes : six pendant les sept premières années de son règne (à Hébron). Elles enfanteront les protagonistes des drames qui vont suivre. Le nombre de celles qu'il eut ensuite, à Jérusalem, n'est pas donné. Abishag de Shunam est la dernière femme du roi, quand il est devenu un

2 SAMUEL 2,1-4. David accède à la royauté (Chartres).

vieillard que les couvertures ne peuvent réchauffer (1 R 1,1).

Le récit d'ensemble tient surtout par deux courants souterrains, où passe la lave brûlante du désir humain. Le premier s'origine en la relation de David et de Saül. David a pris à Saül son trône. Les contemporains savaient qu'en pareil cas l'usurpateur s'approprie les femmes du roi et qu'il élimine ses fils. C'est la loi de la chair et du monde, de siècle en siècle. David, lui, est l'élu de Dieu. Il obtient l'amour d'une fille du roi mais surtout l'amour sans réserve du fils et successeur désigné de ce même roi. Saül et Jonathan mourront au combat. Or David a conclu un pacte avec Jonathan : il épargnera toute la famille de Saül. Mais il ne peut tenir jusqu'au bout cette promesse : le droit coutumier lui impose de livrer à un clan cananéen cinq neveux de son ami en règlement d'une dette de sang. De son côté, la descendance de Jonathan, pourtant choyée, trahira (et sera traitée avec clémence). Ainsi les lignées apparaissent comme une chair unique, tantôt lumineuse, tantôt ténébreuse. Chair que le Verbe fait sienne, au long des temps jusqu'à la plénitude. Tout est lumière en Jonathan. Il aime sans ombre ce David que son père aime d'un amour trouble, et son amour lui est rendu. « Ton amour était pour moi merveille plus grande que l'amour des femmes », chante David après sa mort (2 S 1,26). Ce qui est comparé ici, sur le fond d'une condition sociale de la femme, c'est l'amour d'un seul face à l'amour d'un grand nombre. Il n'y a pas vraiment d'élue dans l'histoire de David.

L'autre série est celle des malheurs qui frappent plusieurs fils de David. Le prophète les attribue à la grande faute du roi qui a pris la femme d'Urie : « L'épée ne s'écartera jamais de ta maison [...], je prendrai tes femmes sous tes yeux et je les donnerai à un autre » (2 S 12, 10-11). Il faut dire aussi que l'amour de David pour ses fils a été une passion sourde aux maximes de la sagesse biblique. L'un d'entre eux, Ammon, est très beau, et cinquante gardes marchent devant son char attelé. Son père ne lui a jamais fait un seul reproche. De même, Absalom, son demi-frère, est sans défaut « des pieds à la tête », et cinquante hommes courent aussi devant son char et ses chevaux, alors que David enfant marchait derrière les moutons.

Ammon, épris de la sœur d'Absalom, sa demi-sœur, aurait pu l'obtenir selon la loi qui admettait alors le mariage en pareil cas, mais il la viole. Absalom tue Ammon. David lui pardonne après cinq ans, mais Absalom, quatre ans plus tard, soulève le peuple contre son père et « va vers les concubines de son père sous les yeux de tout Israël » (2 S 16,22). Il est tué malgré les ordres de David, qui, une fois de plus, mais plus que jamais, pleure la défaite d'un ennemi, cette fois son fils préféré. Unique est son humilité, sa douceur, chaque fois que le malheur s'abat sur lui. Alors enfin se découvre le fond du cœur de David, en sorte que la magnificence du roi n'apparaisse que dans la mesure où sa faiblesse est connue, et en sorte que Dieu soit glorifié d'avoir ainsi créé l'homme !

Pendant ces quarante ans de règne où se succèdent les délits, la loi de Dieu se fait pour ainsi dire connaître sans violence à travers les violences qui la transgressent et sans même que l'auteur la rappelle ; elle est comme révélée par son contraire. S'agissant de la période des rois, l'action de Dieu est d'une absolue discrétion. Il suffit que David demande à Dieu que son ennemi ne fasse pas choix du bon conseiller pour qu'il écoute l'autre, le mauvais, et l'histoire, sans miracle, tourne en faveur de la dynastie que Dieu avait élue pour porter l'espoir d'Israël. Elle passe par le fils de Bethsabée, Salomon.

TOUT ISRAËL ET JUDA AIMAIENT DAVID.

◄ 1 S 18,16 ►

ALORS [APRÈS LA MORT D'ABSALOM] LE ROI FRÉMIT [...] : « MON FILS ABSALOM, MON FILS, MON FILS ABSALOM, QUE NE SUIS-JE MORT MOI-MÊME À TA PLACE ! ABSALOM, MON FILS, MON FILS. »

◄ 2 S 19,1 ►

DAVID
À L'ÉPREUVE

L'HISTORIEN BIBLIQUE, assez proche des événements du règne de David, avait une tâche difficile : légitimer l'accession de David au trône sans cacher les crimes qui l'avaient rendue possible, tirer de cela une leçon sur ce qui plaît à Dieu et sur ce que David sut en comprendre. La version grecque et latine du psautier parle de la « douceur » de David (Ps 132,1) [13]. Cette qualité n'est pas habituelle chez les rois et ne s'acquiert pas sans l'épreuve. Enserré inévitablement dans les mâchoires de la violence d'État, David donne, quand il s'en échappe, une leçon extraordinaire pour son temps. Comparé à ce que nous apprend Grégoire de Tours, dans son *Histoire des rois francs,* sur la sauvagerie de ses héros, que le baptême ni le sacre ne guérissent, David peut laisser un souvenir de mansuétude. Peu de rois, dans l'histoire, ont su éviter de cheminer avec les violents, et beaucoup ne se sont jamais séparés d'eux.

N'avoir pas été le premier roi d'Israël, s'être mis sur le trône de Saül, pèsera toujours sur David. Son alliance avec le fils de Saül, Jonathan, l'oblige à ne pas « retirer sa fidélité » aux descendants de celui-ci, alors qu'ils peuvent s'ériger en prétendants. Deux causes vont s'affronter, par l'intermédiaire d'un neveu de Saül et des neveux de David. David sera pris entre deux violences, celle d'Abner, neveu de Saül et chef de son armée, et celle, plus durable, de ses propres neveux, les trois

« fils de Cerouya », qui sont Joab, chef de l'armée de David, Abishaï et Azahel.

Le jeune Azahel provoque Abner de si près qu'Abner, à regret et ne pouvant faire autrement, le tue ! Le narrateur insiste pour l'en disculper. Le fossé étant creusé par la famille de David, Abner établit comme roi en face de lui un frère de Saül, mais bientôt se l'aliène, en lui laissant voir que c'est pour lui-même qu'il convoite le trône. Démasqué, il change de camp et propose alors à David une alliance que celui-ci accepte. Joab n'en veut pas, il assassine Abner par traîtrise, vengeant ainsi Azahel, son frère. Ce jour-là, David maudit Joab, fait le deuil d'Abner, chante la complainte sur lui, jeûne (2 S 3, 33-37). Il condamne ainsi la violence de son propre camp et se montre fidèle à son pacte d'amitié ! Aux siens, il révèle le fond de son cœur : « Moi, je suis faible maintenant, tout roi que je sois par l'onction : les fils de Cerouya sont plus violents que moi » (2 S 3,39).

Reste le « roi » établi par Abner. Ceux qui apportent sa tête en hommage à David, David les fait mettre à mort. Il y avait encore Meribbaal, fils de Jonathan, piètre prétendant estropié depuis l'enfance. David le garde auprès de lui : il mangera à sa table « comme un fils de roi » (2 S 9,11).

Le sang versé pour que David garde son trône, ce n'est pas lui, jusqu'ici, qui l'a sur les mains. David a maudit Joab, son général. Mais tout est porté au pire quand il se sert de ce même Joab pour faire assassiner au milieu d'une mission militaire Urie, dont il veut la femme. David avait chargé Joab de ce meurtre pendant le siège de Rabbat-Ammon, d'où Joab, après avoir exécuté l'ordre criminel, fait dire à David : « Viens prendre la ville pour qu'on ne lui donne pas mon nom. » Sous les dehors de la déférence, menace feutrée, insolence d'un violent désormais sûr de lui. Joab a barre sur David.

Après le crime commence l'épreuve. Absalom, fils choyé de David, a tué son frère. Après quoi, il se tourne contre le roi son père, qui pourtant avait fini par lui pardonner. Il procède d'abord insidieusement, diffusant parmi le peuple pour l'attirer critiques et promesses. Puis il engage un combat ouvert, en créant

2 SAMUEL 18,9-18. Le cheval continue seul, laissant Absalon
accroché à l'arbre par deux mèches de cheveux et sans défense
contre l'épée de Joab (Vézelay).

l'irréversible : prendre les concubines de son père après s'être fait proclamer roi. « Épargnez Absalom », ordonne pourtant David à ses officiers. Ici commence la « mansuétude » ou l'« humilité » de David : le roi, débordé par la révolte, ne part pas comme un chef de guerre, il s'enfuit à pied de Jérusalem avec les siens, tous pleurant, la tête voilée. Il refuse d'être accompagné par l'arche d'alliance. Non seulement elle le protégerait par son rayonnement surnaturel, mais qui s'en prendrait à David s'en prendrait à elle ; malgré cela, David ne veut pas de ce qui serait une mainmise de son nom sur l'alliance divine. « Si je plais au Seigneur, il me ramènera et s'il dit : Tu me déplais, qu'il fasse à son gré ! » Le récit enchaîne sur des contrastes : Meribbaal le boiteux, petit-fils de Saül et fils de Jonathan, est passé du côté d'Absalom. Ciba, bien que serviteur de Meribaal, offre à David des ânes (faibles montures pour une guerre) et des vivres. Un autre homme, Shiméï, poursuit le roi humilié, l'insultant et lui jetant des pierres, tandis qu'il gravit le mont des Oliviers (2 S 15,30). À ce point critique, le fils de Cerouya veut verser le sang, mais David : « Qu'ai-je à faire avec vous, les fils de Cerouya ? […]. Et si le Seigneur le lui a commandé ? » Il continue sa montée sous les pierres et les injures. Puis, l'armée reconstituée, le combat est ouvert. Trouvant Absalom sans défense, Joab passe outre aux ordres de David, il le tue. David, au risque d'outrager son armée et de se l'aliéner au profit de Joab, pleure sans fin le fils perdu, le fils ennemi.

Au retour de David vainqueur, les transfuges s'empressent pour obtenir son pardon. Il l'accorde, malgré les fils de Cerouya qui voudraient un règlement de compte, auxquels enfin il résiste : « Qu'ai-je à faire avec vous ? […] N'ai-je pas l'assurance qu'aujourd'hui je suis roi sur Israël ? » (2 S 19,23).

Parole décisive, disant la leçon que le rédacteur a voulu faire entendre tout du long, inspiré par la Sagesse à la fois divine et humaine. David est confirmé roi dans le moment où, mis à l'épreuve, il a séparé son chemin de celui des violents.

Il reste que, mourant, David confiera à Salomon son fils le soin de faire mourir Shiméï, l'offenseur auquel il avait par-

donné, et Joab, principal personnage du récit après lui (1 R 2).
Le narrateur ne voit pas là un revirement ni un recul. Il ne
donne pas son avis.

> DAVID GRAVISSAIT EN PLEURANT LA MON-
> TÉE DES OLIVIERS, LA TÊTE VOILÉE ET LES
> PIEDS NUS.
>
> ❧ 2 S 15,30 ❧

> UN HOMME DE LA FAMILLE DE SAÜL PROFÉ-
> RAIT DES MALÉDICTIONS. IL LANÇAIT DES
> PIERRES À DAVID [...]. «VA-T'EN, VA-T'EN,
> HOMME DE SANG, VAURIEN». «LAISSEZ-LE
> MAUDIRE, SI LE SEIGNEUR LE LUI A COM-
> MANDÉ...»
>
> ❧ 2 S 16,5-11 ❧

Le roi David avec sa harpe de psalmiste :
le livre des Chroniques (1 Ch 16,7 et 2 Ch 7,6) l'exalte
comme initiateur de la « louange », titre hébreu du livre des Psaumes
(vitrail de la cathédrale de Chartres).

De David
à Jésus

Le biographe de David a compulsé plusieurs sources dans les archives qui commençaient à se constituer. L'une d'elles devait mettre le Temple au premier plan : elle provenait des prêtres, qui s'intéressaient à David sous cet angle. L'arche d'alliance, ce symbole des victoires du Dieu d'Israël, qui, depuis le Sinaï, accompagnait le peuple, reposait jadis au sanctuaire de Silo, quand Samuel était encore enfant. Après la destruction de Silo, David avait pris l'initiative de la transférer à Jérusalem. Il venait de conquérir cette ville où jusqu'alors Israël n'avait pu prendre pied, pour en faire la « cité de David ». Jésus y ferait un jour son entrée solennelle vers le Temple, acclamé comme « Fils de David ». Ce temple et la louange qui s'y célèbre sont communs à David et au « Fils de David », Jésus.

L'épisode de l'installation de l'arche nous montre David qui, vêtu seulement d'un pagne de lin, tournoie et saute, danse devant l'arche qui monte vers la ville, vers la tente qu'on y a dressée pour elle. David devient en ce jour le symbole même de la louange (2 S 6,12-19). À l'opposé, Mikal, épouse de David, se fait l'image de la jalousie, quand elle lui reproche d'avoir quitté l'appareil et la majesté d'un roi, s'étant dénudé devant des servantes. – Je danse devant le Seigneur et danserai plus encore, répond le roi (2 S 6,20-23).

Voici dès lors David habitant une « maison de cèdre » quand

l'arche de Dieu n'a encore qu'une tente pour abri (2 S 7,2). Dieu pourtant arrête le roi décidé à lui construire un temple. – Il me revient, à moi, de te construire, à toi, une « maison » en maintenant ta dynastie à jamais. Quant à ma maison faite de main d'homme, c'est seulement ton fils qui la construira ! En ce jeu de mots sur le sens de « maison », tout un avenir se dessine. Il sera dit un jour que le vrai Temple est le corps de Jésus (Jn 2,21), que la vraie maison est le corps qu'il forme avec les siens : « Vous êtes le corps du Christ » (1 Co 12,27).

Il est un autre Temple : ce sont les mots de la louange que Dieu « habite », selon le psaume 22 (v. 4). Le livre des Chroniques, deuxième version de l'histoire des rois écrite longtemps après l'exil, va très loin dans ce sens. Il exalte David en accentuant son rôle d'initiateur de la « louange » (ce terme est le titre hébreu du recueil des Psaumes). Privé du mérite de bâtir le Temple, David aura celui d'en dicter les plans à Salomon et d'en régler à l'avance le culte selon la vision qu'avait reçue prophétiquement Moïse au Sinaï (cf. 2 Ch 8,13). Le retard imposé à David dans la construction trouve une explication lumineuse, bien que due à un auteur tardif : « Tu as été un homme de guerre et tu as versé le sang » (1 Ch 28,3). Ainsi, en même temps que sont enregistrées les ombres de David, la tendance qui préfère le chant de louange au sacrifice sanglant trouve à s'exprimer indirectement. Elle correspond à de nombreux psaumes, mais aussi à ce qu'un biographe de David a mis en relief, en retenant l'heure où il sépare son chemin de celui des violents. La véritable troupe du « Dieu des armées », c'est l'assemblée qui le célèbre et l'invoque contre l'ennemi.

L'historien d'aujourd'hui ne peut attribuer à David le recueil des Psaumes en son entier. Cette attribution a ses racines en 1 Ch 16,7 : David loue Dieu « le premier » et « confie » à Asaph et à ses frères lévites (cf. Ps 73-83) quelques psaumes. 2 Ch 7,6 est plus clair encore : le roi lui-même avait fait les instruments dont jouaient les lévites et composé les hymnes qu'ils chantaient. La grâce de la musique aura accompagné David depuis son adolescence auprès de Saül le mélancolique. Nous n'entendons plus ses mélodies, mais, comme le firent Jésus et ses disciples, nous pouvons encore habiter le même temple de mots.

Ces mots disent la liberté dont jouit celui que Dieu a fait entrer dans son alliance. En tête de psaumes attribués à David, nous remarquons plusieurs exergues, de date inconnue, qui se réfèrent à ses rencontres décisives avec les violents : Saül (Ps 18 ; 52 ; 54 ; 57 ; 59 ; 142), Absalom (Ps 3). Les heures difficiles du psalmiste, louant quand il supplie et suppliant quand il loue et se confiant en Dieu seul, ont été ainsi reliées par les derniers éditeurs du psautier aux moments où David ne fut pas un « homme de sang ». On a même fini par attribuer à David le recueil entier, avant que les auteurs du Nouveau Testament trouvent dans ses chants une résonance nouvelle, apportée par les épreuves et par la gloire de Jésus : les chrétiens se plaisent à célébrer l'inouï de Jésus par les mots anciens de David.

DAVID ET TOUTE LA MAISON D'ISRAËL FAISAIENT MONTER L'ARCHE DU SEIGNEUR PARMI LES OVATIONS ET AU SON DU COR – MIKAL, FILLE DE SAÜL […], VIT LE ROI DAVID QUI SAUTAIT ET TOURNOYAIT DEVANT LE SEIGNEUR ET ELLE LE MÉPRISA DANS SON CŒUR.

❧ 2 S 6,15-16 ❧

1 ROIS 3,9. Salomon, symbole du roi sage, demanda à Dieu
d'« avoir un cœur plein de jugement, pour discerner
entre le bien et le mal ». Sa gravité, ici, le rapproche de Qohéleth,
auteur de l'Ecclésiaste (Chartres).

Salomon
ET LA SAGESSE

QUAND LE ROI DAVID A OSÉ FAIRE LE RECENSEMENT DE SON PEUPLE, Dieu, irrité, a envoyé la peste (2 S 24). Pourtant, les réformes de Salomon son fils eussent été impossibles si un interdit s'était maintenu sur le recensement. En une génération, c'est la civilisation elle-même qui a changé en Israël.

« Sagesse » est le mot traditionnel qui résume le règne de Salomon, son attribut principal. Mais ce mot n'a pas tout à fait, pour la Bible, le sens plutôt contemplatif que nous lui donnons. Il dit l'art de se servir des dons de Dieu, mais à tous les niveaux : la parole, l'économie, la vie quotidienne, la religion. Assurément, la « sagesse » de Salomon s'accompagne, pendant les quarante ans de son règne, d'un recul de la prophétie.

Il faut voir comment Salomon accède au trône (1 R 1). Le récit est presque comique : comment faire pour persuader David qui, vieillard, garde la chambre, d'écarter l'héritier le plus en vue et de choisir Salomon, le fils de Bethsabée ? On voit avec surprise un prophète, Nathan, régler une mise en scène, prévoir avec Bethsabée qui entrera le premier d'elle ou de lui, quand et pour dire quoi. Ce style feutré est significatif : la prophétie va, pour un temps, céder le pas à la « sagesse », exercée ici comme sous le manteau. L'idée est de montrer que Bethsabée n'a nullement intrigué : elle ne faisait que suivre le « conseil » (1 R 1,11) d'un prophète. Mais on ne peut s'y tromper : « conseil » de sage n'est pas oracle. Une intrigue de cour pour la succession de l'Oint de Dieu reste une intrigue de cour.

La sagesse consiste à connaître la loi de Dieu et l'ordre du monde pour agir en conséquence. Celle de Salomon consiste à savoir gouverner, à connaître les secrets de l'univers, à pratiquer avec les autres nations l'échange des biens, en l'absence de toute guerre.

Le célèbre « jugement de Salomon » est son premier et son plus bel acte de gouvernement. Il juge entre deux femmes qui se prétendent la mère du même enfant. L'une aime mieux céder l'enfant que le voir mourir. L'autre accepte de voir chacune en recevoir une moitié. Elle n'est donc pas la mère. Aujourd'hui, quand on parle de « jugement de Salomon », on veut dire « ménager les deux parties ». C'est bien loin du vrai sens !

Cela dit, les autres actes du grand roi sont rapportés surtout à travers des listes : ses préfectures, ses chars et chevaux, ses villes pourvues de garnisons, sa flotte. Pour le Temple, travaux des carriers relayés par les tailleurs de ces pierres « sciées à la scie sur leurs faces intérieures et extérieures » (1 R 7,9). Pour l'administration royale, le cadastre des préfectures n'a pas pu être celui des anciennes tribus : la rigidité de la centralisation s'installe, avec la redistribution des terres et l'omniprésence du pouvoir. On n'imagine pas David sur un trône, et c'est là d'abord qu'on se représente Salomon.

La sagesse de Salomon ne se réclame pas de la révélation. Lui-même et son entourage de scribes ont composé et recueilli des proverbes, mais aussi des chants. 1 R 5,12-14 ne retient comme thèmes de cette production que la botanique et la zoologie. Mais les Proverbes de Salomon traitent surtout du bien vivre. On y remarque très souvent le nom de Dieu révélé à Moïse, YHWH. À part cela, ils ne prétendent pas se distinguer de la Sagesse des Nations. Au contraire, la gloire de Salomon est, après s'être mis sur le même pied que les Nations, de les avoir éblouies sur leur propre terrain, la gestion des affaires de ce monde. C'est ce qui lui valut la visite de la reine de Saba. Vis-à-vis du roi de Tyr, le roi d'Israël est demandeur, pour la construction et les équipages de sa flotte, pour la conception et les matériaux du Temple.

La religion de Salomon se manifeste en deux grands moments. D'abord par la prière qui inaugure son règne. Dieu lui dit : « Demande et je te donnerai. ». Mais la sagesse de Salomon consiste précisément à savoir déjà qu'il faut demander la Sagesse, et rien d'autre. Peut-on séparer l'initiative de Dieu de celle du roi ? Longtemps après, avec un raffinement hellénistique, l'auteur juif d'une « Sagesse de Salomon » donnera en grec sa réponse à cette énigme théologique (Sagesse 6 à 9).

L'autre moment est l'inauguration du Temple, la prière qu'il adresse alors à Dieu pour toutes les générations présentes de son peuple. La version qui nous en est donnée s'apparente aux lois du Deutéronome et fut rédigée longtemps après le règne du grand roi.

En ce qui concerne Salomon, le récit biblique est, cette fois encore, un prodige d'équilibre : l'admiration n'y enlève rien au blâme ni le blâme à l'admiration. La politique étrangère du roi (aux dimensions amplifiées par la tradition) l'amène à remplir son harem de sept cents épouses (princesses étrangères) et de trois cents concubines. Le narrateur voit-il là un excès ? D'après lui, Salomon ne céda que dans son grand âge à la tentation d'honorer, en même temps que son Dieu, les dieux de ses épouses, chacune selon sa nation et dans le sanctuaire qu'il avait fait à l'intention de chacune d'entre elles aux abords de Jérusalem. Ce fut là sa grande faute. « Que tu étais sage dans ta jeunesse ! », commentera Ben Sirach (Si 47,14).

> « DEMANDE CE QUE JE DOIS TE DONNER
> [...].
> – DONNE À TON SERVITEUR UN CŒUR
> PLEIN DE JUGEMENT [...].
> – PARCE QUE TU AS DEMANDÉ CELA, QUE
> TU N'AS PAS DEMANDÉ POUR TOI DE LONGS
> JOURS, NI LA RICHESSE, NI LA VIE DE TES
> ENNEMIS [...], JE FAIS CE QUE TU AS DIT
> ET MÊME CE QUE TU N'AS PAS DEMANDÉ, JE
> TE LE DONNE AUSSI. »

1 R 3,5-13

GENÈSE 2,21. D'Adam endormi, Dieu tire une côte
pour façonner Ève (cathédrale d'Orvieto, portail).

ADAM

POURQUOI, DEMANDERA-T-ON, Adam vient-il après Salomon dans une série de personnages bibliques ? En effet, commencer par le premier homme serait plus logique. Mais quand nous lisons ces mots : « Il n'y avait pas d'homme [...]. Dieu modela l'homme [...]. Il planta un jardin en Éden et il y mit l'homme », etc., nous sommes pris par la narration et nous oublions le narrateur. Celui-ci, d'ailleurs, garde un anonymat complet. « Dieu modela l'homme. » « Qui dit cela ? » : l'époque moderne se signale par l'intérêt qu'elle porte à cette question. Alors que le récit est comme une réalité objective, projetée sur un écran lisse, l'homme d'aujourd'hui veut voir la cabine de projection, il veut même voir le tournage du film, savoir qui l'a tourné. « Qui raconte ? » Nous passons alors de l'« objet » du récit au « sujet » qui raconte, au « Je » caché derrière le texte. Le pas est décisif. Il déclenche toute l'histoire de la critique biblique.

Cette curiosité, heureusement toujours ravivée, ne sera jamais complètement satisfaite. Mais nous avons réalisé, dès les premiers pas de l'enquête, que tout ce qui concerne *Adam* nous est transmis exclusivement par les descendants d'*Abraham*. C'est Israël qui parle d'Adam. Notre intérêt s'est dès lors déplacé vers l'histoire d'Israël. D'après ce que nous apprend l'historien du règne de Salomon, l'époque royale paraît avoir été la plus favorable à la rédaction d'un récit de la création d'Adam. Dans ce cadre idéal, le roi discourt sur toutes catégories de vivants, « jusqu'à l'hysope qui croît sur les murs [...], quadrupèdes, oiseaux, reptiles et poissons » (1 R 5,13). Le renom du grand roi a attiré vers lui une étrangère lointaine, la reine de Saba (1 R 10,1-13). En ce temps-là, les scribes de la cour enquêtaient sur les civilisations environnantes, en comparaient les généalogies (Gn 4,17 à 5,32 ; 10,1-32 ; 11,10-32...). Un milieu aussi intéressé par les énigmes (cf. 1 R 10,1) ne pouvait laisser de côté celle du commencement de l'homme. Plusieurs réponses déjà circulaient. D'autres viendront.

Laissons le deuxième chapitre de la Genèse nous conduire. Nous assistons à la parade la plus colorée et la plus animée que l'on ait jamais vue. Le Seigneur, voulant trouver pour Adam une « aide qui lui soit accordée », crée les animaux dans ce dessein et les lui montre l'un après l'autre : pelages, plumages, écailles, masses pesantes et légers corpuscules, mugissements et crissements propres à chaque espèce, le Créateur les montre à l'homme « pour voir comment il les désignerait » (Gn 2,19). Pendant la composition de cet immense lexique, le Créateur est aux aguets. Adam s'arrêtera-t-il devant l'une de ces créatures ? « Désigner », c'est à la fois connaître, prendre la parole et, avec elle, le pouvoir d'être entendu et obéi. La parole établit un lien entre l'homme et les animaux. Mot après mot, Adam se découvre différent d'eux, pâtit de voir, d'un essai à l'autre, s'agrandir cette différence. Et, en même temps, voici qu'augmente son désir d'un être qui lui soit accordé. Ainsi le plein achèvement de la création est remis à plus tard, et il nous est laissé le soin d'évaluer le temps que l'attente peut durer jusqu'à ce que l'homme enfin trouve. Dans cette durée se loge un drame : ce que l'homme cherche, c'est lui-même, incertain de sa propre identité. Et Dieu attend, suspendu aux lèvres de sa créature et vivant avec elle une relation que nous n'avions jamais trouvée aussi intime, aussi inquiète. Le récit mythique est ainsi promu en apologue du devenir humain à travers l'histoire de nos cultures : l'homme, précisément aujourd'hui plus que jamais, hésite à tracer la limite fuyante, effacée peut-être par lui-même, entre son statut biologique dans la série animale et sa spécificité d'homme. Enfin l'itinéraire suivi par le récit touche à sa fin : « L'homme ne trouva pas l'aide qui lui soit accordée » (Gn 2,20).

Cette finale est une défaite. L'homme d'aujourd'hui prolongerait l'expérience dans un laboratoire où il confectionnerait d'autres vivants que le Créateur ne lui aurait pas montrés, puisqu'il ne les aurait pas créés. Adam, lui, bénéficie alors du remède accordé à beaucoup de nos inquiétudes, le sommeil. En fait, le mot employé (*tardémah*) dit plutôt une sorte de coma que son Créateur lui-même « fait tomber » sur lui (Gn 2,21) [14]. Il le faut parce que le seuil à franchir est radical. Adam ne peut le passer par ses propres moyens. Il a vécu l'expérience du multiple, qui lui était offerte seulement pour qu'il naisse à la précision de son désir, désir de l'Un qui seul peut le combler. L'intervention de Dieu qui met fin à cette expérience est elle-même un acte créateur.

Notons par parenthèse que notre questionnement initial – *Qui raconte ?* – trouve ici une réponse ironique. Alors qu'Adam n'a pas tout su de ses origines, puisqu'il dormait, sa progéniture en saurait-elle plus ? Tout récit mythique est né sous le couvercle du sommeil, dans l'insu. Prix à payer pour qu'il en dise plus que la vérité nue. Ce n'est pas tellement pour qu'il n'ait pas mal, mais pour qu'il ne sache pas, que Dieu endort Adam avant de lui enlever l'une de ses côtes. De laquelle il construisit une femme, qu'il lui amena, ayant refermé l'ouverture. Une fois achevée cette somme des espèces, Adam certes en savait long sur le vivant. Avant d'entrer dans un autre monde, il lui fallait perdre connaissance. Pour, de là, entrer en « reconnaissance », il lui fallait passer par-dessus le hiatus de sa nuit. Ce bond par-dessus un vide est la véritable naissance d'Adam. Aussi n'en a-t-il pas le savoir, pas plus que le narrateur d'aucun mythe ne « sait » de quoi il parle. La vérité sait pour lui et parle son propre langage par son intermédiaire. Elle se faufile à travers ses mots.

L'issue de la quête et de la nuit qui précède la vraie naissance est de joie. Adam a trouvé l'Un. L'Un n'est pas celle qui lui est soudain présente, accordée à lui. L'Un est dans leur accord, qui provient de l'Un, dont rien ne peut faire signe qui ne provienne

141

de cet accord. C'est en face de l'Un que bondit hors du corps d'Adam, par le conduit de son gosier, ce qui est sa véritable spécificité : la parole. « Cette fois-ci, celle-ci, os de mes os et chair de ma chair, celle-ci » (Gn 2,23). La parole, Adam ne l'a pas trouvée, c'est elle qui le trouve. Elle tient debout sur la base d'une caractéristique nouvelle : la vérité. Elle est parole de vérité parce qu'elle unit l'homme et la femme en même temps qu'elle unit l'homme et son Créateur, en face de qui elle est prononcée. La vérité « a lieu » au croisement de ces deux lignes, verticale et horizontale. « Vérité », ce mot ne pouvait encore caractériser les noms déposés sur la série des vivants. Simples instruments, l'homme aurait pu trouver, trouvera d'autres noms pour d'autres vivants. Au contraire, en s'écriant : « Cette fois-ci, celle-ci, os de mes os et chair de ma chair, sera appelée 'ishsha car de 'ish a été prise celle-ci » [15], Adam prend position. Reconnaître un être unique (« celle-ci »), une heure unique (« cette fois-ci »), c'est prendre un engagement, distinguer, départager, prendre parti, donc être présent dans sa parole. Rien d'autre n'est parler, rien d'autre n'est « vérité ». Adam n'avait pas encore parlé, parce qu'il était seul. Être avec le Créateur n'était pas assez tant qu'il n'avait pas fait alliance à l'intérieur de la création, avec son autre. Est un ce qui fait l'union de deux, dans la parole, qui n'est plus instrument, mais logement de vérité.

Pour que se manifeste la vérité, il aura fallu que le deux qui vient de s'unir ne se fasse pas prendre pour l'un. Que l'animal ne soit pas l'homme, que l'homme ne soit pas la femme. Que celle-ci soit « celle-ci » et non plusieurs à la fois et que « cette fois-ci » ne soit pas confondue avec une autre fois, où « celle-ci » pourrait être remplacée par une autre. La parole installe une loi. Mais la ligne de l'unité est délicate, fine, parce qu'elle suit la voie de l'Esprit. Elle est ligne tremblée parce qu'elle n'est pas trouvée aussitôt.

L'Un devient intérieur à sa création après qu'Adam a parlé. Sans attendre, un principe de séparation est prononcé : « Aussi l'homme laisse-t-il son père et sa mère pour s'attacher à sa femme et ils deviennent une seule chair » (Gn 2,24). L'unité est impossible avec ce qui est trop étranger. L'unité est impossible avec ce qui est trop proche. Le fils doit s'écarter de ses parents pour devenir époux : à cette condition, l'humanité se tournera en avant d'elle-même. Cette double contrainte est anticipée dès l'apparition de la première femme. La différence qui sépare l'homme de l'animal est trop grande pour être franchie. La différence qui sépare l'homme de la femme est posée : un corps est séparé de lui-même avec l'amputation que subit Adam, un esprit est séparé de lui-même par sa chute dans la nuit du sommeil. Mais la femme est bien de même chair que l'homme. Ainsi y a-t-il entre l'homme et la femme ce qu'il faut de différence et ce qu'il faut de ressemblance.

L'union du premier homme et de la première femme porte la formule de celles qui suivront. Elle en présage aussi les vicissitudes. Le narrateur en savait un peu plus sur l'union d'Abraham et de Sara que sur celle d'Adam et d'Ève. Il nous a appris combien laborieusement l'union cherchait sa voie pour unir en vérité non plus le père et la mère des humains, mais le premier père et la première mère d'Israël. Abraham n'a pu quitter complètement son père et sa mère, du fait qu'il a pris avec lui sa demi-sœur, et il n'a pu complètement fonder en vérité son union puisqu'il n'a pu y parvenir sans le mensonge, faisant passer sa femme pour sa sœur : d'une ligne indistincte dans la parenté ne pouvait partir une parole ferme. Israël n'aura plus à choisir, comme Adam, entre l'humain et l'animal, mais à trouver une voie combien difficile entre l'endogamie et l'exogamie. L'enjeu est immense, puisqu'il est posé dès le début, à partir d'Abraham, à partir d'Adam. Ce n'est pas forcément que le narrateur ait eu l'intention de souligner ce point : la vérité parle pour lui.

CRÉER EN SA PERSONNE LES DEUX EN UN
SEUL HOMME NOUVEAU.

SAINT PAUL, EP 2,15

GENÈSE 3,17-19. Un rappel : depuis l'expulsion du jardin d'Éden,
au bout de la peine de chaque jour vient finalement la mort (Vérone).

ADAM ET ÈVE

LA CONNAISSANCE DE NOTRE COMMENCEMENT ne peut pas nous laisser indifférents, mais elle nous échappe toujours. La Bible elle-même raconte ce commencement de plusieurs manières, qui ne sont pas toutes compatibles. Aussi choisissons-nous ici de dire « nos commencements », parce que les commencements sont multiples, et l'origine est une. « Une » comme Dieu est Un. La différence n'est pas seulement celle du singulier et du pluriel, car « nos origines » signifie la même chose que « nos commencements ». Si le mot « origine » est irremplaçable, c'est qu'il signifie « source » et implique par conséquent une relation. Entre la « source » et ce qui en procède. Alors que le « commencement » commence seulement une série. Ce qui procède de la source n'est pas maître de la source. Dieu est notre source.

L'enfant s'interroge sur son commencement, l'humanité aussi. L'auteur de Gn 2 et 3 répond à cette demande. Il ne la repousse pas comme si elle était interdite. Mais il sait quel est le véritable interdit : c'est l'interdit de tout dire. Évidemment, personne ne dira jamais tout, mais en dire le plus possible est déjà sortir de la vérité. Aussi le lecteur qui enquête sur ce que l'auteur de la Genèse a voulu dire doit-il prendre en compte ce qu'il a voulu ne pas dire. Lui prêter ce qu'il n'a pas voulu dire est un contresens. Mais nous devons être sensible aux limites qu'il a observées quand il a voulu « ne pas dire ». Nous avons à pénétrer sans effraction dans le message que nous apporte sa manière, une manière contenue, pour ainsi dire taciturne.

Un contresens serait de dire que le travail a été imposé au premier homme (et à sa descendance) en châtiment de son péché. Cette lecture est irrecevable. Après y avoir fait croître « tout arbre beau à voir et bon à manger » (Gn 2,9), Dieu prit l'homme et l'établit dans le jardin d'Éden pour le *cultiver* et pour le *garder* (Gn 2,15). Puisque « un flot montait de la terre et arrosait toute la surface du sol » (Gn 2,6), nous pourrions retenir qu'Adam était ainsi exonéré de la partie la plus lourde de sa tâche : l'eau montait d'elle-même. Mais ce serait là remplir inutilement une case vide du texte. L'important n'était pas qu'il eût peu ou beaucoup à faire, ni que ce fût ou non pénible. Il devait simplement être dit que l'homme avait à travailler. Quant à sa seconde mission, « garder » le jardin, nous apprenons seulement qu'il ne l'a pas remplie, puisque c'est lui qui a laissé arriver jusqu'à sa femme le serpent « rusé » (Gn 3,1).

Quand sont énumérées les suites de la première faute (Gn 3, 8-24), l'accent est mis sur le peu de générosité du sol. « Maudit », il ne cessera de produire « épines et ronces », et l'homme finira dans cette poussière d'où il a été tiré. La condition laborieuse est décrite comme une lutte contre un sol qui laisse sortir de quoi faire le pain seulement si l'homme le lui arrache jour après jour, à la sueur de son front. Épines et ronces repoussent dès que l'effort s'interrompt. Ce dur combat n'assure à l'homme rien de plus que sa vie de jour en jour, non sans fin, mais sans autre fin que de retourner à la poussière. Au bout des peines de chaque jour, la mort. L'image ainsi représentée est donc plus précise et plus complexe que la seule image du travail.

Le mot « mort » ne figure pas dans cette sentence que Dieu prononce, mais la réalité de la mort s'installe d'un bout à l'autre de toutes ces peines « *jusqu'à ce que* tu retournes au sol ». Ce retour est un retour au commencement : le cercle va de la poussière à la poussière. On objectera qu'il y a d'autres sortes de travail. Mais l'auteur a simplement décrit ici le travail tel qu'il se montrait à lui dans l'existence de presque tous les humains. Plus, probablement, que dans la sienne! À une époque plus récente, un autre auteur de la Bible, Qohéleth (ou l'Ecclésiaste) voit plus loin que la situation particulière des paysans pauvres. Il étend à tous les secteurs de l'activité humaine le schéma de l'annulation du projet et de l'œuvre par le retour perpétuel au commencement, qui est la loi de la mort. Il gémit même d'avoir à écrire, alors qu'il est un grand poète : « Faire des livres est un travail sans fin et beaucoup d'étude fatigue le corps » (Qo 12,12). Il fait dire à Salomon que sa propre sagesse ne sert à rien, puisqu'elle lui apprend surtout que les projets de l'homme n'aboutissent qu'à cela. Elle lui évite tout juste d'enfler ses ambitions et lui apprend à ne pas mépriser ce qui va disparaître. Rien n'est vraiment transmis. Selon le Salomon de Qohéleth, les efforts des grands n'aboutissent pas plus que le travail des plus misérables. Qohéleth ramène l'homme à sa case de départ.

Différent, d'après Gn 3,16, est le sort de la femme, dont Qohéleth ne dit rien! Avant d'aborder ce passage, on se rappellera que Gn 3 n'est pas toute la Bible. Ainsi Pr 31 s'émerveille des œuvres, plus encore que du travail, de la « femme de caractère » (TOB). Son mari s'en remet à elle d'acheter un champ et une vigne et on la voit à la tête d'une entreprise, assurant le lendemain, tandis que son mari siège parmi les notables.

Il ne pouvait en être ainsi de la première femme, et l'auteur décrit surtout le sort commun tel qu'il le voyait. Alors que la formule ordinaire de la bénédiction commence par la promesse de « se multiplier », Dieu dit à la femme : « Je *multiplierai* [...] les peines de tes grossesses. » Est évoqué ici, encore une fois, surtout le sort des plus pauvres : l'accouchement non seulement dans ses douleurs, mais dans ses répétitions, les obstacles et les dangers qu'il rencontre, ses échecs. L'homme d'aujourd'hui pensera aux moyens qu'il a d'y porter remède, mais aussi aux limites de ces moyens et aux épreuves qui, plus d'une fois, les accompagnent. Cependant, c'est la femme qui porte un avenir, c'est à propos de sa descendance à elle qu'il est parlé de cet avenir. Dieu, il est vrai, l'avait créée pour l'homme, comme une « aide qui lui soit accordée » (Gn 2,18, TOB) ou « assortie » (BJ). Le péché a détérioré sa condition : son attirance vers l'homme et son désir d'enfant la font dépendante d'un mari qui la « dominera » (Gn 3,16). À la sortie du premier jardin, le nouvel ordre n'est certainement pas sans désordre.

C'est pourtant la descendance de la femme qui retournera la situation initiale, aussi la femme reçoit-elle un nom : Ève, « la Vivante ». Mordue au talon par le serpent, la « semence » de la femme (Gn 3,15) lui écrasera la tête. Ce n'est probablement pas de chaque génération qu'il s'agit avec cette victoire, mais de ce qui surviendra un jour. Du côté de Qohéleth, l'histoire ne joue aucun rôle. Mais Qohéleth ne dit pas tout. L'auteur de Gn 3,16 en dit davantage, sans tout dire non plus. Dans sa perspective, ce que les hommes peuvent produire par l'effort de leurs mains ou de leur pensée est peu de chose ; c'est seulement par l'attente d'un enfant que l'espérance de l'humanité entière est soulevée.

Après Salomon : Roboam

De longues pages glorifient les réalisations de Salomon, le comparent aux plus grands sages des Nations, jusqu'à le nommer « le plus grand de tous les rois de la terre » (1 R 10,23). Deux pages suffisent, ensuite, à dire le malheur. Au-dehors, le pharaon, alerté par le développement d'Israël, donne asile à un ennemi d'Israël (1 R 11,19). Des agitateurs se réfugient à Damas. Au-dedans, la situation est pire : le chef des travaux publics de Salomon, Jéroboam, se révolte contre son roi (1 R 11,26).

La crise vient après une longue pause de succès. Toutes les nations ont connu de grands règnes, des heures qui les consolent pour toujours et leur font même oublier de quel prix – aussi de quelles injustices – elles ont été payées.

À vrai dire, la figure salomonienne qui domine cet étalage de réussites manque d'épaisseur. À part deux épisodes colorés – sa prière qui implore la sagesse, puis l'exercice de cette sagesse dans le jugement des deux prostituées –, on pourrait se demander, à lire le reste, si Salomon a vraiment existé ! Après David, après les variations de son âme et sa vie tout en péripéties inattendues et dangereuses, c'est un fait que l'historien n'a rien eu à dire sur Salomon comme personnage. En compensation, nous pouvons l'aimer à travers l'un des recueils de Proverbes, comme à travers Qohéleth (dit « l'Ecclésiaste ») et le Cantique des Cantiques, œuvres qui lui furent attribuées, avant qu'il y ait une Sagesse de Salomon écrite en grec juste avant notre ère.

Comme Dante fait parler les rois et les papes depuis les enfers, ainsi l'auteur de Qohéleth a voulu que le vide d'un grand règne, quel qu'il soit, fût dévoilé par la voix posthume du roi lui-même. « J'ai été roi sur Jérusalem […], j'ai fait grandir et prospérer la sagesse […], j'ai connu que cela aussi, c'est poursuite de vent » (Qo 1,12-14 et 17). Du père au fils, il est rare, suggère-t-il, que bonheur et vérité se transmettent.

La sagesse de Salomon manqua en effet complètement à Roboam, son fils. Elle n'était pas non plus sans défaut dans le grand roi. À prendre le récit tel qu'il est, *deux causes* préparent la catastrophe. Du côté de Salomon, c'est l'idolâtrie à laquelle, devenu vieux, il céda. Du côté du nouveau roi, Roboam, c'est l'insensibilité aux souffrances du peuple.

Un lecteur d'aujourd'hui relève immédiatement que c'est le chef des travaux, Jéroboam, qui a pris en main le mécontentement de la population, celle des classes moyennes trop lourdement taxées et celle des travailleurs peu considérés. Le leader des mécontents n'avait échappé à Salomon que par l'exil. Une pareille figure – un dissident politique revenant d'exil pour tenter sa chance lors d'un changement de gouvernement – nous est familière. Ainsi Jéroboam se retrouve en face de Roboam (1 R 12,2), le nouveau roi, à l'assemblée générale de Sichem. Le peuple, sous le « joug du roi », crie sa « lourde servitude ». Alors que les vieux engagent Roboam à se faire le « serviteur » du peuple, les conseillers imberbes compagnons de Roboam pensent qu'il ne pourra plus s'arrêter s'il commence à faire des concessions : qu'il fasse donc peur aux rebelles sans attendre. Ce mauvais conseil fait voler en éclats l'unité. Dix tribus (1 R 11,31) se séparent pour faire de Jéroboam leur roi, dans le Nord. Il reste à la dynastie davidique régnant à Jérusalem seulement une tribu (celle de Lévi n'étant pas comptée).

La crise a été soudaine : la longue liste des succès de Salomon n'a rien laissé voir de leur envers. C'est que le rédacteur fait part égale aux deux côtés. Pourtant, la voix prophétique, elle qui s'était tue pendant le règne de Salomon, avait prévu la *première*

1 ROIS 12,6-11. Roboam, fils de Salomon, manque de jugement :
à son conseil siègent ensemble jeunes gens imberbes
(qu'il va écouter) et vieillards chenus (Vézelay).

cause du malheur. Au peuple qui voulait un roi avant qu'il y en eût un en Israël Samuel avait répondu : le roi prendra vos fils pour son armée, pour moissonner ses moissons et fabriquer ses armes ; il recueillera vos impôts. « Vous-mêmes enfin, vous deviendrez ses esclaves » (1 S 8,17). Tel est le côté de la réalité qui resurgit après la mort de Salomon.

Or ce n'est pas un prophète qui le fait resurgir : c'est ce Jéroboam, chef des travaux devenu agitateur politique. Peu après, un prophète parlera, il dévoilera la *seconde cause* de l'éclatement d'Israël. Nous voyons Ahiyya de Silo, porteur d'un manteau neuf, rejoindre l'agitateur Jéroboam qui s'enfuit en Égypte, vers l'exil, par une route isolée. Le prophète déchire ce manteau en douze pièces en signe de l'unité que Jéroboam va détruire. Ce malheur est, déclare-t-il, le fruit du péché, que Dieu sanctionne par Jéroboam. Mais Ahiyya ne prend pas le relais de Samuel, puisqu'il ne dit mot de l'accablement imposé au peuple par le père du nouveau roi. Il dénonce exclusivement l'idolâtrie du règne de Salomon.

Ainsi la Bible sait enchevêtrer les voix et les niveaux de l'histoire : une cause de l'éclatement est dans le ciel et l'autre est sur la terre. La justice sociale a pour porte-parole tantôt un prophète (Samuel) et tantôt un politicien. L'offense à Dieu qu'est l'idolâtrie et l'offense à l'homme qu'est l'oppression sont commises par le même roi, si grand qu'il ait pu être et sans que pourtant lui soit refusée sa juste part d'éloge.

LES JEUNES GENS QUI AVAIENT GRANDI AVEC ROBOAM LUI DIRENT [...] : « TU LEUR DIRAS : "PUISQUE MON PÈRE VOUS A CORRIGÉS AVEC DES FOUETS, MOI JE VOUS CORRIGERAI AVEC DES LANIÈRES CLOUTÉES". »

⚔ 1 R 12,10-11 ⚔

Jéroboam :
la sécession du Nord

Alors que Roboam, fils de Salomon, règne à Jérusalem, Jéroboam, son préposé aux travaux publics, se révolte et s'acquiert la faveur du peuple. Avec l'appui du prophète Ahiyya qui lui promet comme à David une dynastie, mais à condition qu'il soit fidèle, Jéroboam crée un schisme en fondant un royaume qui, dans le Nord, sera le rival de Jérusalem.

Jéroboam sait que, là où le principe dynastique manque de garantie, la manière la plus fréquente de succéder à un roi consiste à le tuer (1 R 12,27). Pour se consolider, il choisit de frapper un grand coup dans le domaine religieux en profitant de l'immense prestige d'un lieu, Béthel. C'était là que Jacob avait fait le vœu d'élever un jour une « maison de Dieu » (Gn 28,22) après y avoir vu les anges monter et descendre. Choisir Béthel comme « sanctuaire royal » était une idée heureuse. L'idée d'y ajouter, sur la frontière du Liban, le sanctuaire de Dan l'était moins. Le pis fut que, dans chacun de ces deux temples, un « veau d'or » était adoré. Représenter Dieu non seulement par un veau d'or mais par deux était un comble.

Nous savons peu de chose sur la figure de Jéroboam, mais davantage sur les prophètes qui parurent pendant son règne. L'histoire commence plutôt bien. Le prophète Shemaya dissuade Roboam de faire la guerre à « ses frères » du Nord pour rétablir l'unité. Le schisme, lui dit-il, « vient de Dieu ». Suivent deux récits dont chacun concerne, en dernière analyse, le sort des dynasties respectives de David (roi de Jérusalem) et de Jéroboam (roi illégitime).

Au premier récit, qui est une légende populaire, nous pouvons donner plusieurs titres : « Pourquoi un lion et un âne tous deux vivants furent trouvés à côté d'un prophète mort », ou encore : « Comment un prophète prouve, en le trompant, que le message de son collègue était authentique ». Les hommes d'aujourd'hui jugeront diversement cette histoire (1 R 12,26 à 13,32). Peut-être faut-il déconseiller à plusieurs de la lire ; d'autres la goûteront. En voici les personnages : un « homme de Dieu » (manière ancienne de dire « prophète »), le roi Jéroboam, un « vieux prophète », ses fils, un âne, un lion, les passants.

Un homme de Dieu est solennellement envoyé prophétiser contre l'autel de Béthel, autel qui va concurrencer celui de Jérusalem. Un fils de David, annonce-t-il – un fils du seul roi légitime –, détruira cet autel. En confirmation de l'oracle et de la mission du prophète, Dieu fait se dessécher la main de Jéroboam, puis la guérit aussitôt sur la prière de son envoyé. Invité à table par le roi que ce signe a convaincu, l'envoyé doit décliner l'invitation : Dieu, répond-il, lui a ordonné de ne rien prendre avant d'être rentré chez lui.

C'est alors qu'un certain vieux prophète apprend par ses fils l'événement, sans oublier ce dernier détail : le prophète doit rentrer à jeun ! Il le rejoint alors qu'il s'en retourne et, l'ayant invité à déjeuner, en reçoit même réponse que le roi : c'est non. Sache, dit alors l'ancien, qu'un ange m'a ordonné de t'inviter. « Il lui mentait » (1 R 13,18). L'autre le croit ; ils prennent ensemble « du pain et de l'eau ». Le test du repas accepté est décisif : « Tu viens de désobéir à Dieu, tu mourras et ne seras pas enterré avec tes pères », dit l'ancien. Ayant dit, il selle l'âne pour le malheureux, qui reprend la route.

L'âne va jouer ici un rôle indispensable, non tant comme véhicule que comme signe. Un lion survient qui, ayant tué l'homme de Dieu désobéissant, ne les mange ni lui ni son âne, mais reste sur place le temps que le vieux prophète soit informé

1 ROIS 12,28. Jéroboam fait réaliser deux veaux d'or. Ici, le « veau d'or »
du livre de l'Exode, chap. 32, avec Satan sur son dos,
entraîne un adepte porteur d'une bête pour le sacrifice.
Moïse, indigné, va briser les tables de la Loi (Vézelay).

par les passants de cette chose sans précédent. Il résulte du constat, premièrement, que c'est le Seigneur qui a puni l'homme de Dieu, deuxièmement que, s'il l'a puni, c'est qu'il l'avait véritablement envoyé et, troisièmement, que l'oracle de Béthel était donc authentique. En foi de quoi, l'on peut attendre avec sécurité qu'un fils de David vienne un jour supprimer l'idolâtrie de Béthel ! Il n'y a plus qu'à poser le cadavre sur l'âne miraculeusement laissé disponible, à ensevelir le malheureux en le pleurant, à donner à sa mémoire le signe de vénération le plus émouvant qui se puisse accorder : « Quand je mourrai, vous placerez mes os à côté de ses os », commande le vieux prophète à ses fils.

Entre plusieurs leçons, laquelle choisir ? – Plutôt obéir à Dieu qu'à un ange… – Le faux pas d'un prophète peut causer sa perte mais ne le rend pas moins cher à la mémoire… – Le récit ne veut pas juger, encore moins édifier. L'axe principal est sans doute celui qui réapparaîtra dans l'Évangile : quand vous recevez une mission de Dieu « ne saluez personne en chemin ! » (Lc 10,4). Interprétons cette consigne : tout va se liguer pour rendre mondaine une mission qui vient de Dieu.

Voici la seconde histoire. Elle illustre l'extrême précarité de la lignée de Jéroboam. Son fils va mourir. C'est en vain que la mère se déguise pour aller supplier un prophète qu'il guérisse l'enfant. Or voici que ce prophète n'est autre qu'Ahiyya de Silo, celui qui avait encouragé le schisme du même Jéroboam et, de surcroît, promis au roi du Nord une descendance, mais à condition qu'il reste fidèle à Dieu. L'histoire de Jéroboam va se conclure sur ce rappel du début. Ahiyya est aveugle, mais il est prophète, il reconnaît la reine sous son déguisement et lui enlève aussitôt l'espoir qu'il lui avait jadis donné : le salut reste attaché à la lignée davidique. Le roi Jéroboam est idolâtre, son fils mourra. Et pourtant ce fils était le seul, dans la lignée, « en qui se trouvât quelque chose de bon » (1 R 14,13).

[Un vieux prophète] trouva le cadavre [de cet homme de Dieu] sur le chemin, tandis que l'âne et le lion se tenaient à côté du cadavre. [Il dit]: «Elle s'accomplira la parole qu'il a prononcée contre l'autel.»

1 R 13,28 et 32

1 ROIS 18,36-39. Élie se met en prière et le feu tombe
du ciel sur l'autel qu'il a dressé (La Chaise-Dieu, tapisserie).

ÉLIE :
COMME LE FEU

Entre la longue trace laissée par Élie dans les traditions juive et chrétienne et le peu de pages que les livres d'histoire lui consacrent, le contraste est frappant. La raison en est qu'une fois retirés les prodiges qu'il a opérés, peu de choses resteraient de sa vie. Le récit nous départage : ou bien refuser le merveilleux et en rester là, ou bien être atteint par l'*accent*. Il y a eu des hommes pour dire les mots de ce récit, il y a eu des hommes pour l'entendre, des hommes pour en vivre. L'énergie qui est dans ces mots-là vient de Dieu, elle est entrée dans ce monde, elle a fait l'histoire. Cette force a emmené loin : on prit Jean-Baptiste pour Élie revenu, Jésus fut comparé à Élie.

C'était quarante ou cinquante ans après Roboam, sous le règne d'Achab (874-853), fils du fondateur de Samarie, célèbre et opulente capitale du royaume du Nord. Achab avait épousé Jézabel, originaire de Sidon, en Phénicie (actuel Liban), pays de religion cananéenne. La reine pourchassait à mort les prophètes qui refusaient son dieu Baal. Or le prophétisme était alors une manière de vivre, qui rassemblait des communautés entières hors des villes. Les victimes qui tombaient sous les coups de Jézabel se comptaient par centaines dans leurs rangs.

Élie survit et entre en scène tout seul. À peine nommé, à peine connu son lieu de naissance (Tishbé, sis au-delà du Jourdain), le voici qui, en quelques paroles menaçantes, annonce au roi la sécheresse, donc la famine, et reçoit de Dieu l'ordre de se cacher au loin : un corbeau lui apportera pain et viande matin et soir (régime que la vieille traduction grecque, dite des Septante, ramènera à un seul repas).

Le nom hébreu du prophète (« YHWH est Dieu ») dit tout sur lui. Ses ordres sont ceux de Dieu : la sécheresse meurtrière ne s'arrêtera qu'à la parole d'Élie. À la veuve de Sarepta qui se meurt avec son fils quand le torrent est asséché il demande : « Un peu d'eau dans la cruche, pour que je boive » (l'évangile de la Samaritaine s'en souviendra). Quand elle revient avec l'eau, il n'est pas encore satisfait. Qu'elle lui fasse encore du pain avec ce qu'elle gardait pour un dernier repas ! « Ne crains pas : tu feras d'abord la galette pour moi, ensuite pour vous deux. » Elle obéit, et désormais sa jarre ni sa cruche ne se videront plus durant la famine. Il ne s'agit pas seulement ici d'un miracle, il s'agit de la foi de cette veuve qui répond à celle du prophète. Dieu avait dit à Élie qu'après lui avoir envoyé le corbeau providentiel il ordonnerait lui-même à une femme de le nourrir – et cela du côté de Sidon, pays de Jézabel. C'est chaque fois la voix nue de Dieu, peut-on dire. Le prophète n'est que son véhicule. Elle invite la foi à affronter la mort.

Il arrive ensuite que le fils de la veuve tombe malade à mourir : son souffle le quitte. Le prophète s'étend trois fois sur l'enfant inanimé et invoque Dieu : « Le souffle de l'enfant revint en lui, il fut vivant. » Élie est venu pour manifester la vie : « Il est vivant, YHWH, le Dieu d'Israël, devant qui je me tiens » (1 R 17,1).

Certains moments du cycle d'Élie ont quelque chose de comique. Effrayé, le roi prenait des mesures qui correspondaient à son premier souci ! « Que va devenir l'armée quand les chevaux meurent de faim ? » se demandait-il. Il fait chercher Élie en tout lieu. Élie se présente soudain à l'envoyé du roi, Ovadyahu : « Va dire à ton maître : "Voici Élie !" » » – « L'Esprit t'emportera je ne sais où, répond l'envoyé. Tu veux que le roi vienne ici, qu'il ne t'y trouve pas, et qu'il me tue ? » Élie, en effet, apparaît et disparaît, imprévisible, insaisissable. Ce côté mystérieux se rattache aussi à sa condition de fugitif. Le voyant arriver, le roi lui dit : « Est-ce bien toi, fléau d'Israël ? » Élie répond que le fléau d'Israël, c'est le roi et la maison de son père.

Il fallait affronter le dieu Baal de Jézabel et de Canaan, dans ce Nord fertile où l'on attribuait à ce dieu le don de la pluie. Élie entre en compétition, au nom de son Dieu, avec quatre cents prophètes de Baal, qui invoquent le leur. Qu'Israël, enfin, choisisse ! Le feu du ciel tombe sur son offrande. Élie, de sa main, met à mort les prophètes de Baal. C'est alors qu'un serviteur, ayant guetté à sept reprises depuis le sommet du Carmel pendant que son maître est en prière, annonce un « petit nuage gros comme le poing ». L'averse vient et porte la vie.

Élie a porté la vie, et la mort. Il est le héros d'autres scènes féroces (2 R 1). La tradition ne s'est pas – certes pas assez – attardée sur de pareils moments. De ce carnage, elle a voulu ne retenir, en s'aidant souvent de l'allégorie, que l'impossibilité d'entrer dans le Royaume de Dieu sans choix dramatique. Que l'affaire du Royaume de Dieu soit de toute manière question de vie ou de mort, l'humanité du XXe siècle a traversé assez d'horreurs pour le savoir. Mais le temps n'était pas encore venu de recevoir ce qui vient de la croix de Jésus. « Vous ne savez pas de quel Esprit vous êtes », dira ce même Jésus à Jacques et à Jean qui, précisément sur un village de Samarie (ancien royaume de Jéroboam), allaient appeler le feu du ciel pour qu'il les « consume » (Lc 9,54). Ils n'avaient plus en mémoire le visage de « l'autre Élie », qui nous reste à découvrir.

Alors se leva Élie, prophète semblable au feu.

➳ Si 48,1 ➳

1 ROIS 19,1-8. En route vers le mont Horeb, Élie est découragé
et souhaite mourir. Il s'endort. Un ange le réveille et lui dit :
« Lève-toi, Élie, et mange, autrement le chemin sera trop long
pour toi ! » (galerie Tretiakov, Moscou).

Un autre Élie

Y a-t-il deux Élie ? Celui qui a remporté sur les prophètes de Baal une victoire éclatante et celui qui, peu après, souhaite mourir ? On le savait seul, on le voit maintenant désespéré. Sous un arbre isolé, dans le désert, il dit des mots qui nous font réfléchir longtemps : « Je ne suis pas meilleur que mes pères » (1 R, 19,4). Il pense à cette génération disparue dans le désert, au temps de l'Exode, à cause de son infidélité. Il demande la mort : « Maintenant, Seigneur, prends ma vie ! »

C'est que Jézabel, cette reine dont il a exterminé les prophètes païens, avait juré de se venger de lui, et le lui avait fait dire (1 R 19,2). Pour sauver sa vie, il est alors parti avec son serviteur depuis le Nord jusqu'à l'entrée du désert. De là, il est reparti, mais seul, pour une journée de marche qui s'achève « sous un genêt isolé ». À première vue, sa plainte est le désarroi d'un fugitif en danger de mort. Un regard plus critique nous renvoie un peu plus loin. Ce n'est pas de Jézabel la Phénicienne qu'Élie va se plaindre à Dieu, c'est son peuple qu'il accuse : « Ils ont abandonné ton alliance […], tué tes prophètes par l'épée, je suis resté seul. » Cette plainte se répétera deux fois dans les mêmes termes. Quand Dieu répondra, ce sera pour promettre qu'il laissera vivre « un reste de sept mille hommes » d'Israël qui lui sont fidèles. Il ne s'agit donc pas tellement du danger encouru par Élie que de l'échec de sa mission. Cela surprend le lecteur, car le prodige du

Carmel avait retourné ceux d'Israël qui suivaient le Baal païen : Élie les avait ramenés à YHWH.

Non sans habileté, des traditions divergentes ou distinctes ont été cousues ensemble. Mais l'important est cette crise où Élie apparaît tout autre que dans ses moments de grande puissance. La vie de Moïse a connu de semblables crises, sans qu'on le voie désirer mourir. Jérémie, trois siècles plus tard, ira jusqu'à regretter d'être né.

Élie n'est pas tout-puissant : il serait mort sans le corbeau (1 R 17,4-6), peut-être aussi sans la veuve de Sarepta. Cette fois, un ange, l'ayant touché pour le réveiller, lui sert un repas : « Lève-toi et mange ! » Élie mange, mais ne se lève pas. Ce n'est pas que la force lui manque : c'est plutôt l'envie de vivre qui ne lui est pas revenue. Souvenons-nous que, plusieurs fois dans la Bible, l'homme qui ne veut plus vivre ne veut plus manger (1 R 21,4 et 7). Pourtant, des « galettes cuites sur des pierres chauffées », n'importe qui, en plein désert, les prendrait de bon cœur au petit matin ! Voyant le prophète rendormi, l'ange le touche encore : qu'il se réveille pour de bon et qu'il finisse son déjeuner. « Lève-toi », lui redit-il et, pour le décider : « Le chemin est trop long pour toi si tu ne manges pas. » Le chemin : quel chemin ? – On nous le dira bientôt. En attendant, quel plaisir pour nous d'assister à ce film d'un réveil matinal difficile, s'agissant d'un homme qui, encore hier, nous faisait penser à la foudre ! « Lève-toi » : voilà des mots que chacun de nous a des occasions de s'entendre répéter deux fois ou plus !

Puisque le récit rapproche Élie de notre niveau, prenons le temps de nous arrêter aussi sur nous-mêmes : le chemin est trop long pour toi si un ange ne vient pas te nourrir. Les commentateurs chrétiens n'ont pas manqué de relever ce pain des anges. Il s'agit, de toute manière, du besoin d'assistance commun à tous, montré chez l'un des plus grands parmi les héros bibliques. Élie finit ses galettes et part.

Si nous ne savons pas encore où va le chemin d'Élie, nous savons qu'il va vers Dieu. Oui, mais quel Dieu ? La réponse vient dans une autre scène matinale. Élie a dormi dans « la » caverne :

« Qu'est-ce que tu fais ici ? », lui dit Dieu (1 R 19,9). Le grand prophète parle alors de son zèle pour « YHWH, Dieu des armées » (c'est-à-dire des myriades célestes, obéissantes, ordonnées, puissantes). Ce zèle n'a pas porté de fruit. « Sors », lui dit Dieu. Et le prophète sorti de son antre est assourdi par le vent et le fracas des rochers. Il croit avoir une réponse, « mais le Seigneur n'était pas dans le vent ». Puis la terre tremble, mais le Seigneur restait absent. Puis il y eut un feu. Comment ne pas se rappeler le feu qui, hier, au Carmel, dévorait l'holocauste, les pierres et même l'eau, au service du Dieu des armées ? Or « le Seigneur n'était pas dans le feu ». Ce fut alors « une voix de fin silence » (1 R 19,12) [16]. Comme l'ange a touché doucement l'épaule du prophète, maintenant la voix de douceur lui apprend qui est Dieu… et d'abord qui il n'est pas.

> IL DEMANDA LA MORT ET DIT: « MAINTE-
> NANT, SEIGNEUR, PRENDS MA VIE, CAR JE
> NE VAUX PAS MIEUX QUE MES PÈRES. » PUIS
> IL SE COUCHA ET S'ENDORMIT […], MAIS
> VOICI QU'UN ANGE LE TOUCHA ET LUI DIT:
> « LÈVE-TOI ET MANGE ».
>
> ⚬ 1 R 19,4-5 ⚬

> LE SEIGNEUR N'ÉTAIT PAS DANS LE FEU.
> ET APRÈS LE FEU, VOIX DE FIN SILENCE.
>
> ⚬ 1 R 19,12 ⚬

2 ROIS 2,1-13. Élie fut pris d'en haut, et Élisée reçut son manteau
(Sainte-Sabine de Rome, portail).

ÉLIE
D'HIER ET DE DEMAIN

EN RETRAÇANT POUR NOUS L'ITINÉRAIRE RELIGIEUX D'ISRAËL, la Bible indique des nouveautés. Il est parfois difficile de s'en apercevoir, parce que, souvent, une découverte récente est introduite dans un récit plus ancien. Élie a rencontré son Dieu dans le désert, après quarante jours et quarante nuits de marche et une nuit dans « la » grotte. L'expérience qu'il fait alors est mise en relief comme une nouveauté. Dieu n'est *pas*, ce jour-là, dans le vent violent, *pas* dans le tremblement de terre, *pas* dans le feu. Autrement dit, il n'est plus dans ce qui répondait, hier, à la prière d'Élie face aux prophètes de Baal. Ces armes ne sont plus de saison.

Le lecteur attentif en apprend davantage à plusieurs indices. Pourquoi fallait-il une marche de quarante jours ? – Quarante, c'est autant de jours qu'il avait fallu d'années aux « pères » pour traverser le désert. Pourquoi « la » grotte ? – Parce que le chemin d'Élie l'a conduit à l'Horeb : il s'agit de « la » grotte de l'Horeb. Pourquoi l'Horeb ? – C'est l'autre nom du Sinaï, où Moïse rencontra Dieu. Dieu jadis « passa », là-bas, abritant de sa main le visage de Moïse qu'il avait fait entrer « dans le creux du rocher » (Ex 33,22), Aujourd'hui, Élie, pèlerin de l'Horeb, s'abritera le visage avec son manteau après être sorti de « la » grotte, car Dieu va « passer ».

Il s'agit d'un parallèle entre Moïse et Élie.

La découverte intérieure d'Élie, cette voix ténue, cette voix qui est silence (1 R 19,12), n'indique pas seulement une prise de distance par rapport aux prodiges fracassants d'Élie lui-même. Il s'agit également d'une relecture distanciée des traditions concernant Moïse et l'étape terrifiante du Sinaï. Élie est toujours Élie, mais il a changé. De même, YHWH est toujours YHWH, mais il se manifeste autrement que jadis à l'homme qui n'est plus celui de jadis. Les beaux récits populaires du cycle d'Élie étaient moins nuancés. Une époque vint où une réflexion nouvelle passa dans l'air du temps et fut exprimée par une école d'écrivains.

Les textes les plus récents du Deutéronome laissent deviner un changement qui va un peu dans la même direction. Selon cette école, dans le feu et les secousses de la montagne du Sinaï, Dieu ne se montrait pas. « Pas de forme, rien d'autre que la voix » (Dt 4,12).

L'histoire d'Israël souligne fortement les temps de relais. Il fallait que Moïse et Élie soient visibles ensemble, et évalués selon les mêmes paramètres. Il fallait aussi que les rédacteurs situent des récits colorés en référence à des archives qui l'étaient moins, les « Annales des rois » par exemple, souvent citées (2 R 1,18, etc.). Il fallait notamment situer Élie face au gouvernement des rois du Nord, et pas seulement en matière de religion.

L'histoire de Nabot éclaire à la fois le prophétisme de cette époque et le changement de société. Au départ, nous apprenons que, sans mot dire, le roi Achab laisse la reine Jézabel machiner l'assassinat de Nabot, parce qu'il veut absolument sa vigne, qui jouxte le palais. Tuer pour voler. Mais l'affaire est plus complexe. Le roi envisageait une mesure d'expropriation qui consiste à proposer un choix : ou bien échanger un terrain contre son juste prix en monnaie, ou l'échanger contre un terrain meilleur. Elle suppose en outre que rien ne peut se faire sans le consentement du propriétaire puisque, faute de l'obtenir, il faudra l'assassiner. À l'arrière-plan d'un assassinat, le récit dénonce tout un système et reste dans la droite ligne de la diatribe où Samuel avait dénoncé à l'avance le pouvoir monarchique (1 S 8). Il s'agit du bien et du mal, mais il s'agit *aussi* de deux cultures, c'est-à-dire de deux régimes du droit qui s'affrontent. Nabot s'appuie sur le droit ancien : l'héritage des terres que les pères ont reçues de Dieu est inaliénable. Élie est de ce côté, Élie ainsi que les communautés de prophètes. La question religieuse – « le dieu Baal ou YHWH ? » – n'est pas seule en jeu.

Élie ne connut pas la mort, mais fut emporté au ciel dans un char de feu conduit par des chevaux de feu. Partout dans le monde, les plus vieilles traditions prennent en charge l'invisible et le rendent visible à l'esprit. Discrètement souligné dans le cas de Moïse, dont le tombeau est dit introuvable, le merveilleux se déploie dans le cas d'Élie. On se représente le narrateur comme un génie inconscient de son art. Le plus savoureux est la manière dont le prophète veut empêcher son disciple d'assister à ce que le narrateur, de son côté, se propose bien de nous faire voir avec quelque détail : l'envol du char de feu ! Élie voudrait partir sans témoin. Comment pourra-t-il se débarrasser d'Élisée qui tient à être là jusqu'au bout ? Les amusants subterfuges d'Élie restent sans effet.

Avoir été exempté de la mort entraîne sans doute quelques devoirs envers les hommes. Aussi les siècles suivants ont-ils espéré qu'Élie reviendrait. La Bible prise en son entier nous donne à lire le contraste entre Élie qui échappe à la mort et le Fils de Dieu qui la subit, comme pour payer la dette contractée par Élie. C'est précisément au Calvaire que les moqueurs feignent d'attendre le retour d'Élie, qui sauverait Jésus. Élie a donné ce jour-là son dernier message : en ne montrant rien et en se taisant, Élie et Jésus se sont réunis.

ÉLIE MONTA AU CIEL DANS LA TEMPÊTE […], CEUX QUI L'AVAIENT VU D'EN FACE DIRENT À ÉLISÉE : « PEUT-ÊTRE QUE L'ESPRIT DU SEIGNEUR L'A EMPORTÉ SUR QUELQUE MONTAGNE OU DANS QUELQUE VALLÉE. » ILS ENVOYÈRENT CINQUANTE HOMMES QUI CHERCHÈRENT ÉLIE PENDANT TROIS JOURS SANS LE TROUVER.

2 R 2,1 ET 15-17

2 ROIS 2,12. Au-dessus d'Élisée, le char de feu
emporte son maître Élie (La Chaise-Dieu, tapisserie).

ÉLISÉE
LE DISCIPLE

« Raconte-moi donc toutes les grandes choses qu'Élisée a faites » : c'est à Guéhazi, serviteur du prophète, que le roi fait cette demande (2 R 8,4). Voilà une belle scène, parce qu'elle nous dit le plaisir d'entendre des histoires. Entre la page de la Bible que nous lisons et les hauts faits d'Élisée, elle situe cet intermédiaire tout simple, ce Guéhazi, serviteur à peine connu. Élisée avait d'abord été laboureur et, tout d'un coup, Élie avait jeté sur lui son manteau pour en faire son disciple. Élie emporté au ciel se défera une seconde fois de ce manteau. Élisée le ramasse. Il l'emporte avec une « double part » de l'esprit de son maître, c'est-à-dire deux fois la part d'héritage accordée aux autres disciples. Ceux-ci étaient fort nombreux.

Pendant la seconde moitié du IXe siècle, Élisée prolonge l'image d'Élie avec moins de majesté. Il y a de tout, en vrac, dans les pages qui le concernent. Il y a des vues sur l'histoire de la nation. Il y a aussi une collection de souvenirs des disciples, recueillis par la mémoire populaire et comprenant de nombreux miracles.

La première série s'organise autour du projet de raconter l'histoire du pays à travers celle de ses rois. En ce domaine, de 2 R 9 à 2 R 11, la violence est poussée aux extrémités. Jéhu, pour monter sur le trône à Samarie, tue Yoram fils d'Akhab (2 R 9,24), roi de Samarie. Il fait aussi tuer Akhazias, roi de Jérusalem, puis la reine Jézabel, épouse d'Akhab, puis la parenté d'Akhazias. Enfin, après leur avoir fait croire qu'il sacrifierait à leur dieu et s'être enfermé avec eux dans leur temple (2 R 10,18-27), il met à mort les prophètes et les prêtres de Baal. Nous sommes doublement impressionnés en lisant que ce Jéhu sanguinaire a été choisi par Élisée pour cette mission. À en croire l'auteur, cette mission entrait même dans le plan de Dieu qui s'en était ouvert à Élie (1 R 19,16-17). Beaucoup de meurtriers au long de l'histoire des nations ont pu s'autoriser de pareils précédents. Visiblement, le rédacteur qui prête à Élie ce rôle d'instigateur n'a qu'une idée : défendre à tout prix la ligne de Jéhu contre un autre parti qui condamnait sa mémoire. Quant aux massacres eux-mêmes et à leur approbation de la part d'hommes religieux, leur réalité ne fait pas de doute. Le parti du rédacteur se laisse deviner : Jéhu reçut le soutien d'un clan, les Rékabites (2 R 10,15-17). Ces hommes luttaient pour le maintien des anciennes formes de l'organisation sociale. Pour leur ténacité, ils seront plus tard donnés en exemple à un peuple instable (Jr 35).

Mais voilà : plusieurs traits prêtés à Élisée sont en complète contradiction avec l'extrémisme destructeur de Jéhu. Au roi d'Israël qui lui demande respectueusement s'il doit tuer ses prisonniers de guerre le prophète répond qu'il faut leur servir un grand repas avant de les renvoyer dans leur pays (2 R 6,22). Geste de propagande, ou autre inspiration ? En tout cas, Naamân le Syrien, qu'Élisée a guéri de la lèpre, lui demande s'il pourra, les jours où il accompagnera son roi à l'autel du dieu Rimmôn, s'incliner avec lui : Élisée y consent (2 R 5,17-19). Mais le plus décisif est le blâme porté sur les actions de Jéhu, sans aucune hésitation, longtemps après, par un autre prophète : Osée (Os 1,4 ; cf. 6,3-7).

Les histoires que le roi désirait entendre de la bouche de Guéhazi, serviteur du prophète, étaient les mêmes que celles qui plaisaient au peuple. Ce qui frappe en elles est leur caractère de proximité. L'eau de Jéricho (cette ville est une oasis) est devenue fétide : Élisée l'assainit. Comment aider la veuve d'un fils de prophète, qu'un créancier menace ? Que faire pour la Shounamite, assez bien nantie pour garder une chambre, une table, une lampe, à la disposition de l'homme de Dieu ? Élisée en discute avec son serviteur. La famine est souvent là, qui amène les communautés de prophètes à manger des fruits inconnus qui empoisonnent le bouillon. Les mêmes communautés ont laissé tomber dans l'eau la hache qui leur sert pour bâtir des huttes : que faire ? La réponse est toujours un miracle, ce qui nous empêche peut-être d'apprécier la simplicité des questions et du service rendu.

Certains miracles ont un sens qui va loin. La Shounamite est stérile, la prière d'Élisée lui obtient un fils. Mais ce fils est frappé d'insolation pendant la moisson, comme si Dieu annulait ses propres miracles. Jadis, Dieu redemandait à Abraham son fils Isaac obtenu par miracle, faisant attendre de loin une victoire de la vie plus radicale encore que celle remportée sur la stérilité, une victoire sur la mort. Cette fois, Élisée ressuscitera le fils de la veuve. Il y parvient à grand-peine jusqu'à ce que le garçon, non sans avoir éternué sept fois, revienne à la vie. Ce réalisme dans le merveilleux décrispe les résistances du lecteur. Le plus beau miracle est celui qu'opèrent les ossements d'Élisée (2 R 13,20-21). Un convoi de funérailles, sur un chemin qui n'est pas sûr, voit survenir une bande de brigands, se disperse en se débarrassant du cadavre au plus vite dans une fosse qui se trouve être la tombe d'Élisée. Ayant touché les os du prophète, le cadavre est remis sur pied. Manière cocasse de dire que l'Esprit de vie ne renoncera jamais à se donner aux corps : Israël s'affermira peu à peu dans cette certitude.

Un filet de vérité passe à travers ces prodiges. Un siècle plus tard, la vérité suivra d'autres chemins : les grands prophètes du VIIIe siècle, à une exception près, ne feront plus de miracles.

Le garçon était mort, étendu sur son lit. Élisée entra, s'enferma avec l'enfant et pria le Seigneur. Puis il se coucha sur l'enfant et mit sa bouche sur sa bouche, ses yeux sur ses yeux, ses mains sur ses mains ; il resta étendu sur lui : le corps de l'enfant se réchauffa. Élisée descendit dans la maison, marchant de long en large, puis il remonta s'étendre sur l'enfant. Alors le garçon éternua sept fois et il ouvrit les yeux. Élisée appela Guéhazi et dit : « Appelle cette Shounamite ! » [...] Il lui dit : « Emporte ton fils ! »

2 R 4,32-37

L E PROPHÈTE OSÉE

À PARTIR DU VIIIe SIÈCLE, l'élément des prophètes est la parole : ils prononcent des messages, et ceux-ci sont consignés par écrit, soit peu après, soit tels qu'on se les rappelle ensuite. Pourquoi écrire ? C'est d'abord que chaque prophète a son originalité. Cela tient aussi au contenu du message : il faut quelque chose comme des archives pour pouvoir se souvenir que tel événement avait déjà été prédit. Enfin, surtout à cause de l'expansion des Assyriens (Ninive, dans l'actuel pays kurde), la carte des royaumes est, à cette époque, plus souvent bouleversée qu'auparavant par les guerres et les conquêtes. C'est pourquoi les scribes réagissent contre ce chaos en prenant note des changements dans leurs annales. Aussi le recueil d'Osée, comme beaucoup d'autres, est-il introduit par des listes de rois, sous lesquels il prophétisa. Puis Osée entra dans un recueil plus large d'écrits prophétiques lorsque l'on eut besoin d'un dossier d'ensemble après la chute de la monarchie. Israël entre alors de plus près dans l'histoire.

Les livres des Rois nous rapportaient les actions de leurs héros. Le livre d'Osée nous les fait relire sous un tout autre jour. Nous savions qu'Élisée, en donnant secrètement l'onction royale à Jéhu, lui avait donné mission de venger le sang versé par le couple alors régnant, Akhab et Jézabel. Sang des prophètes, sang du juste Naboth dont le roi convoitait la vigne. Le châtiment est décidé, c'est au nom du Seigneur qu'Élisée donne à Jéhu la mission de l'exécuter : Jéhu obéit, Jéhu extirpe la dynastie moyennant une série de massacres. Après quoi, il s'entend dire par Dieu : « Tu as traité la maison d'Akhab exactement comme je le voulais » (2 R 10,30). Mais voici la nouveauté : quelques dizaines d'années plus tard, un oracle d'Osée donnera une résonance tout autre aux mêmes événements. « Je ferai rendre compte à la maison de Jéhu du sang d'Izréel [...]. Je briserai l'arc d'Israël dans la vallée d'Izréel », dit Dieu (Os 1,4-5). Mais le sang d'« Izréel », c'est le sang versé pour obéir à Élisée !

Nous comprenons que l'esprit d'Osée n'est pas l'esprit d'Élisée. Il est, au contraire, celui qui avait fait d'Élie un homme nouveau, pour qui Dieu n'était plus dans le tonnerre, mais dans la brise légère. Osée attend de Dieu la paix : un temps d'alliance cosmique entre l'homme et les animaux, la disparition des armements (Os 2,20). La Bible se critique elle-même.

La vie d'Osée est sous le signe de la tendresse, mais de la tendresse blessée. Ce qui fait de cet homme un cas inoubliable, c'est que non seulement il prononce des oracles, mais sa vie amoureuse est un oracle. Elle représente en effet l'amour blessé du Seigneur pour son peuple. Dieu qui donnait hier à Élisée des ordres d'extermination commande aujourd'hui à Osée d'épouser une prostituée. Dans la chair et dans le cœur d'Osée, le lien de YHWH et de son peuple infidèle va se vivre comme un drame déchirant. Osée obéit : il épouse Gomer, fille de Divlaïm, « femme se livrant à la prostitution, car le pays ne fait que se prostituer en se détournant du Seigneur » (Os 1,2). Que pareil commandement vienne de Dieu peut surprendre [17]. Les modernes sauvent l'honneur de Dieu et celui d'Osée par la psychologie. Ils pensent qu'attribuer à Dieu cette initiative, c'est une manière de dire qu'Osée a compris après coup que, finalement, dans sa sombre histoire personnelle, la main de Dieu était là.

Il y a plus de vérité à adhérer à la manière abrupte et radicale dont s'exprime la Bible. Dieu, à l'entendre, veut qu'un

2 ROIS 17,7-12. Le royaume d'Israël, au nord, resta immergé
dans la culture cananéenne (Louvre, couvercle d'ivoire phénicien)

homme, au plus près de sa propre chair, souffre ce que lui-même Dieu souffre dans sa relation avec Israël. Cette leçon sur ce que Dieu est, le prophète alors saura la communiquer. Sa vie sera parole. Le prophète met sa femme à l'épreuve et, parallèlement, Dieu mène son épouse Israël jusqu'au désert de l'exil. Il lui fera connaître la faim et la soif, mais c'est pour la séduire, pour qu'elle retrouve l'amour des fiançailles (Os 2,16-25), puis soit comblée de dons nouveaux, inconnus jusqu'alors.

À travers toute l'histoire sainte, ce thème revient : « Comme une femme délaissée, dont l'âme est désolée, YHWH te rappelle. Répudie-t-on la femme de sa jeunesse ? dit ton Dieu » (Is 54,6). Le mariage est le sacrement de l'amour de Dieu pour son peuple. Cet amour ne peut se vivre sans l'expérience du pardon. Certes, la sociologie du temps d'Osée laisse peu de place à un autre cas de figure : celui où ce serait l'épouse qui pardonnerait à un mari adultère ! C'est à nous de donner à l'expérience traversée par ce prophète une portée plus universelle.

Le thème du couple s'élargit, dans les oracles d'Osée, jusqu'à une dimension cosmique. Au temps d'Élie, les plaines et coteaux fertiles du Nord se mourant de sécheresse, on attendait du dieu phénicien Baal qu'il les féconde par la pluie, puisqu'il en était l'époux. À la prière d'Élie, YHWH, Dieu de toute la terre, répond à cette attente. C'est YHWH, non Baal, qui féconde la terre en lui donnant la pluie. Tel est le signe qu'Élie avait donné au Carmel. Pour Osée, à son tour, c'est le Dieu d'Israël, et nul autre, qui féconde la terre. Osée annonce le jour où Dieu répondra au ciel, qui répondra à la terre, qui répondra au blé, à la vigne et à l'olivier, qui répondront aux hommes (Os 2,23-25). Cette relation intime, Osée, à partir de sa propre histoire d'époux, apprend à Israël qu'elle appartient à son Dieu qui est le Dieu de toute la terre, et non pas à une divinité locale.

Parole de Yhwh qui fut adressée à
Osée fils de Bééri aux jours d'Ozias, de
Yotam, d'Akhaz, d'Ézéchias rois de
Juda et aux jours de Jéroboam, fils de
Joas, roi d'Israël.

❧ Os 1,1 ❧

C'est moi qui vais la séduire : je la
conduirai au désert et je parlerai à
son cœur [...] et là elle répondra
comme au temps de sa jeunesse et [...]
tu m'appelleras « mon mari », tu ne m'appelleras plus « mon Baal ».

❧ Os 2,16-18 ❧

ISAÏE 6,6. « L'un des Séraphins vola vers moi, tenant en main
une braise qu'il avait prise avec des pinces sur l'autel.
Il m'en toucha la bouche » (Alonso Berruguete).

ISAÏE

Nous lisons au livre de l'Exode que « le Seigneur parlait à Moïse face à face » (Ex 33,11). Mais le prophète Isaïe a écrit : « J'ai vu le Seigneur » (Is 6,1). Deux affirmations qui sont l'une et l'autre bouleversantes, mais nous ne savons pas qui écrivit la première, au sujet de Moïse, alors que la seconde, au sujet d'Isaïe, provient d'Isaïe en personne. Quelqu'un, que nous ne connaissons pas, parle de Moïse. Du fait qu'Isaïe parle d'Isaïe, le message a changé de nature. C'est un témoignage. Cette manière de dire « Je » est peut-être la caractéristique principale d'un écrit prophétique. Elle interpelle le lecteur.

« Je vis le Seigneur » : ce témoignage apporte quelque chose de plus. Une pareille affirmation suffit à elle seule (« voir YHWH ! ») pour situer le prophète Isaïe comme un géant. Mais ce géant nous apprend directement peu de choses sur lui-même. Il n'est pas de ceux dont le regard est surtout tourné vers leur propre destin. Ce qu'il « voit » intensément, c'est le monde : personnes, choses, éléments du cosmos. Son recueil forme la plus opulente collection de poèmes de toute la Bible. La majorité d'entre eux proviennent de disciples proches ou de prophètes inconnus nés longtemps après lui, mais cela ne le réduit pas à nos yeux. Cela nous dit de quelle puissance créatrice il fut l'origine : elle rejaillit à travers d'autres que lui pendant plusieurs siècles. On mêla leurs écrits aux siens. On voulut joindre à ses oracles ceux qui concernaient le retour d'exil (Is 40 à 55), comme si Dieu lui avait non seulement montré l'avènement du roi perse Cyrus, mais dévoilé même son nom, en s'y prenant deux siècles à l'avance.

Isaïe a quelque chose d'objectif et de solaire, qui correspond à sa stature sociale. Certains prophètes furent pauvres, marginaux ou, comme Osée, blessés dès l'origine de leur mission. Isaïe entre en scène en plein milieu de l'institution. Sa vie a trois centres, qui n'en font qu'un à ses yeux : la cité de Jérusalem, le Temple, la dynastie royale. Quand il « voit le Seigneur », c'est en plein milieu de la cité, dans le Temple. Et c'est là qu'il voit lui apparaître « le roi YHWH » (Is 6,1 et 5). La mission qu'Isaïe reçoit est celle qu'un monarque donne à son envoyé. La noblesse de ce dernier est soulignée par le fait qu'il s'est librement proposé pour la remplir : « Qui enverrai-je ? » dit Dieu. « Et je dis : "Me voici, envoie-moi." Il [Dieu] dit : "Va" ! ».

En même temps que, vers l'an 740, il voyait Dieu, le prophète assistait à la liturgie d'en haut, entendait le chant des « Seraphim », c'est-à-dire des « brûlants ». Nous répétons aujourd'hui encore leur louange dans la liturgie de la messe : « Saint, Saint, Saint, le Seigneur » (le *Sanctus*), à partir du texte d'Isaïe. L'incandescence des « Seraphim » et celle de la « sainteté » se correspondent. Nul ne touche le feu, mais le feu, lui, envahit tout, que ce soit pour détruire ou pour purifier et réchauffer. Nul ne peut toucher Dieu : rien ne peut être qualifié de saint, si ce n'est lui. Même l'ange prend ce feu sur l'autel avec des pinces. Mais c'est pour toucher les lèvres du prophète. Car il s'est dit « homme aux lèvres impures, au milieu d'un peuple aux lèvres impures ». Il n'est ni petit ni pauvre, mais pécheur. Le voici purifié. L'impureté des lèvres, commune au prophète et à son peuple, désigne probablement le contraire de la parole vraie, remplacée par l'esquive et par le vide.

Isaïe va donc parler vrai : il va montrer le peuple à lui-même à travers des portraits inoubliables – rembourrage religieux (Is 1,10-20), parures ineptes (Is 3,16-24), possédants insatiables (Is 5,8-25). Il ne s'agit plus ici de visions, mais d'un exercice de sagesse critique et de franc-parler.

Envoyé par le roi du ciel, il parlera plus tard au roi de Jérusalem (capitale davidique de l'Israël du Sud), Akhaz. En ces jours-là, le roi de Damas et le roi de Samarie (capitale de l'Israël du Nord) se sont coalisés pour déposer Akhaz et mettre sur son trône un prince étranger. Alors « le cœur du roi et le cœur de son peuple étaient agités comme les arbres des forêts sont agités par le vent » (Is 7,2). Voici donc le prophète en face de ce roi qui tremble comme une feuille. Le centre du message d'Isaïe (Is 7,4-25) est l'appel à « croire » au milieu des guerres imminentes. « Croire » : le mot hébreu vient d'une racine qui signifie « solidité, tenir bon ». Pour cela, ne pas gonfler ses forces et ne pas non plus chercher une aide partout à la ronde.

Isaïe choisit pour symbole de cette douceur l'étroit ruisseau de Siloé qui coule doucement au pied des remparts. Que le roi n'imagine pas qu'il en fera un torrent (Is 8,6). Dans l'oracle suivant, croire en Dieu prend corps. Isaïe annonce au roi la vie, sous sa forme la moins visible et la moins guerrière : un bébé, incarnation de toute promesse. La naissance d'Emmanuel, « Dieu avec nous », est imminente. Rien sur terre ne parle plus de Dieu que la naissance d'un enfant. Le royaume croîtra sur le rythme de cet enfant et vit à son régime. Ainsi parle Isaïe au roi Achaz : « Avant qu'il [Emmanuel] sache rejeter le mal et choisir le bien », les deux rois qui te menacent perdront leur terre. Israël souffrira aussi : ses vignes seront déracinées, sa terre hérissée de ronces, mais l'enfant et son peuple seront nourris de crème et de miel (Is 7,10-25).

Achaz peut-il saisir comment un bébé lui portera secours ? D'où viendra cet enfant ? Le roi peut-il le prévoir à travers le mystère de ces mots : « la jeune femme est enceinte » (Is 7,14) ? L'oracle reste mystérieux : la critique littéraire montre que sa rédaction a été reprise bien des fois, à partir d'expériences nouvelles qui donnaient sens aux paroles anciennes. La naissance d'un enfant y est associée à la fin des guerres (Is 9,3-6), à une justice qui respecte les faibles (Is 11,3-5). Autour de l'enfant et sous sa conduite se réconcilieront les animaux qui s'entre-dévoraient, images des nations en guerre. Le thème de la vie d'abord invisible s'exprime aussi par le symbole du germe, du rameau, de l'arbre, de la forêt. Le trône de David (Is 9,5) sera affermi par un rameau qui sortira de la souche de Jessé (Is 11,1 et 10), le père de David, et il s'élèvera assez pour attirer les nations.

Le premier appel d'Isaïe (Is 6) se concluait sur une prévision radicalement négative, étendue à l'ensemble de sa mission. Le message – est-il dit au prophète – n'aura aucun effet, si ce n'est de rendre le peuple plus aveugle et plus sourd (Is 6,9-13). Il est remarquable que presque rien ne nous soit dit de ce qui en résulta pour le prophète lui-même. Il nous laisse conjecturer par nous-mêmes que son sort fut peu enviable. Le livre de Jérémie s'intéressera davantage au sort du prophète auquel il est attribué. L'image d'un serviteur souffrant apparaîtra dans le « deuxième Isaïe », prolongement tardif, au temps de l'exil, des oracles du VIIIe siècle, mais plus particulièrement des paroles qui concluent le récit de la vocation du prophète.

> JE DIS ALORS : « MALHEUR À MOI ! JE SUIS UN HOMME AUX LÈVRES IMPURES, J'HABITE AU MILIEU D'UN PEUPLE AUX LÈVRES IMPURES ET MES YEUX ONT VU LE ROI, LE SEIGNEUR, LE TOUT-PUISSANT. L'UN DES SÉRAPHINS VOLA VERS MOI, TENANT DANS SA MAIN UNE BRAISE QU'IL AVAIT PRISE AVEC DES PINCES SUR L'AUTEL. IL M'EN TOUCHA LA BOUCHE. »
>
> ⚜ IS 6,5-7 ⚜

ISAÏE :

LES NAISSANCES

Des oracles, en forme de poème, sont venus s'amonceler dans le recueil d'Isaïe pendant plusieurs siècles. Le lecteur d'aujourd'hui a du mal à en retrouver l'organisation. Nous constatons cependant le retour de quelques grandes images. Elles se laissent apercevoir peu à peu au lecteur patient et forment alors des repères pour un parcours du cosmos entier, ciel et terre. Ces images réfèrent tout cet espace à son centre, qui est la sainte montagne de Sion (Jérusalem), ou encore l'arbre qui rejoint le ciel et la terre. Mais ce n'est pas tout : il n'est pas de centre plus fragile et plus précieux que ce vivant qui, dans le sein de sa mère, se prépare à naître. Et justement le jeu poétique rapproche la semence végétale et la semence humaine, la croissance de l'arbre et la semence de l'homme. De même que l'arbre accroît son volume vers les hauteurs et vers les profondeurs, ainsi l'homme est fait, à partir de presque rien, pour s'étendre à tout l'univers, au plus visible et au plus caché.

Isaïe est à l'origine de la formule qui unit la croissance humaine et celle de l'arbre. C'est chez lui que l'on trouve l'« arbre de Jessé », (littéralement « souche de Jessé » : Is 11,1 et 10), que l'iconographie chrétienne a si abondamment représenté, notamment par des vitraux. Jessé le Bethléémite, petit-fils de Booz et de Ruth, est aussi le père de David. David a été choisi parmi ses sept fils. De la souche de Jessé, par David, sortiront tous les rois

ISAÏE 7,14. « Voici : une jeune fille concevra et enfantera un fils,
son nom sera Emmanuel » (Crémone, portail).
Sur le rouleau déployé, ce verset est écrit en latin.

de Jérusalem [18], jusqu'au Messie lui-même, qui est la cime de l'arbre.

Une traversée du recueil isaïen nous fait rencontrer cet arbre central d'Israël. Symbolisant tantôt le roi, tantôt ce qui reste du peuple après les catastrophes, il est tantôt misérable, tantôt glorieux. L'ensemble traduit l'expérience des assauts de la mort contre la vie, subis tout le long d'un siècle de guerres destructrices et de menaces contre la dynastie royale.

Ce caractère dramatique apparaît d'emblée. Dieu instruit Isaïe, dès la première fois qu'il lui parle, de ce qu'il adviendra d'Israël au terme de sa mission. Tout en sera détruit et, si un dixième subsiste, il restera de ce dixième ce qui reste d'un arbre une fois coupé au ras du sol. Comme ajoutés par un scribe dans la marge (et non parvenus jusqu'à la version grecque), ces mots : « Sainte semence que cette souche ! » (Is 6,13).

Arbre et lignée, semence et espérance invisible. Lorsque le faible roi de Jérusalem voit se liguer contre lui des ennemis puissants et que son cœur tremble comme une feuille (Is 7,2), c'est dans la naissance d'un bébé que le prophète voit venir le salut. Le contraste est poussé jusqu'au bout dans toutes les directions. D'un côté, ce bébé qui n'est même pas encore né n'offre qu'un point d'appui faible, ou plutôt dérisoire, à l'espérance du roi épouvanté par un péril imminent. Mais, d'un autre côté, l'enjeu est bien plus grand que l'issue d'une guerre où seulement quelques milliers d'hommes s'affrontent. Le signe merveilleux offert par cette naissance recouvre, à entendre Isaïe, tout le volume du cosmos, issu qu'il sera « des profondeurs de l'abîme ou bien des hauteurs de là-haut » (Is 7,11). L'oracle étant ainsi cadré entre les extrêmes de l'espace, il n'était pas arbitraire que des interprètes se souviennent aussi du commencement et de la fin des jours. Une promesse avait été faite à la première femme avant qu'elle fût chassée de l'Éden. Sa « semence » était appelée à vaincre l'ennemi de toujours, celui qui en voulait à elle-même et à toute sa descendance (Gn 3,15) depuis les premiers temps. L'oracle fut même poussé jusqu'à l'inouï dans les derniers siècles qui précèdent l'ère chrétienne, comme en témoigne la traduction grecque d'Is 7,14 : « Une vierge a conçu. » C'est après la venue du Christ que l'Apocalypse de Jean conduira le thème jusqu'au bout. Dans les visions qu'elle rapporte, « un signe grandiose apparut dans le ciel », signe dont la dimension cosmique est celle qu'annonçait Isaïe. De l'abîme va sortir un dragon, qui mènera une guerre contre la postérité de la femme et sera vaincu depuis le ciel par les anges. Ce dragon est une figure aussitôt décodée par le voyant : c'est lui « l'antique Serpent, le Diable ou le Satan » (Ap 12,9). Quant à la femme qui est dans le ciel, elle souffre les douleurs de l'enfantement infligées déjà à la première femme. Mais c'est pour mettre au monde l'humanité nouvelle, née d'en haut.

Entre ces perspectives et la prédiction d'Isaïe, il y a sans doute les mêmes disproportions qu'entre la naissance attendue de l'héritier royal dans une petite capitale et le salut du monde. Mais la semence verbale a une capacité de s'amplifier plus grande encore que celle de la semence corporelle.

Dans la suite du recueil est chantée la naissance d'un enfant : « Un enfant nous est né, un fils nous donné » – c'est-à-dire donné « au trône de David » (Is 9,5). Le nouveau-né apporte la jubilation, la lumière ; il fait tomber le joug, il détruit ce qui sert à la guerre. Mais les oracles suivants n'en décrivent pas moins de grands malheurs, pour Israël comme pour ses ennemis (Is 7,7 à 10,19). Plus loin, c'est l'avènement d'un roi : « Un rejeton sort de la souche de Jessé, un surgeon sort de ses racines » (Is 11,1). Sur lui repose l'Esprit du Seigneur, qui se répand sous forme de sept dons. Ce roi triomphe, mais c'est par la parole et par le souffle. Autour de lui, le loup et l'agneau, le lion et le bœuf se lient d'amitié, le petit enfant n'a rien à craindre du serpent.

Nous avions déjà lu que la venue du nouveau-né présageait la destruction des armements. Or voici que des mêmes racines davidiques le prophète voit sortir de terre un mât, qui s'élèvera jusqu'à être « signal des peuples », en vue de les rassembler, en même temps que les dispersés d'Israël reviendront de l'exil.

Dans le livre, ces quelques oracles, tous d'une certaine ampleur, sont séparés par d'autres qui ne leur sont pas apparentés.

Parfois une brève indication nous remet en chemin : « Le reste survivant de la maison de Juda produira de nouvelles racines en bas et des fruits en haut », cela à Jérusalem (Is 37,31-32) et en contexte étroitement relatif à la royauté. L'ensemble de ces prophéties de malheur et de bonheur trouve un sommet avec un texte qui fut médité de siècle en siècle et s'enrichit de sens au fur et à mesure des événements. Un rejeté, un condamné à mort rassemblera les « brebis » (Is 53,6) et sera « élevé » alors que « comme un surgeon nous l'avions vu grandir, comme une racine en terre aride » (Is 53,2). Et le prophète de clamer pour Israël : « Crie de joie, stérile, toi qui n'enfantais pas ! » (Is 54,1). Croissance de l'arbre, qui est ici un arbre abattu, vivant pour toujours, donnant la vie.

JÉRÉMIE 25, 1-13. Exilé dans Babylone, fléau de YHWH,
le roi d'Israël a les fers aux pieds (Paris, église Sainte-Élisabeth).

Jérémie
ET LA FIN DES ROIS

JÉRÉMIE FUT APPELÉ À PROPHÉTISER EN 626. Environ quarante ans plus tard, vers 587, c'était la fin de la monarchie, Jérusalem ayant été conquise par Nabuchodonosor, roi de Babylone. C'était aussi la fin des quarante ans d'activité du prophète. Un engagement si prolongé part de loin : « Avant de te façonner dans le sein de ta mère, je te connaissais ; avant que tu ne sortes de son ventre, je t'ai consacré », lui dit le Seigneur (Jr 1,5).

Au début, pendant le règne du roi Josias, Jérémie vécut des heures d'espérance. Josias, croyait-on, ferait revenir les beaux jours de David et de Salomon. Jéroboam, en 931, avait mis fin à ces beaux jours en entraînant dans la sécession les tribus du Nord. Le royaume séparatiste ainsi fondé (capitale Samarie) s'était effondré en 722, absorbé par les Assyriens de Ninive. Au milieu du siècle suivant (c'était pendant la jeunesse de Jérémie), le roi de Jérusalem, Josias, avait reconquis quelques-uns de ces territoires perdus. On pouvait espérer voir les deux royaumes réunis sous un descendant de David. Jérémie exprima cette attente (Jr 3,6-13 ; 31,15-22). Tout s'écroule lorsque Josias est tué au combat, en 609. Ses premiers succès mais surtout son extraordinaire fidélité à la loi de Moïse, qu'il avait remise en vigueur (2 R 22), faisaient attendre pour lui le bonheur que cette même loi promet à ceux qui l'observent. Mais ce fut le malheur qui vint. Bien qu'il ne le commente pas, nous pouvons croire que

Jérémie a vécu ce jour comme un tournant de l'histoire d'Israël. On enseignait que la fidélité à la loi assure une longue vie. La défaite et la mort violente du meilleur de ses rois défient cet enseignement traditionnel.

Après ce malheur, venu démentir les espérances de ses débuts, le prophète ne fera guère qu'en voir d'autres. Cela jusqu'au pire de tous : la prise de Jérusalem en 587, la mort sanglante de son dernier roi, la déportation... Le nom même de Jérémie évoque les larmes (« jérémiades »), la lamentation. C'est une déformation de la réalité, Jérémie est avant tout « une place forte, un pilier de fer, un rempart de bronze face au pays tout entier » (Jr 1,18).

En la quatrième année du règne de Joiaqim, fils de Josias, un oracle de Jérémie divise en deux groupes ses auditeurs (Jr 26). « Dieu a détruit le temple de Silo au temps de Samuel, il détruira le temple de Jérusalem », dit-il. Les uns réclament sa mort, les autres le défendent. Or nous sommes stupéfaits de voir dans le premier groupe les prophètes se joindre aux prêtres. Et pourtant, les « prophètes » seront toujours parmi les principaux adversaires du prophète Jérémie. Ce conflit se présente même comme l'une des principales clés de lecture de son destin. Tout se passe comme si la mort de Josias avait démontré à Jérémie qu'une page était tournée dans l'idée que l'on se faisait de l'histoire. Les prophètes adversaires de Jérémie tenaient fermement l'idée d'une promesse inconditionnelle donnée par Dieu. Mais ils ne faisaient pas sentir au peuple les exigences de ce même Dieu, justement lorsque ce peuple et surtout les grands bafouaient ouvertement le décalogue, la Loi fondamentale reçue jadis par Moïse (Jr 7). La confiance en la promesse finissait elle-même par s'altérer. On croyait faire preuve de confiance en Dieu en se fiant à des alliés terrestres peu sûrs. Devant cette triste décadence de l'idée de promesse, le discours de Jérémie ne changeait pas. Il avait appris par l'exemple de Josias que le juste peut mourir injustement. À plus forte raison, le peuple doit-il cesser de s'abriter derrière la promesse divine pour mépriser la loi divine. Dans le Temple où le décalogue se proclame, Jérémie fait prévoir la ruine du Temple.

Jérémie voit beaucoup plus loin que la nécessité ou le devoir de se soumettre à un châtiment mérité. Il reste vrai que, pour lui, Dieu châtie son peuple. Mais le prophète n'incite pas à s'offrir au malheur. Sa ligne est claire : l'heure vient, elle est venue, où Israël ne peut plus retarder l'échéance du malheur. Les adversaires de Jérémie, trompés par leurs prophètes, haranguent le peuple pour qu'il résiste. Pour Jérémie, cette résistance n'est qu'un palliatif, une évasion. Le salut n'est ni dans la bravoure, ni dans la diplomatie. Le mot « mensonge » est de ceux qui viennent le plus souvent sur ses lèvres.

Le message de Jérémie peut tenir en un mot : n'attendre de rien le salut, de rien si ce n'est de Dieu seul. Comment tenir sur cette voie sans être soi-même « une place forte, un pilier de fer, un rempart de bronze » ? Au nom de sa certitude et dans cet esprit de force, Jérémie prononce ces mots étonnants : « Servez le roi de Babylone et vous vivrez », alors que ce roi est l'ennemi et le vainqueur. Ce n'est pas l'Égypte, même si elle est ennemie de Babylone, qui vous sauvera. Ce discours oppose le prophète à son roi comme aux prophètes qui soutiennent ce roi. Il échappe de peu à la mort à plusieurs reprises. D'autres, qui parlent comme lui, tel le prophète Ouriyahou, sont exécutés et jetés à la fosse commune (Jr 26, 20-23). Mais c'est vers la vie que Jérémie oriente Israël. Israël, qu'il compare à deux corbeilles de figues. L'une est gâtée, l'autre, qui est saine, symbolise les exilés partis à Babylone. Il leur donne cette consigne : là-bas construisez, plantez, proliférez, intercédez auprès du Seigneur pour Babylone (Jr 29).

Jérémie pourtant ne pourra pas les suivre à Babylone. Le dernier roi, Sédécias, a disparu dans l'horreur. L'homme, ami de Jérémie, qui prend la relève de la royauté déchue s'appelle Godolias. Nommé représentant du roi de Babylone, il sera assassiné par un commando que dirige un membre de la famille royale (Jr 40 et 41). Quant à Jérémie, sa fin sera amère : ceux dont ses oracles blâment la politique l'entraîneront dans leur fuite vers l'Égypte. C'est du moins tout ce que nous savons. Il aura annoncé la durée de l'exil – soixante-dix ans – et le retour à Sion.

Mais ce retour ne sera pas un retour en arrière : sa vie de prophète souffrant et rejeté, plus encore que ses oracles, aura fait pressentir quelle mutation devrait traverser cette espérance qui avait connu un retour de flamme au temps de Josias. Une question se creuse alors : que peut attendre Israël d'un prophète souffrant ?

À TOUS LES HABITANTS DE JÉRUSALEM [...] : « JE FAIS S'ÉTEINDRE CHEZ EUX CRIS D'ALLÉGRESSE ET JOYEUX PROPOS, CHANT DE L'ÉPOUX ET JUBILATION DE LA MARIÉE, GRINCEMENTS DE LA MEULE ET LUMIÈRE DE LA LAMPE. CE PAYS TOUT ENTIER DEVIENDRA UN CHAMP DE RUINES. »

⚓ JR 25, 2 ET 10-11 ⚓

À TOUS LES EXILÉS [...] : « CONSTRUISEZ DES MAISONS ET HABITEZ-LES, PLANTEZ DES JARDINS ET MANGEZ-EN LES FRUITS, PRENEZ FEMME, AYEZ DES GARÇONS ET DES FILLES, OCCUPEZ-VOUS DE MARIER VOS FILS ET DONNEZ VOS FILS EN MARIAGE [...]. SOYEZ SOUCIEUX DE LA PROSPÉRITÉ DE LA VILLE OÙ JE VOUS AI DÉPORTÉS. »

⚓ JR 29,4-7 ⚓

JÉRÉMIE ET MOÏSE

Moïse ayant accompagné le peuple jusqu'à la Terre promise, lui annonce qu'il la perdra (Dt 31,14-29). Plus tard, Jérémie, ayant fait la même annonce, a vécu l'heure de cette perte. Ses souffrances nous sont connues. Excepté d'entendre Dieu, rien ne lui arrive d'extraordinaire. Aucun miracle.

Si nous observons Jérémie de près et Moïse de loin, c'est à cause de la manière différente dont leurs vies nous sont racontées. Ceux qui ont écrit la vie de Moïse n'étaient pas là quand il vivait. Sauf exception, la vie de Jérémie nous est racontée par ses contemporains ou par lui-même.

Le livre appelé « Deutéronome » est un cas particulièrement intéressant. Il nous raconte la mort de Moïse : il lui est forcément postérieur. Il nous rapporte des discours de Moïse dont beaucoup furent rédigés non seulement après la fin de Moïse, mais pas bien longtemps avant la « fin des rois ». Ce qui revient à dire : on acheva le livre à une époque plus proche de Jérémie que de Moïse. On a vu Moïse et son message à travers plusieurs traits de Jérémie et de ses oracles.

« Deutéronome » veut dire « deuxième loi ». Pourquoi, à l'époque de Jérémie, raconter ce don d'une deuxième loi ? Il y avait eu d'abord la loi du Sinaï, après la sortie d'Égypte. Ce furent ensuite quarante ans de marches et de rébellions dans le désert. À l'autre bout de l'itinéraire, juste avant l'entrée en Terre promise, prend place la « deuxième loi », testament de Moïse. Après quarante ans, elle est conçue pour des hommes qui ont le souvenir d'avoir transgressé la première loi, eux et leurs pères, depuis la sortie d'Égypte jusqu'à « aujourd'hui » et qui devraient davantage compter sur Dieu plutôt que sur leurs forces.

Si le Deutéronome raconte les infidélités commises dans le désert, c'est en pensant à celles qui se sont répétées pendant plusieurs siècles, jusqu'à l'exil, jusqu'à Jérémie. Jérémie parle sous le poids de ces siècles. Jérémie n'a pas seulement sur les épaules ce fardeau que sont les hommes qui l'écoutent. Il voit en eux la couche la plus récente de ce qui s'accumule depuis des générations et dont la totalité, finalement, pèse sur lui. Et « Pourquoi moi ? » se demande-t-il : « Malheur, ma mère, que tu m'aies enfanté ! » (Jr 15,10).

Répéter « temple du Seigneur, temple du Seigneur, temple du Seigneur », s'accrocher au Temple pour mieux trahir Dieu, ce n'est pas s'exposer à une punition, c'est se priver soi-même de la vie. De manière précise, c'est la vérité qui meurt. Tout Jérémie tient dans ces mots : « La vérité a péri » (Jr 7,28). Les hommes peuvent-ils survivre à la vérité qui a péri ? Ils pensent le pouvoir en tuant celui qui leur dit cette vérité. Jérémie réchappe de peu, plusieurs fois.

On veut le tuer, mais son livre reste. Le livre devient comme un substitut du prophète : le scribe secrétaire de Jérémie entre en scène, il s'appelle Baruch et, rédacteur des parties narratives du livre (écrites en prose), le secrétaire Baruch a été parfois exposé lui-même aux dangers qu'il raconte.

Le livre de Jérémie-Baruch évoque souvent la longue série des prophètes, suivie par la longue série de ses propres oracles. « Depuis la treizième année de Josias […] jusqu'à aujourd'hui, voilà vingt-trois ans que la parole de YHWH m'a été adressée et que, sans me lasser, je vous ai parlé […]. De plus, YHWH, sans se lasser, vous avait envoyé tous ses serviteurs les prophètes, mais vous n'avez pas écouté […]. J'amènerai donc contre ce pays […] tout ce qui est écrit dans ce livre » (Jr 25,3-4 et 13).

Le prophète Jérémie, témoin de la perte de la Terre promise,
contemporain de la rédaction de la « deuxième loi », Deutéronome
(Moissac).

Ici, le livre raconte l'histoire du livre. Nous sommes en la cinquième année du roi Joiaqim, au neuvième mois, soit en décembre 604. Le secrétaire Baruch est envoyé par Jérémie « lire dans le livre les paroles de YHWH, en son Temple ». C'était « dans la cour d'en haut, à l'entrée de la porte Neuve : tout le peuple pouvait entendre ». Et le peuple d'entendre la série des admonestations du prophète, de ses annonces de malheur, datées. Aussitôt, un certain Mikayehu court au palais royal situé près du Temple et rapporte aux proches du roi ce qu'il a entendu. Convoqué, Baruch fait pour eux une deuxième lecture. « Comment as-tu écrit cela ? – Avec de l'encre ; Jérémie me dictait » (Jr 36,18). Le roi prévenu se fait apporter le rouleau, que les dignitaires debout écoutent autour de lui. C'était l'hiver, il y avait un poêle, le roi tenait son « canif de scribe » et, toutes les « trois ou quatre colonnes », déchirait et jetait au feu ce qu'il venait d'entendre. Il envoya ensuite arrêter le prophète et son secrétaire. Ils avaient disparu. Après cela, « Jérémie prit un autre rouleau et le remit au scribe Baruch » pour qu'il écrive toutes les paroles du livre qu'avait brûlé le roi. Il en ajouta beaucoup d'autres et annonça : « Il n'y aura plus personne sur le trône de David. »

Il y a dans ce récit autre chose qui impressionne. Longtemps avant, aux beaux jours du roi Josias, quand Jérémie était jeune, avait eu lieu la découverte du « manuscrit disparu à Jérusalem » ! On avait fini par tellement négliger la loi de Moïse qu'il avait fallu des travaux dans le Temple pour qu'on la redécouvre (2 R 22). Les historiens voient dans cette exhumation non seulement le premier épisode des découvertes archéologiques concernant la Bible, mais le point de départ de la rédaction finale du Deutéronome. Indestructible, la loi de Moïse. Indestructible, la prophétie de Jérémie.

Plus les ministres du dernier roi de Jérusalem, Sédécias, voient approcher le danger qui menace la ville, plus ils se retournent contre le prophète qui dit : « C'est trop tard ! » Il a été descendu dans une citerne, il s'enfonce dans la vase. Le dernier roi de Jérusalem, qui balance entre le prophète et ses ministres, commande qu'on le sorte « avant qu'il meure ». Jérémie n'est pas sauvé par miracle : il faut lui mettre « des vieux chiffons au-dessous des aisselles, par-dessus les cordes » (Jr 38,12). Le roi le consulte en secret, mais ne l'écoute pas (Jr 38,21). Nabuchodonosor assiège la ville pendant dix-huit mois. Elle tombe en juin 587.

Qu'arrivera-t-il dans les cœurs après la ruine annoncée ? Il reviendra à Jérémie d'éclairer cet avenir.

LE GRAND PRÊTRE HILQIYAHOU DIT AU SECRÉTAIRE SHAPHAN : « J'AI TROUVÉ LE LIVRE DE LA LOI DANS LA MAISON DU SEIGNEUR [...]. » SHAPHAN EN FIT LA LECTURE DEVANT LE ROI [...]. LE ROI DÉCHIRA SES VÊTEMENTS. UNE PROPHÉTESSE DIT ALORS : « JE VAIS ENVOYER UN MALHEUR SUR CE LIEU [...], ACCOMPLISSANT TOUTES LES PAROLES DU LIVRE. »

≈ 2 R 22 ≈

Moïse le légiste et David le psalmiste sont lus
à travers Jérémie le prophète (chartreuse de Champmol, Dijon).

Jérémie
vers l'avenir

« Dieu te suscitera un prophète comme moi », avait dit Moïse à son peuple (Dt 18,15). Jérémie, lui, s'est senti l'audace d'annoncer une « alliance nouvelle ». Comme si l'on n'avait pas compris qu'elle serait nouvelle, il précise qu'elle ne sera *pas comme* celle du Sinaï (Jr 31,31-32).

Que veut dire « nouvelle alliance » ? Après le Sinaï, une autre alliance ?... La perspective paraît inconcevable. Nous devons prendre le temps de suivre le prophète, sur son petit sentier. Un sentier qui repart de la fin, de « la fin des rois ». Quand Nabuchodonosor est aux portes de Jérusalem et que tout est perdu, Jérémie choisit ce moment pour acheter un « bout de terrain », comme on dit, tout près de la ville, sur proposition de son cousin germain ravi de faire une bonne affaire en touchant « dix-sept sicles d'argent » à la place d'une terre qui va être dévastée ! Les procédures se déroulent publiquement : Jérémie veut que toute la ville en parle. Pour conclure, l'acte scellé est introduit dans un récipient d'argile, garantie de sa conservation dans l'avenir lointain. Le sens du geste est ensuite proclamé : « On achètera encore des champs, des maisons et des vignes en ce pays » (Jr 32,15).

Outre cet acte symbolique, Jérémie formule un message plus circonstancié : l'exil, cette « servitude parmi les nations » qui rappelle la servitude en Égypte, durera soixante-dix ans (Jr 25,11-12 ; 29,10). Soixante-dix ans : la longueur d'une vie. Cela veut dire que ceux qui partaient à l'âge adulte n'étaient pas assurés de revenir. Le sort des hommes mûrs de Jérusalem reproduirait donc celui de la génération qui, au temps de Moïse, avait disparu dans le désert. Mais fallait-il prévoir le retour d'exil comme une répétition de la sortie d'Égypte, de l'Exode ? L'esprit prophétique s'accommode mal d'un nouveau qui soit simplement semblable à l'ancien ! Le Deutéronome prédisait déjà un changement, qu'il appelait une « alliance outre l'alliance » (Dt 28,69). Il avertissait : « Jusqu'à aujourd'hui, YHWH ne vous avait pas donné un cœur pour connaître, des yeux pour voir, des oreilles pour entendre » (Dt 29,3). Cela voulait dire que le vrai sens du premier Exode n'avait pas encore été compris. Jérémie, lui, comprend que l'« aujourd'hui » dont il s'agit n'est autre que le sien. À nouvel Exode, nouvelle Alliance. Cette alliance ne sera « pas comme » l'ancienne. Tout sera nouveau : « On ne dira plus que le Seigneur "a fait monter les Israélites du pays d'Égypte !" mais plutôt : « Il a fait monter, il a mené la descendance des gens d'Israël du pays du Nord et de tous les pays où je [YHWH] l'ai dispersé » (Jr 25,9).

La promesse de Jérémie s'est imprimée en profondeur. Le livre d'Esdras, qui relate le retour d'exil, note bien que c'est la prédiction de Jérémie qui est « accomplie » (Esd 1,1). Après le retour, le personnel des lévites du temple de Jérusalem composera un oracle pour l'additionner à ceux du prophète (Jr 33,14-26). Cet oracle promet qu'une égale pérennité est assurée à la tribu de Lévi, chargée du culte, et à la lignée de David. Et même, tout recommence sur le modèle de l'histoire d'Abraham : « Comme l'armée des cieux qui ne peut être dénombrée, ni le sable de la mer compté, ainsi je multiplierai la postérité de David mon serviteur et les lévites… » (Jr 33,22). Dans le reste du livre, le prophète est loin d'attacher une telle importance aux cérémonies confiées aux lévites (cf. Jr 7,21-22). Mais l'oracle (tardif) dit l'espoir qui anime les Chroniques. Ce livre est une version de l'histoire des rois révisée après l'exil dans l'esprit lévitique. Parmi les lévites, l'auteur montre sa préférence pour la corporation des lévites chantres, auteurs de la majorité des psaumes. Leur ministère, inauguré par David, est de louer Dieu par le moyen des hymnes et des instruments. Cette louange, « sacrifice des lèvres » (cf. Os 14,3), a même été quelquefois déclarée supérieure aux sacrifices pour lesquels était versé le sang d'une bête (Ps 40,7 ; 50,23 ; 69,31-32…). C'est bien là l'esprit des prophètes. Cet esprit a su pénétrer au sein de l'office liturgique. L'accaparement – si l'on peut dire – de la figure de Jérémie par les lévites n'est donc pas tout à fait sans logique. Une légende encore plus tardive poussera plus loin les choses. Selon 2 M 2,1-11, Jérémie serait allé sur les pas de Moïse jusqu'au mont Nébo (Dt 34,1) où le premier conducteur d'Israël avait vu de loin la Terre promise. Là-haut, Jérémie aurait caché les objets du culte dans une grotte qu'il aurait scellée ! Il y aurait prié comme Moïse et comme Salomon, car celui qui a prédit une nouvelle alliance mérite en effet d'être placé sur l'alignement de Moïse.

Ce n'est pas seulement la louange qui relie Jérémie au monde lévitique. Nombre de psaumes chantent la douleur et la confiance d'un croyant isolé en face de proches qui veulent sa perte. Entre ces plaintes et celles, nombreuses, de Jérémie (on parle de ses « confessions » : 11,18 à 12,6 ; 15,10-18…), les ressemblances de style et de vocabulaire attirent l'attention (Ps 35,14 et Jr 20,10 ; Ps 69 et Jr 15,15-16). Ainsi, par cette autre voie, les psaumes et Jérémie se rencontrent. Jérémie a beaucoup souffert. Il mesure l'impuissance de l'homme qui voudrait sortir du péché par ses propres forces. Il est radical sur ce point : « Une panthère peut-elle changer de pelage ? » (Jr 13,23) ; c'est « à la pointe de diamant, avec un burin de fer » que l'iniquité « est gravée sur la table de leur cœur » (Jr 17,1). S'il n'y avait pas eu cette expérience d'un mal radical, jamais la promesse d'une nouvelle alliance n'aurait été concevable. Là où était gravé le péché, là précisément sera gravée la loi de Dieu. Là, c'est-à-dire dans le cœur. Il n'y a pas d'autre issue pour sauver l'homme. Et Jérémie d'expliquer pourquoi l'alliance ne sera « pas comme » celle du Sinaï : c'est parce que la loi, en ce temps-là, avait été gravée sur la pierre. Elle s'y était maintenue, mais sans pénétrer dans l'homme. Il s'agit d'une nouvelle alliance plus que d'un changement de la loi. La loi de Dieu elle-même, une fois inscrite par Dieu là où était gravé le péché, mettra en mouvement les actes de l'homme. La loi et la grâce, un jour, se rejoindront.

> VOICI VENIR DES JOURS, ORACLE DE YHWH, OÙ JE CONCLURAI AVEC LA MAISON D'ISRAËL ET LA MAISON DE JUDA UNE ALLIANCE NOUVELLE. NON PAS COMME L'ALLIANCE QUE J'AI CONCLUE AVEC LEURS PÈRES LE JOUR OÙ JE LES PRIS PAR LA MAIN POUR LES FAIRE SORTIR DU PAYS D'ÉGYPTE : CETTE ALLIANCE MIENNE, C'EST EUX QUI L'ONT ROMPUE [...], MAIS VOICI L'ALLIANCE QUE JE CONCLURAI AVEC LA MAISON D'ISRAËL [...] : JE METTRAI MA LOI AU FOND D'EUX-MÊMES ET JE L'ÉCRIRAI SUR LEURS CŒURS.
>
> ❦ JR 31,31-33 ❦

ÉZÉCHIEL

La manière dont prophétise Ézéchiel, à partir de 593, est sans précédent. Ézéchiel est un visionnaire. D'ordinaire, les prophètes d'Israël entendent des paroles, mais leurs visions sont rares et simples : un amandier, un chaudron (Jr 1,11 et 13), des sauterelles, une corbeille de fruits (Am 7,1 ; 8,1). Isaïe commente son témoignage inouï – « J'ai vu le Seigneur » – par quelques mots seulement de description.

Moïse a demandé à voir la Gloire de Dieu (Ex 33,18). Dieu, en réponse, lui a mis la main devant les yeux tandis qu'il passait. Élisée n'a pu voir que de loin et le temps d'un éclair le char qui emportait son maître dans les hauteurs. Ézéchiel, c'est différent : il a vu la Gloire de Dieu. À le lire, on se dit qu'il en a tout vu, comme à découvert. Rien d'étonnant s'il a tant de mal à la décrire. C'était en 593. Le prophète avait déjà été emmené en exil près d'un fleuve de Babylonie, d'où il apprendra la chute de Jérusalem en 587. Ce dépaysement est pour quelque chose dans le caractère si exotique de ses visions. Mais il n'explique pas son hypertrophie de la vue. Ézéchiel voit plus qu'il ne peut en dire. S'il peina pour décrire, avec prolixité, ce qu'il voyait, nous avons, nous, du mal à le résumer ! Dieu est au-delà de toute vision, et les visions d'Ézéchiel découragent la description.

Ce qu'il voit (chap. 1 et 10), c'est un mouvement difficile à imaginer : quatre roues (« la hauteur de leurs jantes faisait

Ézéchiel le visionnaire : il voit quatre roues inséparables
se propulsant vers les quatre points cardinaux, chap. 1er,
des ossements desséchés qui sont vivifiés, chap. 37,
un fleuve sortant du Temple, chap. 43 (cathédrale d'Amiens).

peur »), restant inséparables, se propulsent chacune vers l'un des quatre points cardinaux ! Leur expansion ne les disperse pas : « vision de foudre ». C'est le char de la Gloire. Il s'y trouve des « vivants » que, malgré tout, nous pouvons reconnaître d'après la salle des antiquités assyriennes au Louvre : visages d'homme, corps de taureau aux ailes d'aigle. Leurs ailes s'entrechoquent… Rien ne manque, ni les couleurs (diverses pierres précieuses), ni le son (« rumeur de tempête »). Sur le char, était « comme l'aspect d'un homme ».

Nous apprenons ainsi que la vie qui sort de Dieu, c'est la vie qui est à l'intérieur de Dieu. C'est la même. Vie de Dieu souvent exprimée par le feu, par le souffle (terme équivalent de « l'Esprit »). Le char rejoint le prophète loin de Jérusalem. On avait jusqu'alors cru que Jérusalem, et plus particulièrement le Temple, était l'habitat de la Gloire, même si l'on savait que celle-ci avait voyagé depuis le Sinaï. Mais Jérusalem et le Sinaï étaient des lieux saints. La voici, cette Gloire, en terre profane, au loin, chez les païens, et, pour comble, on ne l'avait jamais vue de si près que là-bas !

Ézéchiel brave des conventions pour décrire en Dieu une entité foisonnante, animée, envahissante. En somme, décrire la Gloire, c'est décrire Dieu comme un vivant. L'incompréhensibilité de Dieu descend dans l'expérience humaine à travers une profusion d'images incompatibles. Cela oblige à dépasser le visible, mais ce sera par le chemin du visible et non par les idées. Beaucoup de mystiques procéderont ainsi. Plus tard, Ézéchiel paraîtra une pierre d'achoppement aux yeux de certains sages d'Israël : ils pensèrent que son trop-plein risquait de déséquilibrer les faibles.

Le contrecoup d'une pareille expérience, c'est la réduction du voyant à sa propre faiblesse. Sa pathologie nous est assez bien décrite par lui-même. États durables de prostration et temps d'aphasie : « Je te charge de cordes » (Éz 4,8), « Je collerai ta langue à ton palais » (Éz 3,26), lui dit le Seigneur.

Un autre jour, l'esprit dépose Ézéchiel au milieu d'une vallée pleine d'ossements (Éz 37). Cette fois, le spectacle n'est pas décrit exactement comme une vision, si prodigieux qu'il soit. On s'explique pourquoi : c'est parce que le prophète entre complètement à l'intérieur de la scène. D'abord, parce qu'il y circule, et même « en tous sens ». Ensuite, parce qu'il interpelle ces ossements avec les mots que Dieu lui donne et qu'ils obéissent à ce qu'il leur dit. Ce que voit Ézéchiel n'est jamais stable, et il en décrit les étapes en segments très découpés. Premièrement, les os se reforment en squelettes. Deuxièmement, ils se revêtent de nerfs, chair et peau. Troisièmement, et toujours sur l'ordre du prophète, le souffle vient des quatre points cardinaux les animer et ils se lèvent : « immense armée ». Le Seigneur explique lui-même : cela veut dire qu'Israël sortira de ce tombeau qu'est l'exil.

En 573, « au début de l'année, le dix du mois », Ézéchiel voit la Gloire qui revenait à Jérusalem « avec un bruit semblable au bruit des grandes eaux » (Éz 43,2). L'ange le conduit à la montagne d'où il voit le Temple tel qu'il serait un jour. Un fleuve sortait du côté est du sanctuaire. Toujours présent dans ses visions, Ézéchiel le traverse et, de mille coudées en mille coudées, l'eau (premièrement !) lui monte à la cheville, puis (deuxièmement) à la ceinture, jusqu'à ce que (troisièmement) il perde pied. L'ange aussitôt le ramène : « As-tu vu ? », et il ajoute qu'il y aura beaucoup d'arbres sur les rives, que l'eau descendra jusqu'à la mer Morte, qui sera si parfaitement dépolluée et poissonneuse qu'on y verra des pêcheurs partout. Les fruits des arbres guériront les malades. Cette vision qui nous paraît féerique sera lue un jour pour nous dans sa profondeur prophétique. Le Corps du Sauveur, dit l'évangile de Jean, c'est lui qui est le vrai Temple (Jn 2,21) ; de son côté blessé sortent le sang et l'eau (Jn 19,34). L'Apocalypse de Jean s'inspire maintes fois d'Ézéchiel et reprend sa vision : pour le voyant de Patmos, les fruits dont il s'agit guériront les Nations (Ap 22, 1-2). Eau, sang, nourriture : les Pères de l'Église comprendront cela des sacrements chrétiens.

Ézéchiel a connu Jérémie. Il lui emprunte l'essentiel : Dieu guérira son peuple. Il promet : « Je leur enlèverai du corps leur cœur de pierre et je leur donnerai un cœur de chair, en sorte qu'ils marchent selon mes lois » (Éz 11,19-20). Jérémie en avait dit autant. Ézéchiel en dira encore plus : Dieu fera sur le peuple l'aspersion d'eau pure et lui donnera « son propre Esprit » (cf. Éz 36,25-27). Il dira même que non seulement la mer Morte sera vivifiée, mais que Sodome et Gomorrhe (les villes qu'elle avait englouties) seront guéries, et même plus vite que Jérusalem, afin que celle-ci, guérie à son tour, devienne leur mère (Éz 16,44-62). La tête nous en tourne. Dieu avait donné à son prophète Ézéchiel un esprit qui poussait toutes choses jusqu'au bout. Il est le précurseur des apocalypses.

Le Seigneur me dit: « Prononce un oracle sur le souffle, prononce un oracle, fils d'homme ; dis au souffle : "Ainsi parle le Seigneur Dieu: souffle, viens des quatre points cardinaux, souffle sur ces morts et ils vivront". »

⚶ Éz 37,9 ⚶

ISAÏE 53,7. « Il n'ouvrait pas la bouche,
comme un agneau conduit à la boucherie,
comme devant des tondeurs une brebis muette » (Chartres).

Un inconnu :
le «Serviteur»

Du plus grand prophète d'Israël nous ne voyons rien. Seulement une ombre sur le mur, devant nous. Nous nous retournons et voilà que, derrière nous, beaucoup d'hommes s'étaient groupés. Nous en reconnaissons quelques-uns, Osée, Isaïe, Jérémie, Ézéchiel – quant aux autres, nous comprenons qu'ils sont de la même famille. Derrière leur groupe, le soleil, le soleil de Dieu, invisible mais, sans lui, il n'y aurait pas cette ombre qui nous devance et se projette vers l'avenir. En elle convergent et se ramassent maintes figures connues, mais l'inconnu, comme nous verrons, a quelque chose de plus, quelque chose d'unique.

Cette ombre, c'est la silhouette d'un prophète annoncé dans des oracles édités sous le nom d'Isaïe, mais écrits pendant l'exil environ cent soixante ans après lui (Is 40 à 55). Annoncé, mais jamais nommé. Il porte seulement un titre, qui lui est donné par le Seigneur quand il parle de lui : il l'appelle « mon Serviteur ». Aucune circonstance particulière qui puisse nous aider à l'identifier n'est indiquée.

Pour trouver sa trace dans le recueil post-isaïen, nous avons besoin d'y prélever quatre poèmes :

– *Premier poème* (Is 42,1-9) : Dieu parle. Il nous parle : « Voici mon Serviteur. » Il parle au Serviteur : « Moi, YHWH, je t'ai appelé », puis encore à nous : « Je suis YHWH. » Nous découvrons la mission du Serviteur inconnu.

– *Deuxième poème* (Is 49,1-7) : le Serviteur parle. À qui ? À ce qu'il y a de plus lointain, à l'univers : « Îles, écoutez-moi. » Pourquoi si loin ? « YHWH m'a appelé dès le sein maternel », me disant : « Tu es mon Serviteur. » Mais j'ai peiné pour rien à remplir ma mission. Alors il m'a dit : « Non seulement tu relèveras Israël, mais tu illumineras les Nations ». C'est pourquoi je parle aux îles.

– *Troisième poème* (Is 50,4-9b ou 4-11) : le Serviteur parle. Il qualifie sa propre manière : « langue de disciple ». Comprenons qu'au lieu d'occuper la position d'un maître, il est comme celui qui écoute. Humilité qui prépare à comprendre sa douceur devant le tribunal de ses persécuteurs, mais aussi sa certitude absolue (« dure comme la pierre »). La main de Dieu le sauvera du danger, et elle seule. « Le Seigneur YHWH va venir m'aider – qui me condamnera ? ».

– *Quatrième poème* (Is 52,13 à 53,12) : tout change. Dieu parle encore : « Mon Serviteur... » Mais une voix nouvelle se fait entendre, comme celle d'un chœur (« Nous... »). Quant à la voix du Serviteur, on ne l'entend plus, il a disparu. Dans les trois poèmes précédents, nous avions suivi sa trace depuis le sein maternel jusqu'au tribunal et nous l'avions laissé se disant sûr de Dieu. Dans ce dernier poème, sa biographie est reprise par le chœur, collectivité de narrateurs non identifiée. Nous en savons assez, toutefois, pour reconnaître en eux des témoins de son sort, proches, impliqués. Ils l'ont vu au début sortir de terre « comme un surgeon », ils savent où on l'a mis en terre. Il a été tué.

C'est que Dieu n'est pas intervenu devant ses juges, ni devant ses bourreaux lorsque son Serviteur « s'humiliait, n'ouvrait pas la bouche, comme l'agneau qui se laisse mener à l'abattoir. Comme devant les tondeurs une brebis muette, il n'a pas ouvert la bouche » (Is 53,7). Ce groupe de spectateurs qui parle parle pour porter témoignage. Jusqu'au bout, disent-ils, nous avons cru qu'il était un pécheur. Un mécanisme caché au fond le plus inaccessible du cœur humain s'est déclenché en eux : il est souffrant, donc puni, puni, donc coupable.

Leur témoignage est aussi une nouvelle qu'ils annoncent : « Il nous a guéris. » C'est le pécheur en nous qui jugeait le juste, alors que lui ne nous jugeait pas. Transformés, ils ne s'accusent pas d'avoir causé la mort du juste, car elle n'était imputable qu'à un petit nombre. Avec l'immense majorité, ils n'étaient que spectateurs. Leurs yeux étaient fermés à cause de leur cœur. Le pécheur a le goût de condamner, ce goût irrépressible qui est un des sûrs symptômes du mal. Le juste, au contraire, ne condamne pas.

Beaucoup de justes et de prophètes ont fustigé le mal, mais sans prendre goût à ce rôle. Lui, le Serviteur, est silencieux (premier poème). « Il ne crie pas, il n'élève pas le ton, il ne fait pas entendre sa voix dans les rues. Il ne rompt pas le roseau broyé, il n'éteint pas la mèche qui fume encore » (Is 42,2-3). Ce prophète n'est pas un prophète comme les autres, bien que sa vie emprunte beaucoup de traits à la leur : à ceux qui ont pardonné, comme Osée, à ceux qui ont prophétisé en vain, comme Isaïe (Is 6, 9-10), qu'on a traînés devant les tribunaux, comme Jérémie, et même à ceux qui ont guéri les malades comme Élisée, puisqu'il guérit, lui le Serviteur, les témoins de sa mort, eux qui ont applaudi à sa condamnation. En ce Serviteur se rencontrent l'ancien et le nouveau : « Les premières choses, voici qu'elles sont arrivées, je vous en annonce de nouvelles » (Is 42,9).

Derrière lui, dans ce groupe que nous avons découvert en nous retournant vers le passé, nous reconnaissons aussi les hommes qui ont fait les Psaumes. Leur situation était celle du Serviteur : persécutés, menacés de mort, leur confiance est sans faille. La main du Seigneur, disent-ils, nous sauvera de la fosse. Puis ils reviennent et témoignent que Dieu les a préservés. Le Serviteur est solidaire de leur sort, mais il ne revient pas se dire sauvé. Ce qui se passe est différent : d'autres reviennent se dire guéris par lui – « Ce sont nos souffrances qu'il portait, nos douleurs dont il était accablé [...] ; c'est grâce à ses plaies que nous sommes guéris » (Is 53,4-5). Mort, il est source de vie. Dieu ne l'a pas préservé de la mort, il l'en a retiré : il vit.

D'où sont venus à ces témoins pareil changement des yeux, du cœur, pareille conversion ? Dieu a parlé. Mais, à ce qu'il semble, il a parlé sans bruit et sans vision. Ils ont entendu l'incroyable. Les rois des Nations, à leur tour, l'entendent et « qui croira à ce qui est donné à entendre ? » (Is 53,1) Ils veulent dire que le parcours inouï du Serviteur est fait pour être entendu par eux-mêmes, et par tous les habitants du monde à travers eux.

Nous voici, à notre tour, mis en position d'envoyés, Serviteurs nous aussi. Dieu pourtant n'a rien montré à personne du sort final de son envoyé. Il a seulement parlé, il a dit : « Mon Serviteur est élevé, placé très haut » (Is 52,13). Autrefois, Isaïe avait vu Dieu « élevé, placé très haut » (Is 6,1). Les lecteurs d'alors savaient que c'étaient presque les mêmes mots : au lieu même où Isaïe avait vu Dieu, son lointain successeur entend – par son cœur – que là précisément se trouve le Serviteur défiguré et glorifié. Les yeux, les oreilles, le cœur sont guéris. Cette guérison était impossible avant l'heure du Serviteur. Elle est venue, dit le message de la foi chrétienne (Ac 8,26-40).

> AUCUN ASPECT EN LUI, NI DE SPLENDEUR QUI SE VOIE. NULLE APPARENCE QUI NOUS PLAISE. IL ÉTAIT MÉPRISÉ, COUPÉ DES HOMMES, HOMME TOURMENTÉ, VISITÉ PAR LA MALADIE, TELS CEUX QUI NOUS FONT DÉTOURNER LE VISAGE. IL ÉTAIT MÉPRISÉ, NE COMPTAIT PAS POUR NOUS. OR C'ÉTAIENT NOS MALADIES QU'IL PORTAIT, NOS TOURMENTS QU'IL ENDURAIT ALORS QUE NOUS L'ESTIMIONS CHÂTIÉ, FRAPPÉ DE DIEU, HUMILIÉ. […] OR SA MEURTRISSURE ÉTAIT LA GUÉRISON POUR NOUS.

> ≈ Is 53,2-5 ≈

> PHILIPPE OUVRIT LA BOUCHE ET, PARTANT DE CE TEXTE, IL LUI ANNONÇA LA BONNE NOUVELLE DE JÉSUS.

> ≈ Ac 8,35 ≈

NÉHÉMIE :
LE RETOUR

C'ÉTAIT SOUS L'EMPIRE PERSE qui, venant après celui des Babyloniens, l'avait largement dépassé en étendue, allant « de l'Inde à l'Éthiopie » (Est 1,1). Son roi le plus célèbre, Cyrus, avait mis fin à l'exil d'Israël, accomplissant ainsi l'oracle de Jérémie (Esd 1,1 ; Jr 25,11-12). Dans une lointaine ville de l'empire, Néhémie, juif exilé, versait à boire au successeur de Cyrus, Xerxès. Il avait le titre d'échanson, qui impliquait de hautes charges. Ses fonctions l'obligeaient à montrer à table un visage souriant. Il n'y parvenait pas, ce jour-là. Le roi, assis près de la reine, s'en inquiétant avec bonté : « Les nouvelles de Jérusalem, lui répondit-il, en sont la cause ; la ville de mes pères, toujours démantelée, en est venue à un état lamentable (Ne 2,3). »

Ainsi commence le livre de Néhémie. L'agréable récit devient vite le mémoire d'un haut responsable. « J'obtins donc, poursuit-il à peu près, une mission de gouverneur de province, avec les documents qui l'accréditaient. » Israël entre ainsi pour de longs siècles dans la période où ses chefs ne sont plus que les délégués d'un pouvoir étranger. Mais aucun ne fut plus amical que celui des Perses.

Les Samaritains, d'autres voisins et leurs complices du lieu ne souhaitent pas voir cette mission réussir. En face d'eux, Néhémie est un chef qui voit vite, décide vite et ressent vivement les choses. Un autre envoyé, appelé Esdras, prendra la charge du

Temple : son nom a marqué toute l'histoire d'Israël. Néhémie, lui, s'occupe essentiellement de la ville. Avant tout : reconnaître les lieux, sans laisser paraître ses projets. Grande scène de l'histoire biblique ! Sans escorte, en pleine nuit, l'exilé de retour guide sa monture le long des anciennes murailles, nommant une à une les ouvertures béantes sur l'emplacement des anciennes portes, comptant les brèches, jusqu'à ce que les gravats arrêtent sa marche. Le gouverneur recense les 42 360 rapatriés (Ne 7,66). Pour que la reconstruction soit l'œuvre d'un peuple, chaque famille importante reçoit la charge d'une longueur de mur. La nouvelle s'étant répandue, les adversaires s'agitent et trouvent devant eux des bâtisseurs soldats, chacun portant à la fois la truelle et l'épée. En même temps, le mal vient de l'intérieur : les juifs riches s'enrichissent et les juifs pauvres, en paiement de leurs dettes, n'ont plus qu'à leur vendre comme esclaves leurs fils et leurs filles. C'est ainsi, leur dit Néhémie, que vos pères ont attiré la ruine sur la ville. On l'écoute, cette fois, mieux que l'on n'avait écouté les prophètes.

Puis un jour vient où l'assemblée d'Israël, enfin reformée, célèbre la fête des Tentes. Une coupure est survenue dans l'histoire. Le temps des grands événements, comme aussi celui des grands prophètes, a pris fin. Le passé – et quel passé ! – n'est plus connu que par le livre. Livre de l'alliance, livre de la Loi. Tout est prose désormais. Dieu parlait jadis depuis le Sinaï, alors qu'aujourd'hui s'élève seulement « une estrade en bois construite pour la circonstance » (Ne 8,4). Ni tonnerre, ni éclairs, ni même brise légère. Ce n'est pas la voix de Dieu qui se fait entendre, ni celle de Moïse, mais celle des scribes. La lecture ne dure pas moins de sept jours, pendant un quart de la journée. C'est que, pour pouvoir instruire le peuple – peut-être fut-ce là le plus nouveau – il fallait que le président « traduise et donne le sens. Alors seulement la lecture était comprise » (Ne 8,8). Les cris de joie habituels dans les fêtes se font attendre. Pleurant, Israël confesse non seulement ses péchés, mais (modèle pour notre Église !) les « égarements de ses pères » (Ne 9,2). Enfin, le peuple entend le beau récit des grâces de Dieu et de ses pardons répétés, récit qui

NÉHÉMIE 8. Néhémie, reconstructeur de la cité après l'exil,
remit en vigueur et présida la lecture de la loi par Esdras
(cathédrale d'Auch, stalles).

s'achève sur un cri d'appel (Ne 9,5-37). Sans attendre une réponse à leur cri, les représentants qualifiés s'engagent de leur propre initiative par écrit au nom du peuple à observer désormais la loi qui vient d'être lue, loi d'Israël sanctionnée par le roi des Perses (Esd 7,26).

Le mémoire de Néhémie y sélectionne surtout, en 10,1-40, les mesures de justice sociale et ce qui règle la manière d'adorer Dieu dans son Temple. De ce jour, Jérusalem avec son Temple brillera de loin comme un phare pour les juifs restés en diaspora. Un autre engagement a pour objet la rupture des mariages contractés avec des étrangères. Certes, pareil repli sur la pureté des rites et du sang est en contraste avec l'atmosphère des siècles précédents. Par ailleurs, Israël, écarté désormais des grands événements de l'histoire connue, entre dans un silence de récollection. Ainsi abritée, la mémoire des sages arrache à l'oubli, recueille dans les archives, corrige, assemble de quoi construire ce qui sera la Bible. Silence qui favorisera dans le peuple l'éclosion de la nouvelle alliance telle que l'annonçait Jérémie. Israël, certes, encourt le risque d'un enfermement, mais, à l'abri de la muraille des multiples préceptes, se grave l'inscription invisible qui unifie tout au fond des cœurs. Loin d'être comblé par ce retour d'exil, Israël sent grandir son attente.

ILS LISAIENT DANS LE LIVRE DE LA LOI DE DIEU, DE MANIÈRE DISTINCTE, EN EN DONNANT LE SENS, ET ILS FAISAIENT COMPRENDRE CE QUI ÉTAIT LU.

⟶ NE 8,8 ⟵

JOB :
LE CRI DU LÉPREUX

ENTRE UN LÉPREUX POUSSANT SON CRI et le plus beau poème sur le sujet s'interpose tout le travail d'une œuvre d'art. Cela s'applique au livre de Job : un cri de passion unique s'exprime avec un flot d'images somptueuses et une éloquence élaborée qui saisissent le lecteur. Job n'étant pas seul, une joute se déroule entre plusieurs personnages qui montent à l'assaut les uns des autres. Ce sont Job lui-même, les trois amis de Job, plus un jeune homme, et enfin son Créateur. Chacun argumente et s'indigne.

L'œuvre fait penser à une pièce de théâtre où une société s'est mise en scène elle-même. Ce faisant, elle s'est mise en question. Les amis de Job, qui sont des sages, répètent ce qui a toujours été dit dans leur monde concernant la récompense de la vertu par le succès. L'ordre des choses, garanti par Dieu, nous assurerait, à les en croire (mais aussi à en croire ce que nous lisons en beaucoup d'endroits de la Bible), que l'homme fidèle à la loi de Dieu bénéficie en retour, comme nécessairement, du bonheur : prospérité, postérité, longévité, renom. Nécessité sentie d'autant plus vivement que la perspective d'un bonheur après la mort restait inconnue des hommes de ce temps [19], et le resta pendant plusieurs siècles. Or le malheur s'acharne sur Job, qui est un homme juste.

La pièce commence, avant le lever de rideau, avec l'apparition d'un personnage appelé Satan. Son rôle est de faire des critiques à Dieu, qui s'est montré fier d'avoir un serviteur tel que Job.

Satan objecte : « Est-ce pour rien que Job craint Dieu ? Laisse-moi faire, et l'on verra bien s'il persévère. » Dieu laisse faire et Satan enlève à Job richesses, descendance, tout, et le rend lépreux. Dieu ne protège que sa vie. Or Job frappé continue à bénir Dieu : « YHWH avait donné, YHWH a repris : que le nom de YHWH soit béni ! » (Jb 1,21). En revanche, nous le verrons bientôt maudire longuement, solennellement, le jour où il est né : « Périsse le jour qui me vit naître » (Jb 3,3).

Notons que Job n'est pas un homme d'Israël, pas un descendant d'Abraham. Sage d'un pays lointain, il ne peut prendre modèle sur la sagesse de Moïse, ni se souvenir d'avoir été libéré de l'Égypte et comblé de promesses. Certes, il invoque YHWH, mais nous ne devons pas en conclure qu'il soit juif. D'après Gn 4,26, un petit-fils d'Adam, Hénosh, l'invoquait déjà. Le poète remonte à une époque reculée pour nous faire admirer en Job un juste qui n'est pas juif : il rejoint à sa manière l'inspiration universaliste qui est au centre du livre de Jonas. Job ne détient pas d'autres promesses que celles impliquées par le fait d'avoir été créé, et c'est précisément dans ce fait qu'il voit aujourd'hui un malheur. Car il a tout perdu, sauf la voix pour crier cela.

« Vivre n'est pas un bien » : la même chose peut être dite avec une dérision plus ou moins rentrée, sans la grossièreté du ricanement, mais avec le sentiment d'être supérieur à ceux qui n'auraient pas encore compris leur malheur d'être nés, et avec la satisfaction de leur enlever cette illusion. Mais cette manière sèche de parler est celle de Satan, le jaloux. Elle n'est pas celle de Job. À l'opposé, Job *crie*, il crie à ses amis et plus encore vers Dieu : il ne renonce jamais à un dialogue – que ce soit avec ses amis ou avec Dieu, c'est à cela qu'il tient plus que tout. Mais, face à la profondeur d'angoisse et de protestation qui résonne dans la voix de Job, le discours de ses amis reste convenu. Et ses amis ont beau être choqués par son impatience, ils finissent par crier, eux aussi. À travers la peinture de leur attitude et le langage qu'ils tiennent, la sagesse tradition-nelle est malmenée, voire moquée par l'auteur du livre.

Pourtant, les amis de Job n'ont pas complètement tort : qui va nier que la probité, la fidélité, la maîtrise de soi et autres

Job : l'homme fidèle à la Loi de Dieu bénéficie-t-il nécessairement,
en retour, du bonheur (Blaubeuren) ?

vertus apportent plus de bonheur que leurs contraires ? Les Psaumes et les Proverbes le répètent. Là où tout se détériore, c'est quand ceux qui pratiquent ces vertus soupçonnent le malheureux : à les entendre, s'il en est arrivé là, c'est parce qu'il n'avait pas pratiqué comme eux ces vertus. Quelle est cette limite, quel est ce piège où tombe la vertu quand elle se détourne des malheureux comme s'ils étaient coupables, impurs ? Ce dérapage de la vertu n'est pas seulement l'effet d'un mauvais raisonnement. Il est un raisonnement qui part des zones du cœur où se cache une jalousie que le jaloux lui-même ne connaît pas. C'est ce que vient débusquer l'auteur du livre de Job. Ce n'est pas d'emblée que les amis de Job assimilent la lèpre et le péché. Mais ce qui leur fait perdre pied, c'est l'intensité du discours de Job. Il devrait modérer son cri, sa protestation plus positive que toute forme de doute. Il devrait souffrir bien, et il souffre mal. Eux partent de là pour devenir, finalement, les accusateurs de celui qu'ils venaient consoler, accusateurs d'autant plus véhéments que leur consolation n'est pas reçue.

Nous voici au cœur du livre : que dit Job dans sa plainte ? Son discours n'est pas tout d'une pièce, ses propos sont heurtés. Il clame son innocence (Jb 6,24 ; 10,7 ; 16,17). Il se décrit tel qu'il était aux jours heureux, ce qui donne à l'auteur l'occasion de brosser un merveilleux portrait de l'homme juste des temps patriarcaux (Jb 29). Mais surtout, il déplace la question : « Es-tu donc seulement un juge ? » dit-il à Dieu. « Et même si j'avais péché – car qui ne pèche ? (Jb 6,12-21, etc.) –, est-ce une raison pour me traquer ? » En même temps qu'il regrette d'être venu au monde, Job fait appel de Dieu juge à Dieu créateur : « Tu m'as coulé comme du lait, fait cailler comme du laitage, vêtu de peau et de chair, tissé en os et en chair [...], mais tu gardais une arrière-pensée [...], tel un lion tu me prends en chasse » (Jb 10,10-16). Les plus modérés de ses amis l'invitent à baisser le ton : « Te crois-tu l'égal de Dieu ? Penses-tu pouvoir le convoquer à te répondre ? » Ce reproche, ce frein, au lieu d'arrêter Job, le relancent dans son élan le plus hardi, qui retourne la problématique : « Si j'étais coupable, leur dit-il, je n'aurais pas cette audace. » Ma franchise devant Dieu, c'est là ma vertu, et ce qui me tient lieu de mérite, c'est de croire. De croire que Dieu me répondra, même si ce devait être après ma mort (Jb 19,25-27). Après Satan qui jugeait sa vertu douteuse, ses amis ont été scandalisés par son trouble. Il a trouvé le « dernier mot » de sa réponse : « Le réquisitoire qu'aura rédigé mon adversaire, je veux le porter sur mon épaule, le ceindre comme un diadème. Je lui rendrai compte de tous mes pas et m'avancerai vers lui comme un prince » (Jb 31, 35-37).

Le dernier mot du livre est à Dieu. Il donne raison à Job et tort à ses amis : « Vous n'avez pas bien parlé de moi, comme l'a fait mon serviteur Job » (Jb 42,7).

JOB DIT À DIEU : « CESSERAS-TU ENFIN DE ME REGARDER, LE TEMPS QUE J'AVALE MA SALIVE ? SI J'AI PÉCHÉ, QUE T'AI-JE FAIT, À TOI, L'OBSERVATEUR ATTENTIF DE L'HOMME ? POURQUOI M'AS-TU PRIS POUR CIBLE ? [...] NE PEUX-TU TOLÉRER MON OFFENSE, PASSER SUR MA FAUTE ? CAR BIEN-TÔT JE SERAI COUCHÉ EN TERRE : TU ME CHERCHERAS ET JE NE SERAI PLUS. »

≈ JB 7,19-21 ≈

JE DISCUTERAI DEVANT LUI DE MA CONDUITE : CELA MÊME SERA MON SALUT.

≈ JB 13, 15-16 ≈

Prière de Jonas, vomi par le gros poisson qui l'avait englouti
(chapelle du château des Hohenzollern).

JONAS
ET L'HOMME DE PARTOUT

LE LIVRE DE JONAS EST UN TOUT PETIT RÉCIT d'environ trois pages. On y peut distinguer deux séries d'événements. L'une est fort surprenante, l'autre est une suite de miracles. Ajoutons ceci : les livres les plus éloignés de l'histoire exacte nous en apprennent long sur ce qui se passait dans le cœur de leurs auteurs et de ceux qui les lisaient. La capacité de discerner entre les types de récits (ce qu'on appelle leur « genre littéraire ») demande un apprentissage.

Voici donc la première série d'événements, déjà surprenants : Ninive capitale de ce qui avait été, avant Babylone, la grande puissance de la région, était si vaste qu'il fallait trois jours pour la traverser à pied. Le Seigneur envoie aux Ninivites le nommé Jonas, prophète d'Israël, avec un message qui consiste à leur dire que leur méchanceté est montée jusqu'à Dieu. Ils seront sanctionnés : « Encore quarante jours et Ninive sera détruite. » Jonas commence par s'enfuir parce que (expliquera-t-il plus tard), il a peur, connaissant la bonté de Dieu, que sa prédiction ne s'accomplisse pas (détail exquis).

Mais Dieu le ramène à Ninive. Le prophète n'a pas encore marché un jour entier que le peuple, déjà, se vêt de sacs, jeûne, fait pénitence. Le roi prononce alors un édit : tous, même évidemment les animaux, devront continuer à jeûner. Dieu revient alors sur sa décision. Ce revirement est un drame pour Jonas, qui voit arriver justement ce qu'il avait craint : Ninive ne sera pas châtiée. Toujours est-il que, Jonas persistant à attendre « pour voir ce qui arriverait dans la ville », Dieu finit par lui dire : « Jonas, il y a ici plus de cent vingt mille être humains qui ne distinguent pas leur droite de leur gauche, ainsi qu'une foule d'animaux » et je ne serais pas en peine à l'idée qu'ils périssent ?

Même sous cette forme réduite, l'histoire de Jonas ne manque pas de toucher. Le dépit du prophète démenti par l'événement est d'un comique irrésistible. Et puis, et surtout, cette leçon sur l'amour de Dieu pour tout vivant et même pour les pires ennemis d'Israël nous en dit long sur les horizons qui s'ouvrirent à quelques-uns dans le peuple à partir de l'exil et se fermèrent à d'autres. L'auteur a fort bien pu se sentir très seul devant une large majorité. Il aura voulu inviter Israël à se reconnaître dans Jonas.

Mais ce que nous venons de raconter n'est que l'ossature du livre de Jonas. Il manque à notre drame le rôle miraculeux joué par la nature, à la fois décor, acteur, instrument et révélateur de la bonté du Créateur. Seul l'Océan, actionné par Dieu, a pu changer Jonas rebelle en Jonas obéissant. Car, craignant de voir Ninive épargnée, Jonas avait si fortement résisté à sa mission qu'il avait pris le bateau pour une autre direction plutôt que d'obéir. Aussitôt la tempête s'élève, l'équipage tire au sort pour savoir qui, à bord, a attiré la colère des dieux. Le sort tomba sur le prophète, sur Jonas. Interpellé, Jonas parle soudain en vrai prophète, sans mensonge. Loin de protester, il confirme le tirage au sort : « C'est à cause de moi. Jetez-moi à la mer, elle se calmera. » Les sympathiques matelots (pourtant des païens qui « invoquent chacun leur dieu » !) y répugnent et ne s'y décident qu'en voyant la tempête redoubler. Or voici que le Dieu qui avait soulevé la mer et qui avait dirigé les sorts fait venir un gros poisson, qui engloutit Jonas pour une durée de trois jours et trois nuits. Après quoi, le monstre, obéissant toujours à Dieu, vomit le prophète sur le rivage où il ne voulait pas aborder. Plus tard, quand Jonas va s'isoler dans l'amertume de sa déception, Dieu fait encore agir la nature. Il fait que grandisse un arbuste en une nuit afin que son ombre rafraîchisse la tête du prophète, « qui en ressent une grande joie ». Puis il appelle un petit ver pour qu'il dessèche l'arbuste. Puis il fait souffler un vent brûlant quand le soleil revient sur la tête de Jonas – jusqu'à ce que le prophète accablé se tourne vers Dieu. C'est alors qu'il reçoit cette réponse :

– Tu as de la peine à voir périr ce qui ne t'a rien coûté, et moi, je n'aurais pas de peine à voir périr ces hommes et ces animaux que j'ai faits ? Ainsi Dieu se fait obéir du monstre marin et du vermisseau, il commande au vent, à l'ombre et au soleil. Connu et célébré comme créateur, il est connu et célébré dans son rapport à tout humain, qu'il soit juif ou païen.

Célébré, il l'est par Jonas pendant les trois jours que celui-ci passe dans le ventre du monstre. C'est là que le prophète compose un psaume, là qu'il exulte à l'avance de son salut, comme l'ont fait tant de psalmistes. Sa prière a devancé le salut. Elle rejoint déjà Dieu dans ce Temple où, libéré, il ira s'acquitter du vœu qu'il vient de faire.

L'image de Jonas tient une grande place dans l'iconographie chrétienne parce que, à ceux qui lui demandaient un signe, Jésus répondit que cette génération n'en aurait pas d'autre que le « signe de Jonas » (Mt 16,4). Bien qu'il soit naturel de penser à la résurrection, survenue après trois jours, il est de fait que celle-ci n'a pas été un signe accordé à ceux qui en voulaient un. « Tu te montres à nous et non au monde », lui diront ses disciples (Jn 14,22). Sans doute faut-il comprendre ainsi le signe : de même que Jonas est sorti secrètement du monstre, mais a proclamé publiquement à Ninive la parole qui la sauverait, ainsi les Nations n'auront pas de signe qui puisse les convaincre, si ce n'est une parole qui sera comme libérée des prises de la mort. Cette parole annoncera l'Évangile aux Nations, parole salutaire qui surprendra Israël comme elle a surpris Jonas. On dirait, à lire ces quelques pages, que c'est malgré lui qu'Israël est porteur de salut pour les Nations. Le livre de Jonas lui en fait doucement la remontrance.

DIEU VIT QUE LES NINIVITES REVENAIENT
DE LEUR MAUVAIS CHEMIN. AUSSI REVINT-
IL SUR SA DÉCISION DE LEUR FAIRE LE MAL
QU'IL AVAIT DÉCIDÉ. IL NE LE FIT PAS.
JONAS LE PRIT MAL, TRÈS MAL, ET IL SE
FÂCHA.

≪ JON 3,10 À 4,1 ≫

TOBIE PÈRE, TOBIE FILS, RAPHAËL

LES ÉCRITS LES PLUS ANCIENS DE LA BIBLE (Genèse, Exode) « revendiquent d'être crus [20] » et gardent dans leur manière quelque chose de l'autorité des lois, que d'ailleurs ils précèdent et accompagnent. En traçant les premiers pas de l'histoire, ils enferment les semences de ce qu'elle sera ultérieurement et jusqu'au bout. Le livre de Tobie n'a pas ce poids. Écrit dans l'ambiance du judaïsme hellénistique, absent des bibles hébraïques et connu de nous seulement à travers le grec, il se propose de reconstituer pour l'édification et pour l'agrément du lecteur la manière dont vivaient les juifs qui, après l'exil, s'étaient fixés dans le pays des vainqueurs. La famille Tobie habitait Ninive, mais voyageait beaucoup pour affaires.

Tobie se déroule donc en aval des récits de la Genèse, qui appartiennent dans leur majorité à la haute littérature. Nous trouvons ici le même cours d'eau, mais coulant dans la plaine. Un récit plus prolixe, accordant plus au sentiment, aux larmes, aux détails qui font vrai. Mais la parenté avec les récits majeurs, avec les prototypes, est évidente.

D'ailleurs, il s'agit de « Tobie et Tobie ». Portant le même nom, ce père et ce fils représentent sous forme imagée le principe même de la généalogie, qui commande les récits de la Genèse. Attendrissante, une famille exilée en Perse accueille un tout jeune parent venu de l'étranger, s'exclame qu'il ressemble à son père, un père dont les traits s'étaient jusqu'alors effacés des mémoires. Après ce voyage, Tobie junior, devenu en route un adulte, retrouve à la maison son vieux père aveugle. Tobie fils guérit alors Tobie père de sa cécité. La boucle du grand voyage se referme sur le face à face d'un père et d'un fils.

Un prophète appelé Malachie s'est représenté ainsi la fin des temps, soit le cœur de la promesse. Le prophète Élie, annonce-t-il, « ramènera le cœur des pères vers leurs fils et le cœur des fils vers leurs pères » (Ml 3,24). L'ancien vers le nouveau, le nouveau vers l'ancien. Ce retour n'est pas une répétition, c'est un accomplissement. En vertu d'une loi secrète de la vie, l'inouï depuis toujours inconnu et seul espéré est ce qui jaillit quand nous croyons être retournés sur nos pas.

Au même endroit que ces retrouvailles, un autre aller et retour nous est relaté. Le héros de cet autre voyage (invisible) est le troisième personnage du livre, dont il est temps de parler. Il s'appelle Raphaël, ce qui veut dire « Dieu guérit ». Or ce Raphaël est en réalité un ange et même « l'un des sept qui se tiennent toujours prêts à pénétrer devant la Gloire du Seigneur » (Tb 12,15). Il est, dirons-nous, d'autant plus ange qu'on le voit accompagné d'une bête, elle aussi amie des hommes, ce petit chien qui nous est montré frétillant et jappant, au long du voyage (Tb 6,2 ; 11,4). Entre cet ange et cet animal, le petit homme fait son chemin.

L'identité de l'ange est restée cachée jusqu'au dernier moment. Nous le voyons alors, lui qui était allé de Dieu – de tout près de la Gloire de Dieu – jusqu'à cette humble terre, retourner de cette même terre jusqu'à Dieu. « Je vais remonter à celui qui m'a envoyé », dit-il (Tb 12,20). La nature de cette mission mérite notre attention : plusieurs textes bibliques nous disaient que la Sagesse, la même qui était issue de Dieu avant la création, jouait avec les hommes « sur le sol de la terre » (Pr 8,22-31). Or la fonction de Raphaël se présente, elle aussi, comme un rapprochement du ciel et de la terre, mais son caractère itinérant est spécifique. Non seulement Sagesse rendue visible, mais Providence divine personnifiée, Raphaël partage avec Tobie junior les

TOBIE 11. Tobie le fils (accompagné du chien et de l'ange Raphaël)
revient chez Tobie le père et lui rend la vue.

dangers d'un voyage et les lui fait surmonter. L'heure de sa disparition est riche d'enseignements. On ne reconnaît un ange que lorsqu'il n'est plus là. Du même coup se transfigurent les heures qu'il avait accompagnées. Le temps de la détresse et de la prière sans réponse se découvre en cet instant qui illumine le passé. Le passé, c'est lui-même qui s'est transformé en l'extrême de la présence. Le passé dès lors n'est plus passé, mais se passe. Passé soudain vif, de mort qu'il était. C'est moi, dit l'ange, qui « lisais » vos supplications au Seigneur (Tb 12,12) ! En remontant vers le ciel, Raphaël laisse à ceux dont il se sépare une consigne inattendue : « Écrivez tout ce qui est arrivé » (Tb 12,20).

Où y a-t-il, dès lors, la plus véritable présence d'ange ? La trouverons-nous dans cette aventure plaisante à imaginer, ou bien, cachée, habite-t-elle pour nous l'écrit de l'auteur inconnu qui entendit cet ordre et qui lui obéit ? Présence d'ange à nous communiquée dans l'écrit que nous lisons parce que l'ange le voulut ainsi pour nous. « Écrivez ce qui est arrivé », cette simple injonction nous livre une clé bien surprenante pour ouvrir la vérité tant de ce livre que de bien d'autres.

Tobie va de son père à son père à travers des épreuves. Raphaël va de la Gloire à la Gloire en accompagnant ces épreuves. Arrêtons-nous ici un instant. Des lignes peuvent converger sans se rencontrer, aussi longtemps qu'elles ne sont pas tracées jusqu'au bout. Ces deux lignes, le périple de Tobie fils et le périple de l'ange (le premier horizontal et le second vertical), gardent ici tout leur écart. Si l'écart était moins fermement indiqué, la conjonction perdrait en force. Raphaël l'ange tient à donner cette précision, à faire observer cet écart, juste au moment où il va retourner à son point de départ : « Vous avez cru me voir manger, ce n'était qu'une apparence » (Tb 12,19). Un Esprit, un ange aussi, derrière le dos de l'écrivain qu'il voyait de près, voyait-il sur l'horizon beaucoup plus lointain quelque envoyé qui, provenant de la Gloire et retournant à la Gloire, viderait, non plus en apparence mais plutôt en chair, le calice d'épreuve qui nous guérirait ? Celui-ci ne ferait pas semblant de manger avec nous, ni de mourir avec nous.

Tobie fils s'en va très loin pour revenir à Tobie père. Cette image nous conduit jusqu'à l'auteur. Auteur acteur du drame qu'il raconte, puisque du fait qu'il écrit il exécute la volonté de l'un de ses personnages. Lui aussi, l'auteur, a connu l'exil et remonte à son père. Je veux dire par là qu'il remonte à ses pères, du côté d'Abraham, d'Isaac et de Jacob. En effet, le livre de Tobie abonde en traits empruntés aux récits de la Genèse. L'ange Raphaël prend le relais de tous ces messagers d'en haut qui visitaient, secouraient, éprouvaient les patriarches. Ce qui se passe après l'exil de Babylone se pose en surimpression sur ce qui se passait avant le premier exil, celui d'Égypte. Ainsi le jeune Tobie, nouveau Jacob, est mis en danger pendant la traversée d'un fleuve par un gros poisson qui a commencé à lui mordre le pied. Raphaël apprend alors au garçon comment extraire le fiel de l'ennemi qui l'agresse pour en composer un remède puissant contre le démon et toute maladie. C'est ainsi qu'il pourra non seulement guérir son propre père, mais épouser la jeune Sarra, après l'avoir délivrée du démon qui lui avait pris sept fiancés… Le récit des noces résonne tout entier des échos des noces du temps jadis. Les noces de Tobie ne sont pas moins remplies des attentions providentielles du Seigneur Dieu que celles de Rachel ne l'étaient. Encore faut-il noter que l'épreuve surmontée est ici terrible : la venue du jeune Tobie sauve du suicide sa future épouse.

Quant à Tobie père, il avait plusieurs fois bravé la mort pour rester fidèle à la loi de Moïse en terre étrangère et hostile.

ESTHER 8. La reine Esther intercède pour son peuple
auprès du roi Assuérus, son époux (La Chaise-Dieu, tapisserie).

Esther

OU LES DÉGUISEMENTS

L'ARGUMENT DU LIVRE D'ESTHER EST RELATIVEMENT SIMPLE, bien que le récit déroule beaucoup d'arabesques. Un complot s'est formé au sein de l'empire des Perses, qui est presque sans limites, pour exterminer *toute* la population juive. Esther, une exilée juive devenue l'épouse du roi Assuérus [21], empêche le projet d'aboutir. Une fête est instituée pour commémorer cette issue heureuse. On la célèbre encore aujourd'hui.

D'un côté, tout est fait, dans la manière d'écrire, pour captiver le lecteur, qui ne se sent pas en présence d'un récit historique. De l'autre, la situation de départ, cette mise en œuvre d'une « solution finale » donne à cet écrit romanesque un incomparable poids de réel. Jamais encore Israël n'avait eu à affronter cette menace et jamais, semble-t-il, elle ne se présentera sous cette forme avant le XXe siècle, le nôtre. Le lecteur oscille entre le moins réel et le plus réel. La version grecque, plus récente, encadre le texte hébreu par le récit d'un songe prémonitoire, vérifié ensuite. De ce fait, l'œuvre pourrait être rangée parmi les apocalypses, qui aiment procéder par décryptage des songes.

Outre sa portée d'anticipation, le livre d'Esther a un appui dans l'expérience. Il témoigne des griefs élevés contre les juifs : « peuple particulier, dispersé et séparé au milieu des peuples [...] ; leurs lois sont différentes de celles de tout peuple et ils n'exécutent pas les lois royales », tel est le discours de leur accusateur (Est 3,8). Or ces formules sont anachroniques, elles reflètent les propos qui seront tenus en milieu grec (Dn 1,8 ; 3,8-12 ; Jdt 12,2 ; Sg 2,14-15), alors que les Perses avaient été garants de la loi « du Dieu du ciel » pour les juifs. Les historiens situent donc Esther moins de trois siècles avant notre ère.

Cependant, beaucoup d'encre a coulé pour justifier ou pour déplorer le fait que ce récit ait trouvé place dans le canon des Écritures. Sa force d'anticipation n'apparaissait pas à nos prédécesseurs aussi clairement qu'aux générations proches du génocide hitlérien et de plusieurs autres. On était surtout choqué par le dénouement. En effet, Assuérus concède aux juifs le droit d'exécuter ceux qui, dans la population, s'étaient rendus coupables ou complices de cette tentative de génocide contre leur peuple : ces représailles auraient atteint soixante-quinze mille personnes.

Un souci d'équité invite à plusieurs observations. Le chiffre choisi par le narrateur (ou, plus justement, le conteur) a pour objectif de faire saisir l'étendue presque illimitée de l'empire, puisqu'il est obtenu à partir du nombre des exécutions constatées dans la capitale, soit six cents en deux jours. Il faut donc supposer un grand nombre de villes moins peuplées, et donc un nombre inférieur – ou très inférieur – de condamnés dans chacune d'elles, pour que soit atteint le chiffre de soixante-quinze mille qui, de toute manière, est fictif. Par ailleurs, bien qu'il ne soit évidemment pas question de procès, le roi n'accorde aux juifs que deux jours pour faire justice, et personne d'entre eux ne touchera aux biens des condamnés. Il apparaît ainsi que le narrateur s'est soucié de prévenir quelques objections, même s'il ne pouvait prévoir celles d'un homme du XXᵉ siècle.

La première scène du récit (cf. Ne 2,1-6) est un banquet. Elle nous apparaît dans une lumière de monde lointain, qui auréole tout le livre. L'auteur nous promène à travers les usages de la table et du harem chez les Perses. Si Esther a le moyen de sauver son peuple, c'est parce qu'elle est devenue l'improbable reine juive du roi perse. Celui-ci voulait remplacer la reine Vasti, coupable de lui avoir résisté alors qu'il voulait la montrer à tous ses invités pour conclure un banquet. Elle s'y était refusée. Les sages consultés par le roi lui avaient répondu : « Aucun mari ne sera plus obéi de sa femme, à moins que tu ne destitues la révoltée. »

Seule Esther est jugée assez belle pour être la nouvelle reine à la place de Vasti. Sa qualité de juive est ignorée de tous, y compris du roi. Son cousin Mardochée l'accompagne et veille sur elle. Mardochée rencontrera à la cour un autre immigré, Aman. Amalécite par sa nation, Aman est un personnage choisi à dessein, car l'inimitié qui dresse son peuple contre Israël remonte aux jours de Moïse : Samuel s'en était resouvenu en tuant de sa main le roi des Amalécites (cf. *supra,* chap. 21). Aman obtient du roi qu'un décret d'extermination soit porté contre tout Israël et que son ennemi Mardochée soit pendu à la plus haute des potences. Esther alors, d'abord hésitante, surmonte son effroi, risque tout : « Je suis de ce peuple que tu vas faire disparaître », dit-elle au roi. Coup de théâtre : on découvre au même moment que ce cousin d'Esther, ce juif inconnu, Mardochée, jadis sauva la vie d'Assuérus. Sans rien laisser paraître, le roi demande à son pervers conseiller comment il honorerait le plus grand serviteur du pays. Croyant préparer son propre triomphe, l'Amalécite répond comment l'organiser et apprend trop tard que le triomphe est prévu pour Mardochée et la potence pour lui-même. Il en sera ainsi.

Tout cela se conclut par des festins, et se célèbre encore de la même manière d'âge en âge. Une femme a changé les sorts. Ainsi est célébré le pouvoir de la beauté féminine à travers l'histoire d'Israël. Merveille : le folklore né dans le peuple juif après les temps bibliques s'empare du récit et le mène plus loin qu'il ne va lui-même. C'est sous forme de carnaval que se célèbre la fête, dite « fête des sorts » *(Pourim).* Cela d'ailleurs à la même période que le carnaval de chez nous. Le carnaval s'ajuste au livre d'Esther et il semble qu'il en révèle exactement le sens. Puisque l'opprimé s'est manifesté sous l'apparence de l'oppresseur et inversement, c'est le moment de se déguiser, de s'habiller en quelqu'un d'autre comme Aman et Mardochée durent échanger leurs *pourim,* leurs sorts. Chacun s'attendait, jusqu'au dernier moment, à voir sur la potence, emplacement du criminel, celui qui se révéla, mais à la dernière seconde, comme le juste. La fête n'est complète que si l'on va jusqu'au bout, plus loin que le dernier moment, quand on est ivre « *ad lo'yada'* », c'est-à-dire « jusqu'à ne pas savoir » lequel des deux est le bon. Le vrai juste et le vrai pécheur n'apparaissent que contre les apparences, au creux de la nuit. Notre foi ne dit pas autrement.

On avait tendu de tous côtés des voiles de couleur de bleu céleste, de blanc et d'hyacinthe, qui étaient soutenus par des cordons de fin lin teints en écarlate, qui étaient passés dans des anneaux d'ivoire, et attachés à des colonnes de marbre. Des lits d'or et d'argent étaient rangés en ordre sur un pavé de porphyre et de marbre blanc, qui était embelli de plusieurs figures avec une admirable variété.

᪥ EST 1,6 – TRAD. LEMAISTRE DE SACY ᪥

JUDITH

JUDITH (UN NOM QUI VEUT DIRE « LA JUIVE ») a tranché la tête
d'Holopherne, un général commandant l'armée de Nabuchodonosor, après l'avoir séduit et lui avoir fait croire qu'elle céderait à
son désir. Elle a, en frappant le chef, mis en déroute son armée et
sauvé son peuple sans combat. Tel est l'argument du livre de
Judith. Fort tardif et connu seulement en grec, il n'est pas entré
(à la différence d'Esther) dans les écrits que les juifs reçoivent
comme canoniques, c'est-à-dire vraiment bibliques.

La vision d'une femme très belle tenant la tête d'un homme
décapité a fasciné les peintres, surtout après la Renaissance. La tête
est celle d'Holopherne *ou* de Jean-Baptiste, la femme est Judith *ou*
Salomé. D'un tableau à l'autre, les valeurs peuvent s'inverser. La
femme, selon qu'elle est Judith ou Hérodiade, représente la vertu
ou la lascivité ; l'homme, selon qu'il est Holopherne ou Jean-Baptiste, représente la brutalité orgueilleuse ou la sainteté. La peinture
ainsi réfléchit sur elle-même, sur son rapport à l'apparence, en
revenant souvent sur ce couple d'images contraires. Et le rapport
des deux tableaux nous signifie combien dramatiquement la
beauté peut cacher le mal ou rendre sensible le bien. L'inverse est
vrai pour la laideur. Une réflexion sur l'ambiguïté qui, pour se faire
jour, a dû attendre que soit fini le Moyen Âge [22].

Le livre de Judith est à l'aise dans la démesure. Alors que déjà
le projet du roi perse, au livre d'Esther, était d'« exterminer, tuer

et anéantir tous les juifs, jeunes et vieux, enfants et femmes, en un seul jour » (Est 3,13), Nabuchodonosor ne veut rien de moins que « se venger de toute la terre [...], perdre toute chair » (Jdt 2,1). « Il décida de sa propre bouche tout le châtiment de la terre » (Jdt 2,2). Projections fantasmatiques... mais notre siècle les a remplies avec des faits réels. La Bible, au livre d'Esther comme dans ce prolongement écrit en grec, s'achève sur ces visions.

Nabuchodonosor prétend finalement remplacer « tous les dieux de la terre » (Jdt 3,8) par lui-même. Judith parodie ce style pour tromper Holopherne : « Les bêtes sauvages, le bétail et les oiseaux du ciel vivront par ta vigueur pour Nabuchodonosor et toute sa maison » (Jdt 11,7), dit-elle à ce militaire. Tout va jusqu'au bout, des vérités d'une portée nouvelle et décisive creusent le chemin de leur accomplissement. Esther et Judith sont deux livres parallèles. Dans ces deux livres, qui pourraient sembler faits pour qu'un lecteur passe agréablement son temps, c'est le monde entier qui tremble sur ses bases.

De part et d'autre, le salut vient d'une femme, mais cela ne veut pas dire qu'il vienne à travers la faiblesse ! Le salut jaillit plutôt sur la ligne très fine qui sépare, dans les deux récits, la loi et la transgression. Dès l'origine, les épouses des patriarches, à commencer par celle d'Abraham, nous étaient montrées accessibles, réellement ou virtuellement, à l'étranger, égyptien ou philistin (Gn 12,10-20 ; 20 ; 26). Esther exilée n'a pu être refusée à l'étranger, au païen vainqueur, et partage sa couche. Judith s'expose, elle, au déshonneur quand elle entre parée et parfumée (cf. Jdt 10,3-4) sous la tente d'un guerrier imbu de sa force et qu'elle s'étend à ses pieds pour un banquet (Jdt 12,15-16). Or elle se glorifie d'avoir pour ancêtre Siméon, lui qui a vengé dans le sang d'une population entière le viol de sa sœur Dinah. Judith va mentir pour tuer, mais aura pensé à apporter sa propre nourriture à la table d'Holopherne (Jdt 12,2-4) pour obéir aux rites, et se purifiera chaque nuit dans la rivière (Jdt 12,7). Elle ment à l'Assyrien en prétendant qu'Israël lui sera livré en punition d'un péché qu'elle invente, mais elle lui dit vrai en affirmant que Dieu

JUDITH 8.7. Judith « était très belle et d'aspect charmant » (Chartres).

protégerait Israël s'il n'avait pas péché. Cette femme n'est pas admirée seulement parce qu'elle a risqué sa vie, mais pour avoir, sûre de Dieu et de sa propre détermination, affronté le risque de transgresser. Ici nous est donné le spectacle d'une vertu qui fait plus qu'éviter le mal : elle s'en approche assez près pour l'éteindre. Seule la vie peut vaincre la mort.

Nombre de ces œuvres tardives s'enroulent, semble-t-il, autour du même mystère. Judith, dont l'apparence éblouit aussi bien les siens (Jdt 10,7 ; 13,16) que ses ennemis (Jdt 10,14, 19 et 23), passe au travers de toute apparence. Judith, qui tranche la tête de l'ennemi, actualise, au moins en littérature, la figure d'Ève qui, approchée de plus près qu'Adam par le mal, y succomba, mais à qui fut promise une descendance qui écraserait la tête du serpent.

Toutefois, l'éclatant scénario joué par Judith et Holopherne n'atteindrait pas tout son effet si nous restions inattentifs à une intrigue qui se déroule au second plan et dont le héros est Achior, le Cananéen « commandant de tous les fils d'Ammon ». Ammon est un allié d'Holopherne, il appartient à un peuple voisin d'Israël, que l'Assyrien a enrôlé pour sa campagne. Le rôle d'Achior est, dans le conseil, d'éclairer le Babylonien Holopherne sur ses chances dans la bataille. Cette bataille doit conclure le siège de la ville juive de Béthulie, avant-poste de Jérusalem. Qui prendrait Béthulie serait maître de Jérusalem.

Pour renseigner son chef sur les chances du camp juif, Achior lui fait entendre un récit qui remonte à Abraham. Faire un sommaire de l'histoire d'Israël, c'est dire la foi d'Israël. La conclusion est que ce peuple est invulnérable s'il n'a pas offensé son Dieu. Autant dire que Nabuchodonosor, qui s'est posé en rival de tous les dieux, n'égale pas celui des juifs. Pareil propos ne peut qu'offenser une oreille babylonienne. En châtiment, Achior est ligoté, puis laissé en bas de la muraille de Béthulie où il attendra d'être massacré avec les habitants de la ville au moment de l'assaut. Mais il est aperçu des juifs, recueilli par eux, reçu en hôte.

Pour conclusion, Judith revenue chez les siens avec la tête d'Holopherne fait appeler Achior pour qu'il la voie. Il s'écrie alors : « Bénie sois-tu dans les tentes de Juda et dans toutes les nations » [23]. Il lui demande le récit de son exploit jusqu'au moment de leur rencontre. Après quoi, « voyant tout ce qu'avait fait le Dieu d'Israël, Achior crut fermement en Dieu, se fit circoncire en sa chair et s'agrégea à la maison d'Israël jusqu'à ce jour » (Jdt 14,10).

Il semble bien que l'exploit de Judith n'était pas achevé aussi longtemps que le Cananéen n'était pas converti. Œuvre de Dieu à laquelle elle n'avait pas pensé quand elle méditait seulement de sauver son peuple ! Le motif d'une agrégation au peuple juif est emprunté aux récits de la conquête, avec l'entrée de la prostituée Rahab dans le peuple vainqueur. Le procédé littéraire des emprunts appartient au goût archaïsant d'une époque récente. Pour Rahab comme pour Achior, pour ces deux enfants de Canaan, le récit des hauts faits du Dieu d'Israël a joué un rôle déterminant. Une fonction remarquable est reconnue à un récit qui semblerait concerner le seul Israël : le récit d'Israël est voulu de Dieu pour attirer les Nations. Achior est d'abord, à ses risques et périls, le narrateur de ce qu'il avait entendu à propos du peuple juif. Le même Achior est ensuite le destinataire du récit de Judith. Les deux récits sont bien distingués, comme pour montrer que le récit d'Israël n'est jamais fini. L'oreille du Cananéen s'est deux fois ouverte. Ce fut d'abord en ajoutant foi au récit ancestral d'Israël. Ce fut ensuite en désirant entendre ce qui avait prolongé ce même récit jusqu'à « aujourd'hui » ! Heure décisive, expressément notée par les mots « Il crut ». *Croire* au récit d'Israël et pas seulement l'entendre : voilà ce qui est proposé aux Nations. « Croire et être circoncis » : la séquence de ces deux phases, si nettement découpée, appuyée sur « croire », et dite d'un Cananéen, ouvre un monde nouveau. Jamais peut-être, sans ces quelques mots, ce livre ne serait entré dans nos Écritures.

Ainsi le livre de Judith a pour véritable sujet le double franchissement de la frontière qui sépare Israël des Nations, par une femme juive pour sortir vers les Nations et en extirper le mal, par un homme cananéen pour entrer en Israël et en recevoir les dons, non sans apporter le don de lui-même et de sa propre histoire. Les deux motifs tiennent ensemble. Une juive, un Cananéen, de chaque côté d'une ville assiégée, changent de camp. Il apparaît une fois de plus qu'Israël et les Nations ne peuvent s'éviter. L'image d'Achior livré pour la mort près des murailles, puis délivré, mérite de s'inscrire dans nos esprits comme un souvenir non moins profond que celui de Judith et de son trophée. Une muraille s'effondre du fait d'un corps livré à la mort. L'ennemi est éliminé, l'étranger devient un frère.

DANIEL
ET LA FIN DES TEMPS

« DANIEL », C'EST UN NOM PROPRE mis sur un moment d'histoire plutôt que le nom d'un homme qui aurait joué un rôle dans l'histoire. Daniel n'est pas l'auteur, mais le héros du livre qui porte ce titre, et dont le contenu est fait de trois genres d'écrits. Ou bien nous sommes devant des épisodes merveilleux racontés avec un naturel qui déroute – n'auraient-ils pas un sens second ? Ou bien Daniel interprète comme un mage les rêves des grands rois. Ou bien de terribles visions l'accablent lui-même et il ne peut pas les décrypter sans le secours d'un ange. Elles ont pour objet le sort final du monde entier.

Le livre de Daniel est un écrit fort tardif, le plus récent de la Bible hébraïque, rédigé quatre siècles après les événements qu'il raconte. Ceux-ci se déroulent pendant l'exil, entre le règne de Nabuchodonosor le Babylonien et celui de Darius le Mède, alors que le livre est écrit sous le règne d'un des successeurs d'Alexandre, vers 165 av. J.-C., dans l'ambiance de la civilisation grecque, qu'une politique dominatrice veut inculquer de force à Israël au mépris de ses lois. La narration d'événements bien antérieurs au narrateur et à ses lecteurs leur demande l'effort de les transposer. Il s'agit de leur faire comprendre par la fiction d'un cadre archaïque ce qui, en réalité, vient de leur arriver sous cette pression étrangère à leur culture et à leur foi.

Sur les prodiges qui sauvent Daniel et ses compagnons, qui

obéissent à Dieu plutôt qu'au roi, la critique historique nous apprend donc que les véritables héros sont, plutôt que Daniel, les martyrs qui venaient tout récemment de subir les persécutions féroces infligées à Israël par un des successeurs d'Alexandre, Antiochus Épiphane (175-164). Peut-être les récits dont on confectionna le livre avaient-ils déjà circulé au moment même de la crise, clandestinement. Ainsi pourrait s'expliquer ce caractère codé : d'autres noms (inconnus de nous) étaient à lire sous ceux de Nabuchodonosor, Daniel, Shadrak, Méshak et Abed-Négo (Sidrak, Midrak et Abdénago de nos anciens livres), etc.

Les prodiges qui sauvent les justes dans ce livre ont un côté magique et extrême que l'on ne trouve pas ailleurs dans la Bible. Jetés dans la fournaise tout ligotés, « avec leurs pantalons, leurs tuniques, leurs bonnets et leurs manteaux », pour avoir refusé d'adorer une statue d'or, voilà que le roi les trouve au matin qui n'exhalent même pas une odeur de brûlé au milieu des flammes et respirant la santé. Un ange au milieu d'eux, ils chantent les louanges de Dieu. Sur ce, par un prodige à peine moindre, le roi idolâtre se met à bénir le Dieu d'Israël et accorde aux héros ses bienfaits.

On n'avait jamais rien vu de pareil. L'auteur transpose, sur un mode un peu féerique, des faits réels : des juifs avaient préféré mourir plutôt que de transgresser leur loi. C'était lorsque Antiochus Éphiphane, fier de rassembler de nombreux peuples dans son empire, avait interdit sous peine de mort d'obéir à cette loi de Moïse parce qu'elle mettait à part un seul parmi tous ces peuples. C'était si beau, aux yeux du roi hellénisé, de devenir un Grec, comme tous les autres s'y étaient empressés ! Or le sort de ces martyrs de la loi est bouleversant pour Israël. Il lui apporte une expérience nouvelle. Car sa religion, pendant des siècles, avait promis le bonheur à ceux qui observeraient la loi de Moïse, après quoi l'on s'était scandalisé de voir prospérer tant de méchants. Mais, cette fois, tout s'aggrave bien davantage : c'était précisément *parce qu*'ils avaient observé la loi que des justes avaient été tués, et sans que Dieu fasse rien pour eux. Pourtant, ils s'étaient préparés à être fidèles, quand bien même Dieu n'interviendrait pas pour les soustraire au supplice. S'ils restaient fidèles, ce ne serait donc pas *pour* échapper à la mort.

DANIEL 6,17-25. Paisible entre les lions, Daniel annonce la victoire du juste sur la mort (abbaye de la Sauve-Majeure).

Un autre épisode montre Daniel jeté dans la fosse aux lions, dont le roi Darius fait sceller le couvercle de pierre. Les fauves épargnent le condamné et le roi leur jette en compensation ses accusateurs, dévorés avant d'être arrivés au fond de la fosse, ainsi, comme on s'en doute, que leurs femmes et leurs enfants. Le plus beau dans ce récit naïf, c'est que le roi n'avait agi que contraint et forcé par ses ministres, s'était approché de la fosse en tremblant et, trouvant Daniel en paix parmi les lions, avait dans sa joie – prodige plus merveilleux encore que les précédents – édicté que tous les peuples aient à bénir le Dieu d'Israël. Derrière les miracles se profile ce qui est le plus inouï : il est montré que le juste n'obéit pas par crainte et que la fidélité à la loi de Moïse n'entraîne chez le peuple élu aucun mépris pour les Nations du monde. En sauvant Daniel, Dieu n'a pas voulu convertir le roi païen à la loi juive, mais il a changé son cœur. C'est le thème d'une histoire de Nabuchodonosor changé en bête, châtiment qui lui vaut finalement de se repentir et de plaire à Dieu. Récit invraisemblable en surface, mais instructif au fond sur les dispositions que ce livre favorise chez des hommes que d'être persécutés pourrait porter au fanatisme aveugle. La victoire sur la crainte de la mort et l'amitié qui dépasse les frontières ethniques et religieuses, voilà le plus inouï.

Or, pour l'essentiel, cet inouï sera montré, cette fois sans le détour de pareilles images, dans le second livre des Maccabées [24] qui, cinquante ans plus tard, raconte cette fois les événements réels auxquels le livre de Daniel s'était référé. Ainsi, sept frères sont morts sous les yeux de leur mère pour n'avoir pas consenti à manger du porc, parce que la loi de Moïse l'interdit. Ils ont été longuement torturés sans que Dieu arrête le bras du bourreau. Sous la torture, ils ont déclaré avec assurance leur espoir : Dieu les ressusciterait. Leur itinéraire n'est donc pas identique à celui de Daniel et de ses compagnons. Ceux-ci, Dieu les sauvait *avant* leur mort, alors que les sept frères ne voient pas leur salut de leurs yeux de chair, dans ce monde. Et ceux qui les regardent mourir le voient encore moins. Eux, le salut les rejoint *dans* la mort et, pour ce motif, il reste invisible. On peut alors se demander pourquoi l'histoire de Daniel n'a pas poursuivi le récit jusqu'au bout.

Puisqu'il s'agit de deux récits des mêmes événements, dans l'intention claire ou cachée de raconter la persécution jusqu'au martyre, comment expliquer qu'ils diffèrent à ce point, en faisant voir soit la perte, soit le salut des héros ? Daniel traite du martyre un peu comme s'il y avait assisté à travers une vision d'en haut : le temps du martyre *est,* pour le voyant, le temps du salut, or ce qui apparaît au voyant n'apparaît, en règle générale, à personne d'autre. En même temps, s'il décrit la situation jusqu'au degré extrême de l'hyperbole, s'il pousse l'impossible jusqu'au bout en supprimant les transitions, il n'en reste pas moins que les traits qu'il exagère de cette façon, il les emprunte à la tradition. La fosse, la gueule du lion : ce sont les images des Psaumes. Seulement, les psalmistes disent avoir été préservés de la fosse mortelle ou demandent de l'être : aucun ne l'approche de si près que Daniel et ses amis. Mais la marque de parenté la plus forte entre les Psaumes et notre livre, c'est encore l'alliance de l'épreuve et de la louange. Marcher au milieu du feu en louant Dieu, précisément dans le même temps : tout le psautier est là. Ce souci de continuer, en les prolongeant, les représentations d'autrefois, quand il s'agit de franchir un seuil aussi radical que celui où une lumière sur la résurrection se fait jour, est d'une grande portée. Nous pouvons dès lors entendre que, à l'époque de Daniel, les Psaumes sont déjà interprétés par le moyen d'une clé prophétique, celle que pratiqueront la meilleure part d'Israël et la première génération chrétienne. David, dira saint Pierre, « était prophète » (Ac 2,30), et ses psaumes signifiaient plus qu'on ne pouvait en comprendre en son temps. Si, à l'époque de Jésus, toute l'école pharisienne tient pour certaine la résurrection des corps, ce ne peut être sans appui dans l'Écriture. Mais comme celle-ci reste, dans le premier Testament, plus que discrète à ce sujet, encore fallait-il l'interpréter pour suppléer à ses silences : le thème du « sauvetage », pour lequel les psalmistes remercient Dieu, a été transposé, à partir d'une certaine époque, à la traversée non plus d'un danger particulier, mais de la mort elle-même. Daniel représente une étape décisive sur ce chemin. Il prend position là-dessus clairement quoique en peu de mots, quand il écrit : « Beaucoup de ceux qui dorment dans le sol poussiéreux se réveilleront » (Dn 12,2).

Notons enfin que parler de la résurrection à mots couverts a ses avantages. Elle ne sera jamais une vérité possédée, elle reste un mystère, objet de foi. Elle est un bien absolu et définitif qui se donne à désirer à partir d'expériences relatives et passagères. Beaucoup d'interprétations des Écritures, et surtout sur les points essentiels, ne sont pas à confondre avec des démonstrations. Cela n'empêche pas d'argumenter, mais on peut raisonner pour fonder une espérance sans qu'elle s'impose comme une contrainte pour la raison. Ce mot, « raisonnement » (2 M 7,21 : *logismon*), le livre des Maccabées l'applique d'ailleurs aux pensées de la mère des sept martyrs, à l'heure la plus tragique. Évoquant la venue de ses fils dans ses entrailles [25], elle en conclut que Dieu ne peut laisser au néant leur corps qui est son ouvrage, alors qu'ils l'abandonnent librement par amour pour lui. Cela n'est pas sans rappeler Daniel et ses amis qui, au milieu des flammes, vivent ces instants en magnifiant par un hymne l'œuvre du Créateur de toutes choses. Cela dit, prenons note au passage d'une divergence entre Daniel et les Maccabées : on ne voit pas ces derniers envisager l'éventualité d'un repentir de leurs juges et de leurs bourreaux. Daniel avait assurément idéalisé l'image des puissants qui régnaient pendant l'exil ou plutôt il avait voulu prendre date, pour une espérance des plus audacieuses.

Daniel renoue encore avec une tradition quand il interprète les songes de ces mêmes puissants : il prend alors le rôle d'un nouveau Joseph, qui se gagnait ainsi l'amitié de Pharaon. Mais le plus nouveau est l'ampleur de l'enjeu : le roi a vu, littéralement, un « colosse aux pieds d'argile », qui est son empire. Sa place à lui est celle de la tête en or, mais il sera emporté avec tout le reste quand une petite pierre, Israël, dévalera de la montagne pour frapper les pieds de la statue, composée d'éléments disparates qui se succèdent ou coexistent. Le colosse disparaîtra et Israël régnera à jamais. En reconnaissance pour ses dons d'interprète, le juif Daniel reçoit autorité sur toute la province de Babylone ! C'est cette position qui lui vaudra d'être jalousé, accusé et jeté aux flammes. En attendant, Nabuchodonosor s'est montré beau joueur en accordant une telle promotion à un interprète qui ne lui avait rien caché d'un avenir si redoutable !

Tout s'amplifie de ces perspectives entre les chapitres 7 et 12, qui sont les derniers du livre. Nous franchissons le seuil qui donne accès aux apocalypses. Tout s'obscurcit aussi : il s'agit encore de visions, confiées à Daniel lui-même, qui en est accablé. S'il nous est impossible de relier toutes les séquences de chaque vision à une circonstance historique précise, la vision du monde que leur ensemble laisse paraître nous éclaire sur un moment clé de l'histoire biblique, quand le cadre de ce qui sera le Nouveau Testament se met en place peu à peu.

Imaginons un homme qui verrait en songe une scène de même ampleur que celle de la création du monde. Les quatre vents du ciel secouant la mer. Quatre monstres s'en élevant, chacun étant de plusieurs espèces mêlées et produisant d'autres monstres vociférants et destructeurs, comme le XXe siècle nous en a montré. Là-dessus vient se superposer ce qui rappelle de près le char d'Ézéchiel, porteur de la présence divine et entouré de myriades. « Dans les visions de la nuit », s'avance alors sur les nuées comme un Fils d'homme à qui est conféré le pouvoir sur les bêtes. Dans ce tableau, les lecteurs d'alors reconnaissaient sans trop de peine quelles nouveautés s'inscrivaient sur un cadre préétabli. Voici le cadre, il est celui du premier chapitre de la Genèse : l'Esprit souffle sur les eaux, les animaux sont créés pour être féconds « chacun selon son espèce », l'homme a pour mission de les dominer sans manger leur chair, donc dans la paix. Il est visible qu'un ordre a été transgressé depuis la première semaine du monde. D'où une violence débordante, que le « Fils d'homme » dominera pourtant. L'appellation « Fils d'homme » le situe à distance d'Adam, dont le nom veut seulement dire « homme ». Les bêtes, de leur côté, représentent les Nations devenues féroces, si bien qu'on ne peut plus, dans ces formes nouvelles, reconnaître ce qui est de l'homme et ce qui est de l'animal. En conformité avec le songe de Nabuchodonosor (Dn 2), le Fils d'homme représente le peuple d'Israël, appelé à régner.

Mais cela, Daniel ne le comprend pas sans qu'une des créatures qui entourent le Seigneur le lui révèle. Il apprend aussi du même coup que le Fils d'homme ne dominera pas les bêtes sans avoir été d'abord dominé par elles et vaincu (Dn 7, 21-25). Le Fils d'homme ne dominera pas la violence meurtrière sans d'abord l'avoir subie. Aussi sera-t-il dit quelques générations plus tard : « il faut que le Fils de l'homme souffre » (Mc 8,31). Survient alors la question suppliante que posent toutes les apocalypses : « Jusqu'à quand ? » (Dn 8,13). L'un des proches de Dieu, Gabriel, exauce Daniel et lui répond qu'« il a été fixé soixante-dix septénaires » [490 ans à partir de l'exil] pour qu'advienne la justice éternelle ainsi que pour « sceller vision et prophétie » (Dn 9,24) et instaurer le véritable Temple. Autour duquel se joueront des enjeux décisifs dans les deux siècles qui vont suivre le livre de Daniel.

Le calcul de l'échéance, en dépit de la précision du chiffre, reste débattu, mais nous en apprenons assez pour savoir qu'Israël entre dans une période remplie par la pensée de l'imminence d'une mutation dans l'histoire des hommes. Désigné comme Fils d'homme, Israël n'est pas seulement mis à part, son destin est, dans la mesure même de son élection, indissociable de celui de tous les autres fils d'Adam. La confrontation de ceux-ci avec le mal et avec la mort connaîtra une étape décisive, et victorieuse. Le peuple choisi par Dieu a, par la bouche de « Daniel », confessé avec sincérité ses fautes : ce faisant, il montrait ainsi à l'Église par avance le chemin du salut. « Ce n'est pas à cause de nos actes de justice que nous déposons devant toi nos supplications ; c'est à cause de ta grande miséricorde » (Dn 9,18). Apparus les uns après les autres, les justes nommés et anonymes, Élie, les prophètes qui ont souffert, le Serviteur inconnu qui est, lui, l'homme malade et l'homme remède, qui est l'anonyme inscrit au livre d'Isaïe, le Fils d'homme, tous ensemble surgiront. Proche est l'heure des retours, heure qui voit naître la nouveauté.

> JE VOYAIS CETTE CORNE QUI FAISAIT LA GUERRE AUX SAINTS ET L'EMPORTAIT SUR EUX, JUSQU'À CE QUE VIENNE L'ANCIEN QUI RENDIT JUGEMENT EN FAVEUR DES SAINTS DU TRÈS HAUT.
>
> ❧ DN 7,21 ❧

Appendice
Portraits et généalogies dans la Bible

Portraits

Il existe déjà dans les deux Testaments des séries, plus ou moins longues, de « portraits » : trois dans l'Ancien, une dans le Nouveau. Les personnages s'y succèdent à la manière de médaillons, qui sont soigneusement travaillés. Chaque nom est accompagné d'un éloge ou d'un blâme. Ces listes, pour l'Ancien Testament, sont d'époque récente : IIe ou Ier siècle avant notre ère.

1. Ben Sirach

La plus longue série est celle de Ben Sirach (Si 44,1 à 50,21). Elle compte environ vingt-cinq noms. Les autres séries s'en tiennent à une dizaine (1 M 2,51-63 ; Sg 10 ; He 11). La liste de Ben Sirach, on ne sait pourquoi, nomme à peine Jérémie et ignore Esdras.

2. Premier livre des Maccabées

Le testament de Mattathias (1 M 2, 49-61), aide-mémoire d'Israël légué à la postérité en temps de crise, commence avec Abraham et finit avec Daniel en incluant, signe d'insistance, Ananias, Azarias, Misaël, qui sont les trois héros de Dn 1. Ceux-ci, d'après ce chapitre, avaient jadis été soumis à l'épreuve du paganisme, que subissaient précisément les destinataires du livre.

3. Sagesse de Salomon

La liste de Sg 10 commence avec Adam et s'arrête à Moïse, dont les actions occupent d'ailleurs toute la fin du livre. Il n'y avait donc pas de raison d'aller plus loin.

4. Épître aux Hébreux

L'impossibilité d'être complet a pesé sur l'auteur de l'épître aux Hébreux qui, n'y tenant plus, s'interrompt aussitôt après Rahab : « Et que dirai-je encore ? Car le temps me manquerait si je racontais ce qui concerne Gédéon, Baraq, Samson, Jephté, David, Samuel et les prophètes » (He 11,32).

Garder, dans une liste de noms, l'équilibre des périodes posait un problème que chacun traitait à sa façon. La solution choisie par Ben Sirach est digne d'attention. Son dernier nom pourrait être Néhémie. Mais ce nom ne fait que marquer le début de la période postexilique. Au lieu d'aller plus loin que ce tournant, l'auteur revient en arrière, inopinément, jusqu'à Adam lui-même. À ce père des hommes il décerne un éloge laconique : « Au-dessus de toute créature vivante est Adam. » Après le plus ancien, Adam, survient immédiatement le plus nouveau, qui est même un contemporain. Il s'agit du grand prêtre Simon (fin du IIᵉ siècle av. J.-C.), décrit dans toute la gloire de sa fonction liturgique, au moment où il bénit le peuple au milieu du Temple. La liste s'achève ainsi sur ce qui, plus qu'un portrait, est un ample tableau vivant autour duquel vient s'ordonner tout le reste. Toute l'histoire est présente en chaque liturgie.

Rien ne dit mieux ce que signifie, par elle-même, la forme du portrait. Le portrait est une présence. À l'homme entouré de ses portraits d'ancêtres, le passé disparu est présent à nouveau, « représenté ». Venus successivement jadis, tous sont maintenant côte à côte. Le plus ancien (Adam) et le plus actuel (Simon, alors en fonction) couvrent le même espace, la même paroi de la mémoire comme de la maison, et entourent ensemble leur postérité de protection et de sollicitude.

Ainsi le passé obtient-il de passer au présent, du moins en vœu et en promesse. En promesse du côté de Dieu, en vœu du côté de l'homme.

GÉNÉALOGIES

1. Genèse

C'est la généalogie qui forme l'armature du livre de la Genèse et, à partir de lui, de l'ensemble formé par les cinq premiers livres de la Bible (soit le Pentateuque, ou la Torah d'Israël). Une liste généalogique n'accepte pas les interruptions. Il est vrai que dix ancêtres peuvent couvrir plusieurs millénaires quand chacun d'eux vit plusieurs centaines d'années et quelques-uns plus de neuf cents ans (Gn 5). Mais la même liste accepte de brèves et rares pauses pour une description de tel ou tel ancêtre. « Toute la durée de la vie d'Hénok fut de trois cent soixante-cinq ans. Hénok marcha avec Dieu puis il disparut car Dieu le prit » (Gn 5,23-24). Le plaisir de découvrir que, par comparaison, Hénok meurt jeune, est laissé au lecteur. Ici, le portrait et la généalogie se rejoignent. En effet, une fois noté que cette mort, compte tenu du contexte, est prématurée, un commentateur saura relier la valeur de l'homme et la durée de sa vie. Si Dieu prit Hénok plus tôt que les autres, c'est parce que Hénok lui avait plu. Et voilà de quoi renverser les idées reçues sur la longévité récompense de la vertu. Sg 4,7-14 se réfère à notre passage sans le citer.

2. Chroniques

Ce livre, reprise tardive des livres de Samuel et des Rois, complète leur modèle par une généalogie de David qui remonte jusqu'à Adam ! C'est là situer la figure du roi d'Israël dans l'axe principal de la visée du Dieu créateur de l'homme. La discrétion habituelle aux auteurs bibliques n'empêche pas de voir quelle est ici, au minimum, l'intention. Une royauté préparée de si loin mais tombée dans l'obscurité quand cette généalogie est écrite peut-elle s'interrompre pour toujours ?

3. Luc

Luc a cette originalité, qu'au lieu de descendre d'Adam jusqu'à Jésus, il remonte de Jésus jusqu'à Adam, Adam qu'il appelle « fils de Dieu » (Lc 3,38) au terme de sa généalogie, disposée en sens inverse de l'usage. Voici donc Jésus déclaré fils de Dieu par l'intermédiaire du père de tous les hommes. Suit immédiatement la scène où le diable vient tenter Jésus, en enchaînant : « Si tu es fils de Dieu… » Il est clair que Satan n'entend pas ce titre dans le sens où Jésus le partage avec Adam. Il lui demande en effet de faire montre d'un pouvoir prodigieux : changer des pierres en pains, ce qu'aucun « fils d'Adam » ne saurait faire, mais ce qui paraîtrait tout naturel venant d'un « fils de Dieu ». Adhérer à ce pouvoir serait alors irrésistible, et Dieu aurait gagné d'emblée la partie qui, avec Jésus, s'engage. Mais ce Dieu serait le Dieu-selon-Satan.

4. Matthieu

Alors que Luc s'intéresse visiblement à ce qui relie Israël et le monde des Gentils, Matthieu souligne la présence des pécheurs. Il commence avec le nom d'Abraham, car il se limite à la généalogie d'Israël, du peuple choisi par Dieu pour y faire naître Jésus, « qui sauvera son peuple de ses péchés » (Mt 1,21). La liste des pères de Jésus est marquée par quelques variantes significatives à cet égard : quatre mères sont mentionnées. Tamar, qui commit l'inceste avec son beau-père parce qu'elle voulait avoir un fils dans la lignée de son mari défunt. Rahab, prostituée cananéenne qui fut admise dans l'alliance d'Israël. Ruth, qui était du pays de Moab. La femme d'Urie dont David fit tuer le mari après avoir commis l'adultère avec elle. L'intention paraît avoir été double. D'une part, Mt veut signifier que Jésus s'enracine dans le péché du peuple qu'il sauvera (Mt 1,21) et qu'il va porter à travers ce même peuple le péché de tous les hommes : « Il a pris nos infirmités et s'est chargé de nos maladies » (Mt 8,17 citant Is 53,4). D'autre part, ces mentions justifient que la communauté chrétienne accueille en son sein des pécheurs et des incirconcis. Quelle autre autorité que celle d'un évangéliste pouvait autoriser avec cette sûreté une lecture de l'Ancien Testament non scandalisée ni réticente au vu de la violence et de la convoitise qui s'y montrent ? Les voici comme mêlées au nom de Jésus. On s'en souviendra.

Par la rigoureuse composition de son dispositif, Matthieu nous donne une autre leçon, plus didactique. « Le total des générations est donc : d'Abraham à David, quatorze générations ; de David à la déportation de Babylone, quatorze générations ; de la déportation de Babylone au Christ, quatorze générations » (Mt 1,17). La parfaite symétrie des chiffres n'est là que pour donner du relief à ce que l'on pourrait appeler une syntaxe de l'histoire du peuple de Jésus. La catéchèse courante n'en tient pas toujours compte : aucune des trois périodes n'a plus, n'a moins d'importance que les deux autres. C'est déjà beaucoup de le savoir : les choix restent libres, mais il ne faudra pas toujours tout ramener aux commencements. On cherchera plutôt comment qualifier chaque segment.

David est un sommet, puisque le segment suivant ne fait que préparer à une chute. Ce que David fait aboutir, c'est l'histoire des patriarches Abraham, Isaac, Jacob et Joseph. À Abraham était promise, et sans conditions, une postérité. David, fils d'Abraham, reçoit la même promesse, sans conditions également : le trône à perpétuité pour un de ses fils. Nous constatons un aspect de continuité très accentué depuis la promesse abrahamique jusqu'à la promesse davidique. Au sujet du roi attendu, héritier proche ou roi idéal, le psaume 72 proclame : « Bénies seront en lui toutes les races de la terre » (Ps 72,17 ; cf. Ps 47,10). Le Seigneur avait déclaré cela d'Abraham, à peu près dans les mêmes termes (Gn 12,3). La promesse se réalisera à travers le ralliement des Nations autour du trône de David. Dans cette conception de l'histoire d'Israël, David apporte les conditions d'un accomplissement parfait de la promesse abrahamique.

Ou plutôt il les apporterait si les infidélités dont les rois, à l'exception d'Ézéchias et de Josias, avaient été les principaux coupables, n'avaient pas eu pour effet la déportation à Babylone, qui met fin au deuxième segment. Cette fin, c'est la perte des biens de la promesse. La Terre promise est perdue avec l'exil. Le trône disparaît, tout le pouvoir passe aux Babyloniens avant d'appartenir aux Perses, aux Grecs et aux Romains : la sujétion va durer presque six siècles. C'est la troisième période.

Matthieu pourrait laisser croire, en énumérant imperturbablement une nouvelle série de descendants de David jusqu'à Joseph et Jésus, que cette lignée avait joué, depuis la déportation, un rôle pour le peuple. Or elle cessa très tôt d'être active, et même d'être visible. En un sens, l'histoire s'est arrêtée avec le retour d'exil. Sur ce temps de peu d'événements qui suit le retour d'exil, il ne nous reste que peu de récits dans la Bible hébraïque, et peu d'œuvres datées. Les écrits du judaïsme de langue grecque, des juifs dispersés, nous en fournissent davantage. La critique littéraire peut situer dans l'histoire, à tâtons, seulement les auteurs de Job, Jonas, Tobie, Esther, Judith… mais non les personnages eux-mêmes, que les auteurs ont créés. Et nous savons, grâce aux deux livres grecs dits des Maccabées, que les martyres qu'ils nous racontent sont ceux que décrit le livre de Daniel, situé par convention au temps de l'exil. Ce vide lui-même du troisième segment est tout rempli par l'attente, une attente qui va jusqu'à l'exténuation des raisons d'espérer, les vrais fidèles étant alors portés jusqu'aux frontières de leur être et souvent repoussés aux marges de la collectivité. Les Psaumes, bien que non datés ou rapportés symboliquement à David, nous en disent beaucoup sur ce qui fut alors vécu. Ils nous parlent aussi des divisions qui déchirent le peuple. Les ennemis évoqués tant de fois sont souvent ceux de l'intérieur. Il est possible que des fidèles solitaires malgré eux se soient plu à des listes de héros présentés un par un.

La foi chrétienne croit et annonce que Jésus est venu non seulement tenir la promesse, mais entrer dans l'espace creusé par cette attente, sans pour autant le fermer. Les premiers lecteurs nous ont donné leur clé du Livre, disant l'avoir reçue de Jésus lui-même : « il fallait » que le Messie souffrît aux mains des pécheurs pour qu'en son Nom soit exercé le « ministère de la réconciliation » (2 Co 5,18).

ABRÉVIATIONS

Ab	Abdias	Jc	Épître de Jacques
Ac	Actes des Apôtres	Jdt	Judith
Ag	Aggée	Jg	Juges
Am	Amos	Jl	Joël
Ap	Apocalypse	Jn	Évangile de Jean
Ba	Baruch	1 Jn	1re Épître de Jean
1 Ch	1er Livre des Chroniques	2 Jn	2e Épître de Jean
2 Ch	2e Livre des Chroniques	3 Jn	3e Épître de Jean
1 Co	1re Épître aux Corinthiens	Jon	Jonas
2 Co	2e Épître aux Corinthiens	Jos	Josué
Col	Epître aux Colossiens	Jr	Jérémie
Ct	Cantique des Cantiques	Jude	Épître de Jude
Da	Daniel	Lc	Évangile de Luc
Dt	Deutéronome	Lm	Lamentations
Qo	Ecclésiaste = Qohélet	Lt-Jr	Lettre de Jérémie
Si	Ecclésiastique = Siracide	Lv	Lévitique
	ou Ben Sirach	1 M	1er Livre des Maccabées
Ep	Épître aux Ephésiens	2 M	2e Livre des Maccabées
Esd	Esdras	Mc	Évangile de Marc
Est	Esther	Mi	Michée
Ex	Exode	Ml	Malachie
Éz	Ézéchiel	Mt	Évangile de Matthieu
Ga	Épître aux Galates	Na	Nahoum
Gn	Genèse	Nb	Nombres
Ha	Habacuc	Ne	Néhémie
Hé	Épître aux Hébreux	Os	Osée
Is	Isaïe	1 P	1re Épître de Pierre
Jb	Job	2 P	2e Épître de Pierre

Ph	Épître à Philémon	2 Th	2e Épître
Pr	Proverbes		aux Thessaloniciens
Ps	Psaumes	1 Tm	1re Épître à Timothée
Qo	Qohéleth (« Ecclésiaste »)	2 Tm	2e Épître à Timothée
1 R	1er Livre des Rois	Tt	Épître à Tite
2 R	2e Livre des Rois	Za	Zacharie
Rm	Épître aux Romains		
Rt	Ruth		
1 S	1er Livre de Samuel		
2 S	2e Livre de Samuel	BJ	Bible de Jérusalem
Sg	Sagesse	TOB	Traduction œcuménique
Si	Siracide ou Ben Sirach		de la Bible
	(« Ecclésiastique »)		
So	Sophonie		
Tb	Tobie		
1 Th	1re Épître		
	aux Thessaloniciens		

YHWH pour « Yahweh »
(transcrit « Yahvé » dans BJ ;
« le Seigneur » dans TOB ;
« le Seigneur » ou « l'Eternel »
dans divers textes liturgiques.)

Notes

1. C'est-à-dire « les dépasse ».
2. J.-P. de Caussade, *L'Abandon à la Providence divine*, Paris, Desclée de Brouwer, coll. « Christus », n° 22, p. 137, 1966.
3. Abraham et Sara en Égypte : Gn 12,10-20 ; chez les Philistins : Gn 20 ; Isaac et Rébecca : Gn 26,1-14.
4. On peut s'en étonner, puisque Ésaü avait déjà perdu son droit d'aînesse, comme lui-même le rappellera (Gn 27,36). Mais ce rappel est plutôt une manière, pour le rédacteur, d'introduire un lien logique entre deux récits distincts qui couraient au sujet de Jacob et qu'il veut mettre en un seul.
5. « S'il te plaît, laisse-moi boire un peu d'eau de ta cruche » (Gn 24,17), avait dit Éliézer à la jeune fille. C'est au bord du puits appelé « puits de Jacob » que Jésus dira à la Samaritaine : « Donne-moi à boire » (Jn 4,7). La même vie qui vient de Dieu rassemble d'âge en âge les acteurs d'un unique récit.
6. Dt 26,5-10 se présente comme un petit catéchisme de l'histoire d'Israël, à mémoriser pour la liturgie des fêtes. Les premiers mots : « Un Araméen errant était mon Père » sont considérés par beaucoup comme désignant Jacob, plutôt qu'Abraham. Car ce n'est pas du premier coup que les noms des patriarches sont venus se ranger sur un arbre généalogique, pour exprimer ce que le peuple sentait de sa propre unité, d'âge en âge, dans les vues de Dieu.
7. Dans la recherche des sources, la difficulté vient de ce que la cohérence de chaque tradition isolée ne se superpose pas nécessairement avec l'homogénéité littéraire (lexicale, stylistique) des « documents » qui déjà les relient.
8. Joseph « sanglota si fort que les Égyptiens l'entendirent, même la maison de Pharaon » (Gn 45,2).
9. Bible de Jérusalem. « Il devint pour elle un fils » (TOB).
10. Le mot est employé dans les règles et les méthodes de l'interprétation de la Bible : on parle de « typologie ».

11. « Airain », terme ancien ou littéraire pour « bronze, alliage à base de cuivre » (Larousse).

12. Le narrateur n'a pas pris la peine de nous dire, cette fois, pour quel motif Saül n'a pas voulu tuer le roi amalécite. Comme c'est le cas si souvent, nous sommes devant une compilation de plusieurs récits plutôt que devant une simple omission.

13. « Douceur » ou « mansuétude » se réfèrent à David évitant la vengeance. L'hébreu donne plutôt : « sa peine » *(ᶜânâh)*, « ses efforts » (pour la cause du Temple), en accord avec le contexte du psaume (vv. 3-5). La traduction grecque transmet une interprétation juive préchrétienne.

14. Le bas-relief d'Orvieto (p. 138) dit la profondeur de ce sommeil, et aussi l'innocence ouverte à l'illumination.

15. *'ish* : homme, *'ishsha* : femme.

16. Comme traduit Levinas, cité et adopté par Jacques Briend, *Dieu dans l'Écriture* (Le Cerf, 1992), p. 26.

17. Sur ces lignes jugées par eux scabreuses, la discussion entre les commentateurs s'est prolongée longtemps. Le plus enflammé et le plus éloquent de tous est saint Jérôme. « Quoi !, écrit-il, Moïse envoyé par Dieu parler au Pharaon rechigne et répond "Trouves-en un autre" ; Osée, lui, quand il reçoit un pareil commandement, s'empresserait d'obéir, le voici qui va jusqu'au lupanar ! *(pergit ad lupanar).* » Jérôme indigné préfère comprendre qu'il s'agit d'un épisode imaginaire, présenté comme parabole. Mais est-il plus décent de l'imaginer que de le vivre ?

18. Le nom de Jessé remplit une fonction précise. Par son père, David s'enracine dans la tribu de Juda que les oracles désignent comme le terrain de la royauté d'Israël (Gn 49,10 ; Mi 5,1). Et ce Jessé a dû avoir quelque renommée (1 S 16,6-10) pour que la lignée royale remonte jusqu'à lui au lieu que ce soit seulement à David. Au moins trois des fils de Jessé étaient des guerriers de Saül (1 S 17,13 et 28).

19. Quand les juifs d'Alexandrie, à partir du IIIᵉ siècle av. J.-C., traduisirent le livre en grec, ils infléchirent plusieurs passages dans le sens d'une « résurrection de la chair ».

20. La formule est d'Eric Auerbach.

21. Xerxès (ou Artaxerxès ?).

22. La Judith de Chartres (si toutefois c'est bien d'elle qu'il s'agit) n'en porte aucune trace.

23. Jdt 14,7 : texte retenu dans la liturgie des Heures pour le commun de la Vierge Marie.

24. Appelé dans la liturgie catholique depuis Vatican II « Livre des martyrs d'Israël ».

25. C'est pourquoi le texte parle de « raisonnement d'une femme », à seule fin d'en souligner la pertinence : la mère des martyrs s'appuie sur le souvenir de sa maternité. Par crainte d'offenser, certains traducteurs ont reculé devant cette traduction, où ils ont vu, à contresens, le signe d'une condescendance. C'est se trahir.

TABLE

RÉALISATION : IGS-CP À L'ISLE-D'ESPAGNAC
IMPRESSION : NORMANDIE ROTO, S.A.S. À LONRAI
DÉPÔT LÉGAL : SEPTEMBRE 2013. N° I I 2042-4 (I7O55I4)
Imprimé en France

Éditions Points

Le catalogue complet de nos collections est sur Le Cercle Points, ainsi que des interviews d'auteurs, des jeux-concours, des conseils de lecture, des extraits en avant-première…

www.lecerclepoints.com

Collection Points Sagesses